血涙（上）

新楊家将

北方謙三

PHP
文芸文庫

○本表紙デザイン＋ロゴ＝川上成夫

目次

上巻

宋と遼が拮抗した時代(10世紀末)

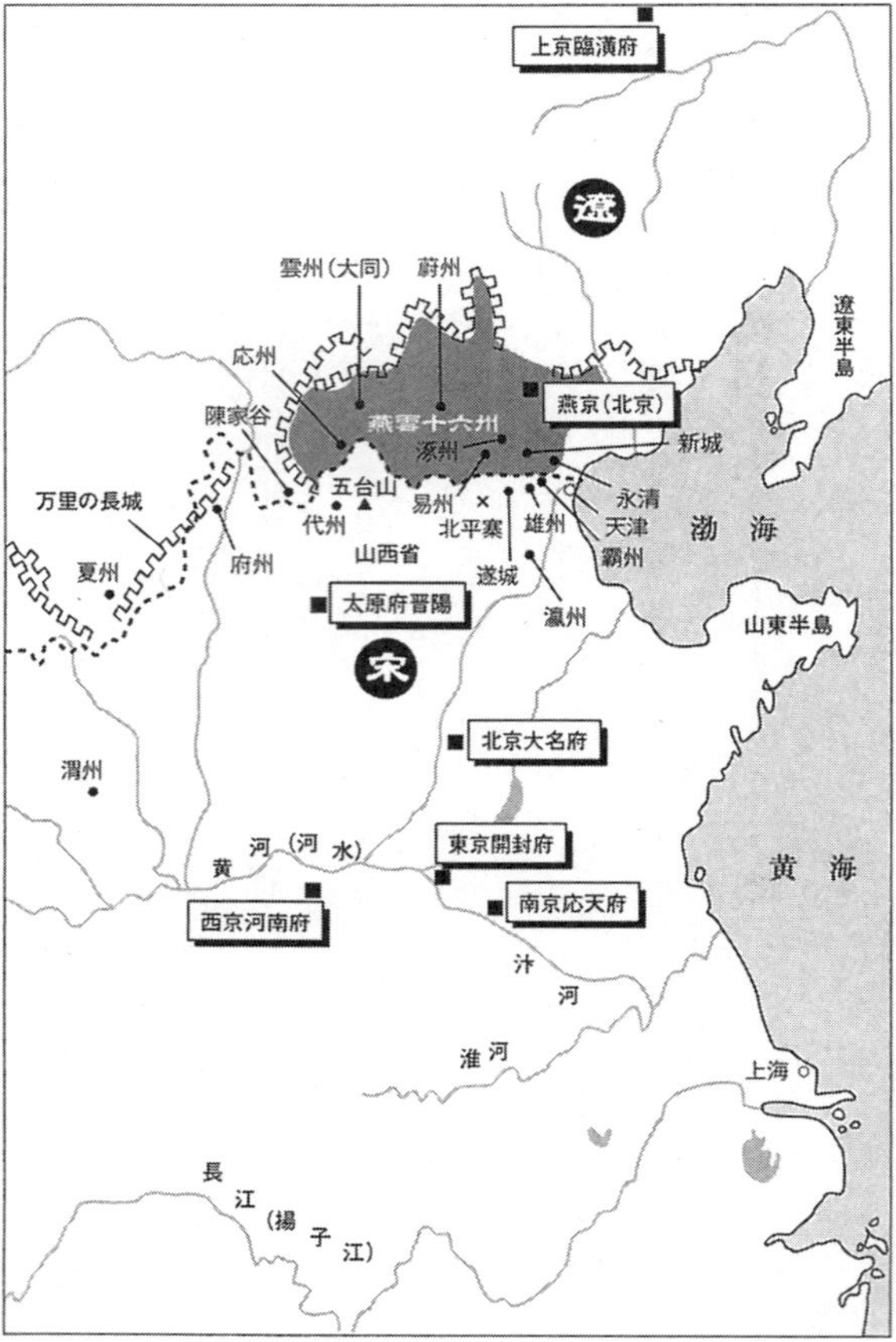

◎おもな登場人物（上巻）

遼《りょう》

石幻果《せきげんか》……宋の将軍。記憶を失い、遼の将軍となる。
蕭太后《しょうたいこう》……皇太后。現帝の祖母。
瓊峨姫《けいがき》……蕭太后の娘。
蕭英材《しょうえいざい》……石幻果と瓊峨姫の長男。
聖宗《せいそう》……帝《みかど》。姓名は耶律隆緒《やりつりゅうちょ》。
穆宗《ぼくそう》……四代皇帝。蕭太后の夫。崩御《ほうぎょ》。
景宗《けいそう》……五代皇帝。聖宗の父。崩御。
耶律休哥《やりつきゅうか》……遼軍一の猛将。「白き狼」と呼ばれる。
耶律奚低《やりつけいてい》……遼軍の前総帥。遼宋戦で死亡。
耶律斜軫《やりつしゃしん》……禁軍の総帥《そうすい》。
耶律学古《やりつがくこ》……耶律斜軫に次ぐ将軍。
耶律屯《やりつとん》……将軍。
耶律希朴《やりつきぼく》……将軍。
耶律得《やりつとく》……将軍。
耶律陀材《やりつだざい》……将軍。
耶律占《やりつせん》……石幻果の副官。
麻哩阿吉《まりあきつ》……耶律休哥の副官。
麻哩法《まりほう》……将軍。
姚胡吉《ようこきつ》……若い上級将校。
蕭逸理《しょういつり》……若い刀研《かたなと》ぎ師《し》。石幻果の従者。
蕭陀頼《しょうだらい》……左相。
蕭天佑《しょうてんゆう》……前左相。
蕭広材《しょうこうざい》……石幻果の屋敷の家令。
徐勢温《じょせいおん》……漢族の医師。

楊家《ようか》の人々

楊業《ようぎょう》……楊家の長。宋遼戦で味方の裏切りに遭《あ》い、死亡。

六郎延昭《りくろうえんしょう》……楊業の六男。楊業亡きあと、楊家の長になる。

七郎延嗣《しちろうえんし》……楊業の七男。

長男延平《えんぺい》……楊業の長男。宋遼戦で死亡。

二郎延定《じろうえんてい》……楊業の二男。宋遼戦で死亡。

四郎延朗《しろうえんろう》……楊業の四男。

五郎延徳《ごろうえんとく》……楊業の五男。宋遼戦で行方不明。

延光《えんこう》……延平の息子。

八娘璘花《はちじょうりんか》……楊業の上の娘。

九妹瑛花《きゅうまいえいか》……楊業の下の娘。

佘賽花《しゃさいか》……楊業の二人目の妻。

楊家の家臣

劉平《りゅうへい》……楊業の死後、七郎に従った将校。

王貴《おうき》……楊業の側近。楊業の死後、隠《いん》棲《せい》。

王志《おうし》……王貴の従弟。馬の養育を担当。

方礼《ほうれい》……四郎の元副官。上級将校。

李成《りせい》……上級将校。

張文《ちょうぶん》……楊家の部将。山中に隠棲。

林史《りんし》……六郎の従者。

周冽《しゅうれつ》……六郎の従者。

張英《ちょうえい》……七郎の従者。

周桂《しゅうけい》……九妹の副官。

宋《そう》

趙光義《ちょうこうぎ》……帝。太宗《たいそう》。
趙匡胤《ちょうきょういん》……先帝。太祖。
七王《しちおう》……帝の息子。
八王《はちおう》……先帝・趙匡胤の息子。
曹彬《そうひん》……禁軍の総帥。
柴礼《さいれい》……将軍。曹彬のあとを受けて禁軍総帥になる。
蔡典《さいてん》……将軍。
賀懐浦《がかいほ》……将軍。
劉廷翰《りゅうていかん》……遂城《すいじょう》の守将。
潘仁美《はんじんび》……楊業を裏切った元将軍。
呂端《りょたん》……宰相。
寇準《こうじゅん》……枢密院《すうみついん》勤務の文官。
趙普《ちょうふ》……枢密院の長老。
牛思進《ぎゅうししん》……文官。

血涙（上）

――――

新楊《よう》家《か》将《しょう》

第一章　砂の声

一

風で砂が逆巻《さかま》くと、兵たちは眼に板を当てる。小さな穴が穿《うが》ってあり、わずかだが視界は確保できる。枚《ばい》とともに、いつも兵に身につけさせているものだ。

いまの遼軍《りょうぐん》に、砂を防《ふせ》ぐ板は必要なかった。燕雲十六州《えんうんじゅうろくしゅう》を押さえ、さらに南下する勢いだから、草原での戦《いくさ》が多くなる。たとえ砂漠での戦になっても、宋軍《そうぐん》より遙《はる》かに砂の防ぎ方は知っているのだ。

それでも、耶律休哥《やりつきゅうか》は、砂との闘《たたか》いを兵に叩《たた》きこんだ。自分の軍は、砂の上で生まれ、強くなってきたのだと思う。砂とともに生きた、と言ってもいいだろう。

水が極端に少ない北辺《ほくへん》は、冬でも砂が舞う。夏の砂と違って、空を曇らせたりはしないが、氷の粒のように兵たちを打つ。夏の砂は、煙のような粉で、時に陽《ひ》を隠《かく》してしまう。

この北辺の地が、耶律休哥は好きだった。追いやられてここへ来たようなものだが、はじめからこの地が好きになった。樹木や池や豊かな草など、人の心を緩《ゆる》ませるものがほとんどない。営舎《えいしゃ》を建てることさえ許されず、幕舎《ばくしゃ》で暮した。弱い兵は死に、強い者だけが残った。

麾下《きか》はすべて、騎馬隊《きばたい》である。宋との度重《たびかさ》なる戦での軍功が認められ、いまは五千騎を擁《よう》していた。これ以上の増強も認められるだろうが、耶律休哥にそのつもりはなかった。自《みずか》らの手足のように動かせる軍としては、この数が限界だろう。

宋とは、休戦状態だった。一昨年の戦は、両国をともに疲弊《ひへい》させた。遼では、軍の頂点にいた耶律奚低《やりつけいてい》が戦死し、軍の再編がようやく終ったところだった。その中でも、耶律休哥の軍だけは手がつけられず、独立行動権も与えられたままだった。

北辺の地から動かず、ひたすら兵を鍛《きた》え、馬を養《やしな》った。いまでは、軍営を作ることも許されているが、泉のそばに営舎を建てただけだった。防塁《ぼうるい》も防壁《ぼうへき》もない。

半数の兵は、いつも幕舎による野営《やえい》をさせていた。宋との戦が、終ったわけではない。一昨年の宋主による親征《しんせい》より、もっと大きな軍を出してくる可能性は、たえずあった。その時は、最初に前線に出るのは自分だろう。

麻哩阿吉《まりあきつ》が、野営からの帰還《きかん》の報告に来た。石幻果《せきげんか》が一緒である。麻哩阿吉は、副官として力をつけてきたが、それでも石幻果には及ばない。耶律休哥がはっとするほどの天性を、石幻果はしばしば見せるのだ。

「軍の状態は、申し分ないと私は思います」

「空を翔《と》べるのか？」

「はっ？」

「兵たちが空を翔べたら、俺《おれ》は申し分ないと言おう」

そばに立っていた石幻果が、低い笑い声をあげた。耶律休哥はそれを無視し、細かい報告を受けた。兵ひとりひとりのことまで、麻哩阿吉は把握《はあく》しているようだ。

「よかろう。次は、俺が野営に出て調練《ちようれん》をやってみるか」

「ならば、また私を同行させていただきたいのですが」

石幻果が言った。

ほんとうなら、石幻果に調練のすべてを任《まか》せて、兵がどう変るか見てみたいところだった。しかし、石幻果を麾下に加えることは、許されていない。

「明日にでも、出発するのだぞ」

「いまからでも、私は構《かま》いません」

「なら、勝手にしろ。音《ね》をあげたら、捨てていくだけだ」

野営の調練は、移動しながら二十日は続く。特に、いまは寒い時季で、馴《な》れた者でもつらい。

「石幻果、馬に不満があるだろう。牧《まき》へ行ってみろ。いい馬が一頭いる。乗りこなせるなら、おまえにやろう」

「会ってみます。できれば、調練に乗っていきたいと思います」

「わかった。出発は明早朝。今回居残った二千五百を連れていく。俺が留守の間は、麻哩阿吉の指揮」

二人が、直立して出ていった。

営舎の中での、火は禁じた。火があるのは厨房《ちゅうぼう》だけで、時々、外で大きな焚火《たきび》をして羊《ひつじ》を焼く。調練から兵が帰った日が大抵《たいてい》その日で、今夜も羊を十頭、焼くように命じてあった。

調練では、二、三日水だけで行軍《こうぐん》ということも、めずらしくなかった。糧食《りょうしょく》を蓄《たくわ》えた場所が何カ所かあって、そこに行きつくまでは、秣《まぐさ》を持つだけなのだ。馬は、決して飢《う》えさせない。草のあるところに出ると、鞍《くら》を降《お》ろして食《は》ませることもある。

耶律休哥がいまやらなければならないのは、兵の調練だけだった。

軍では、耶律斜軫《やりつしゃしん》が頂点に立ったが、その命令系統からもはずれている、と耶律休哥は考えていた。ただ、馬、兵糧《ひょうろう》、兵器などのほかに、人員の補充も軍から受ける。耶律斜軫の胸三寸というところがあり、いずれぶつかることになるかもしれない、とは思っていた。

耶律斜軫とは、若いころは一緒で、競い合っていたというところがある。兵の指揮から武術まで、なにをやっても負けはしなかった。耶律休哥が蕭太后《しょうたいこう》の不興《ふきょう》を買ってから、軍内での地位に差がつき、いまでは最高指揮官と地方の一将軍ということになった。

自分の立場に、不満はなかった。生きたいように生きてきて、こうなったのだという思いがある。

原野を馬で駈《か》けるのは、なにより好きだった。戦で、肌《はだ》がひりつくのも、女を抱くことなどより大きな快感だった。だから、いまは恵まれている、という思いしかない。

軍内にいることは確かだから、煩雑《はんざつ》なこともしばしばやらなければならなかった。それも、半分近くは麻哩阿吉がこなすようになった。

耶律休哥は、二人いる従者のひとりを呼んだ。調練に出る前は、いくつかのことを書き残し、残る者に渡していく。自分が死んだ時はどうするか、ということもその中には入っていた。

それを終えてはじめて、耶律休哥は調練から戻った兵たちのもとに足をむけた。

馬の世話を終え、思い思いに武器の手入れをしたり、腰を降ろして喋《しゃべ》ったりしている。耶律休哥の姿を見ると、直立した。

「今度の調練で、なにか感じたことは？」

「わが軍は、さらに精強になっていると思います」

答えたのは、軍歴の長い上級将校だった。耶律休哥のもとで、すべての実戦に参加している。

「一昨年の戦で失ったものは、取り戻しているか？」

「もうひとつかもしれません」

「おまえは、実戦のことを言っているのか？」

「はい。補充された兵は充分に調練を積みましたが、まだ実戦には出ていません。ですから、ほんとうに精強かどうかは、断定できないのです」

「わかった。燕雲十六州あたりの雲行《くもゆき》が、おかしくなっている。実戦の機会は、遠からず与えられると思う」

「戦場で兵が死ぬとはどういうことか、みんな実戦でわかるはずです」

どれほど厳しい調練でも、実戦とは違う。

調練は実戦のためにやるのだという当たり前のことを、しばしば忘れてしまう将校がいた。そういう将校の調練指揮の方が、無意味に厳しかったりするのだ。

「おまえの考えはわかった。ところで、石幻果も、兵の指揮をしたのか？」

「はい。石幻果殿は、百名の指揮から、五百名の指揮までされました。そして」

「そして？」

「二千の軍が、五百に崩《くず》されました。それも二度続けて」

「ほう」

「二千の指揮は、副官がされたわけではありません。一度は自分でした」

五百で二千を崩すというのは、指揮に天性のものがあるからだ。兵の質は同じで、どの五百でも二千を崩すことができただろう。

「麻哩阿吉殿の怒りはすごく、俺は二日間、馬に乗るのを禁じられました」

もうひとりの将校も、馬に乗るのを禁じられたのだろう。それでも、麻哩阿吉は、自分で指揮して、石幻果と対峙《たいじ》することはしていない。そのあたりが、麻哩阿吉の限界だと言ってもいい。

石幻果の天稟《てんぴん》は、別の局面でも何度か目《ま》のあたりにしている。禁軍《きんぐん》だったが、一千の指揮をするのを、燕京《えんけい》(現北京《ペキン》)郊外の調練で、見たこともある。経験を積んでいるはずの耶律学古《やりつがくこ》が、翻弄《ほんろう》されていた。

石幻果は、耶律学古を最後まで追いつめることはしなかった。途中でまともなぶつかり合いに持っていき、結局は引き分けたという恰好《かっこう》だった。

「石幻果殿が、わが軍に入られることは、ないのでしょうか、将軍?」

「それは、ない」

「どこかの軍の将軍になられるのですか、やはり?」

「それも、どうかな」

「そうですか。俺がいままで見たこともないような、指揮をされるのですが。俺が、二日乗馬できないという罰を受けた時は、謝《あやま》っておられました」

石幻果をどう扱《あつか》えばいいのかは、耶律休哥も決めかねていた。いつもは燕京にいるが、この軍営にはしばしば来て、ひと月ふた月、過《す》ごしていくのだ。軍の中で兵たちと暮すことが、嫌《きら》いではないようだった。

方々で、兵が焚火の準備をしていた。羊は、その焚火の上に吊《つる》して焼く。兵たちにとっては、一番の御馳走《ごちそう》だった。

牧の方へ馬で駈けた。軍営から四里《り》（約二キロ）ほどの谷で、広大な草原である。ここで生まれる馬も多かった。牧は、いくつかの柵《さく》で仕切ってある。手前にある馬場に、兵たちが集まっていた。牧で働いているのは、戦で負傷して闘えなくなった者がほとんどだった。

馬場で、一頭が駈けていた。石幻果が、汗血馬《かんけつば》に乗っているのだ。しかし、乗っているようには見えなかった。人馬が一体となっている。稀《まれ》に、こういうことがないわけではない。人と馬の気性《きしょう》が、ぴったりと合ったということだろう。

相当の手練《てだ》れでも、牧では誰も乗りこなせなかった。兵の中には乗りこなす者もいたが、耶律休哥自身は乗らなかった。なぜか石幻果の馬のような気がして、燕京へ送ろうかと思っていたのだ。石幻果の馬の扱いは、この一年以上、よく見てきた。

それにしても、見事なものだった。これもやはり天性なのか。馬が嬉々《きき》として駈けているのが、よくわかる。

「そこそこに、合ったようだな」

「そこそこなどというものではありません、将軍。やつは、気に食わない人間は、平気で振り落とします。石幻果殿は、以前からの知り合いのように近づかれ、鞍も手綱《たづな》もなしで乗られたのですよ」

　それで馬場をしばらく駈けてから、鞍を置いたのだという。見ていても手綱はほとんど使わず、脚《あし》だけで意思を伝えているのがよくわかった。

「いい友になれそうです、耶律休哥将軍」

　姿を認めた石幻果が、馬を寄せてくると、身軽に降り立って言った。

「名がいるな、石幻果」

「はい。赤竜《せきりゅう》と名付けようと思います」

「赤竜か」

「汗血馬ですので。それに、竜に乗ったら多分こんなものだろうと思いました。翔ぶように駈けるのですから」

「いい名だ」

「明日は、赤竜で将軍のお供《とも》をしようと思います」

「俺の調練は、麻哩阿吉と較《くら》べたら、楽なものだ。四、五日を除《のぞ》けばな」

「前は対陣しての調練でしたが、今度は野戦《やせん》なのですか?」

「野戦こそが、俺の軍の本領だからな」

　焚火が燃えあがっていた。

　羊が屠《ほふ》られはじめている。首を切り、血を抜く。内臓も苦味《にがみ》が強いもの以外は、ほとんど使う。長い腸には、生《なま》の屑肉《くずにく》を詰めこんで煮る。そのために、腸を洗う役目の者もいるのだ。

　兵たちが、外に出てきはじめていた。

　毛皮が干すために張られる。北辺では、この毛皮が大事だった。寒さから、兵を守るのである。

　血に山椒《さんしょう》を入れたもので、内臓が煮られる。これには肉とは違う滋養《じよう》があり、少ない野菜を補うことになるのだ。最初に、耶律休哥と麻哩阿吉と、客将の待遇《たいぐう》である石幻果に運ばれてくる。

「兵たちは、そろそろ我慢できなくなっています。酒の樽《たる》も、出してあります」

　麻哩阿吉が言ったので、耶律休哥は決められた胡床《こしょう》に腰を降ろした。石幻果もやってきた。

「なんでもよく食うのだな、石幻果」

「はい。好き嫌いはないようです。それに、燕京の堅苦《かたくる》しい宮殿で食うより、こっちの方がずっとうまいと思います」

「宮殿では、さまざまな料理が出るであろう。ここは、羊だけだ」

「その羊が、これほどうまくないのですよ」

血で煮こんだ臓物《ぞうもつ》を、石幻果は無造作《むぞうさ》に口に入れた。冬は、汗がよく出るように、山椒の量が二倍にしてある。燕京の役人などに食わせると、吐き出すこともあるのだ。石幻果は、気にしているふうではなかった。

「どうだ、北辺の冬は?」

「言われていたより、ずっと寒いし厳しい。嬉《うれ》しくなってしまいます。こうやって、山椒で汗を流すのも気持がいい」

「嬉しくなるか」

「城郭《まち》の暮しは、私にはあまり合わないような気がいたします」

「そうか。騎兵むきではあるな」

「私は、耶律休哥将軍の麾下に加わりたいと申し出たのですが、認めていただけませんでした。ただ、好きな時に将軍をお訪《たず》ねしてもいい、というお許しは太后様にいただいております」

「軍には、耶律斜軫殿など、優《すぐ》れた将軍も少なくない」

「大軍を動かすなら、ああいう方でもよろしいのかと思います。五万、十万の大軍なら」

「いまは軍の頂点だ。動かすとすれば、当然大軍ということになる」

「私は、耶律休哥将軍が、常に勝敗の鍵《かぎ》を握《にぎ》られるのだろう、と思っております。戦となれば、宋が最大の相手なのでしょうが」

「もういい。酒が来た。ただ、今夜はあまり過すなよ」

石幻果の酒量は、相当なものだった。悪いことではないが、明日の行軍は丸一日続く。

麻哩阿吉が、笑いながら酒の瓶《かめ》を運ばせてきた。杯《さかずき》を三つ、自分で持っている。

「石幻果殿は、あまり飲むなと将軍に言われたろう。俺は、ちょっとばかり飲ませて貰《もら》うことにするぞ」

方々で、笑い声があがっていた。歌も聴えてくる。契丹《きったん》の、古い狩人《かりうど》の歌だ。その歌声が方々で重なり、ひとつになった。

二

六郎《りくろう》は、八騎の供で開封府《かいほうふ》に入った。

楊延昭《ようえんしょう》と名乗るだけで、止める者はいなかった。
戦を忘れたように、開封の城郭《まち》は賑《にぎ》わっている。実際には、北の国境では、いつ戦がはじまるかわからない、と六郎は思っていた。遼軍は、すでに軍の再編を終えている。
開封府の楊家《ようか》の館《やかた》は、以前のままだった。三百人は暮せる広大な館で、いまの
帝《みかど》が、何者であろうとそこに手をつけることを禁じた。父楊業《ようぎょう》の功績ゆえである。
門前で下馬すると、家人《けにん》が眼を見開き、奥へ駈けこんでいった。すぐに八娘瑛《はちじょうりん》
花《か》、九妹瑛花《きゅうまいえいか》が飛び出してくる。

六郎は、二人の妹に笑いかけた。妹たちの頰《ほお》が、涙で濡《ぬ》れる。

「おい、母上は御健勝なのだろうな？」

「すっかり、気弱になられました。兄上の顔を見ると、元気になられます」

「とにかく、母上にお目通《めどお》りしなければならん」

母の居室《きょしつ》は、屋敷の奥にあった。

すでに知らせは行っているらしく、母は寝台に座っていた。老いている。六郎が
まず感じたのは、それだった。痛々しいほど髪が白く、痩《や》せてもいた。

「やっと、お目にかかることができました」

「六郎殿。ほんとうに生きていたのですね」

「七郎《しちろう》も、生きています」

父は、死んだ。上の三人の兄も死んだ。四郎《しろう》と五郎《ごろう》も、行方《ゆくえ》がわからないが、多分、死んでいるだろう。下の六郎と七郎だけが、兄弟の中で生き残ったのだ。八娘と九妹も、母は六郎と同じだ。それは、いくらか母の救いになったかもしれない。七郎の母は、違っていた。

「この屋敷は、殿が生きておられるころのままで、暮しにも困らぬ。しかし、代《だい》州《しゅう》にもう楊家はないと聞いた。六郎、七郎が生きていても、やはり楊家は支えられぬのか？」

「代州の館を中心にした楊家は、確かにありません。しかし各地に、楊家の者たちはいます」

「楊家軍は、まだあるのですか？」

「あります。少なくとも、私と七郎は、それぞれ百名を率《ひき》いています」

「百名」

母が、絶句するのがわかった。

「殿がおられたころの楊家軍は、三万に達していたのですよ」

「父上は、もうおられないのです、母上。楊家軍は、七郎とともに、一から作り直す所存です」

「それほどに、酷《ひど》い負けだったのですか？」

「宋という国と、帝とを守るために、かつての楊家軍は犠牲《ぎせい》になった、と思ってください、母上。それで、開封府のいまの賑わいはあるのですよ」

ほんとうは、自分と七郎が百名ずつの部下、ということはなかった。常に、百名は率いているというだけで、その百名が集まった場所が、代州だけでも十数カ所ある。つまり三千ほどは、楊家軍の実態を失わずに残っているのだ。それを百名単位に分けて、目立たないようにしているにすぎない。

帝を頂点とする開封府を、宋という国そのものを、六郎も七郎も完全に信用しているわけではなかった。しっかりした軍を作りあげるまで、前線に駆り出されたくもない。

「百名でも、楊家の誇《ほこ》りは失っていませんね、六郎？」

「誇りは、父上や兄上たちの誇りは、私と七郎の中で、しっかりと生きています。でなければ、母上にこうしてお目にかかることなどできません。楊家の男として、私も七郎も生きています」

母の眼が、六郎を覗《のぞ》きこんできた。六郎は、それを見つめ返した。

「安心しました。あなたの眼には、殿と同じ光があります。それこそ、楊家の男の眼です。たとえひとりでも、楊家の誇りは失わないという眼です」

「私は、楊業の息子なのですよ、母上。私に対するお気遣いより、御自身のお躰《からだ》をいとわれてください」

「私は、大丈夫です。楊家軍の旗がもう一度代州に揚《あ》がったと聞くまで、死ぬわけにはいきませんから」

それからしばらく、六郎は開封府での暮しぶりなどを尋《たず》ね、九妹に促《うなが》されて母の居室を出た。疲れすぎると熱が出る、ということだった。

「おまえたちが無事に暮していることを知って、俺は安心した」

「帝のお言葉が、生きています。これを違《たが》えることを禁ず、というお言葉まで添えられた宸筆《しんぴつ》に玉璽《ぎょくじ》までいただいているのですから。それをお持ちになるかぎり、母上はこの開封府では、安泰にお暮しになれます」

八娘が言った。

母を寝かせた九妹もやってきて、三人で夜更《よふ》けまで語り合った。父や兄がどんなふうにして死んだか語った時も、二人の妹は涙を見せなかった。

宮殿からの呼び出しがあったのは、翌日だった。迎えの使者は枢密院《すうみついん》の寇準《こうじゅん》からで、六郎は供二人だけで、宮廷《きゅうてい》に出仕《しゅっし》した。

「楊家軍は、どうなっているのだ。一昨年の戦からのおまえたちの消息は、開封府にはほとんど届かなかった。陛下《へいか》も、しばしば楊家のことを口にされる」

「以前の楊家軍は、もうありません、寇準様。糧道《りょうどう》であった塩の取引も、禁じられてしまいましたし」

「塩は国家の専売であり、楊家だけが特別というわけにはいかぬ」

「私と弟の七郎延嗣《えんし》は、それぞれに百名ほどの部下を抱《かか》えております。それを楊家軍と呼ぶなら、楊家軍はありますが」

寇準だけでなく、ほかの廷臣《ていしん》も、そして帝でさえ、宋国内の人の動静について神経を尖《とが》らせている。七王《しちおう》も八王《はちおう》も、一昨年の戦のあとの政争で、ともに天子《てんし》の後継という立場を奪《うば》われ、八王は病死か暗殺かわからない状態で死んでいた。

楊家軍についての監視も、代州の山中でさえ感じるのだ。

「楊家軍を、数千に増《ふ》やすことはできないのか。宋軍の一部隊であるから、当然、宋軍と同じ待遇が与えられる」

「数千、でございますか？」

「精兵を養ってみよ。できるかぎり、速《すみ》やかに。これは、陛下の御意思でもあるのだ、楊延昭」

「一年の時を頂戴《ちょうだい》できれば。かつての楊家軍は、散り散りになっておりますので」

「一年もの時はやれぬ。たとえ百名とはいえ、いまは私兵を養っているようなもので、それは許されぬことなのだ。宋の軍制の中では特別な位置になるが、正規の軍であることはかわりない。楊家軍を、すぐに再興せよ」

「ひとつお伺《うかが》いいたします、寇準様。再び楊家軍を作りあげたとして、その任務はなんになるのでしょうか？」

「決まっておろう。国境の守りと、遼との戦の先鋒《せんぽう》に立つことだ」

「陛下は、三《み》たびの御親征を、お考えになっているのですか？」

「それはない。一昨年の戦で、国は疲弊した。燕雲十六州の回復という夢はお持ちだが、御親征となると、軍費がかかりすぎる」

「御親征はないが、対遼戦はある、ということでございますね」

「こちらから、戦を求めることはせぬ。しかし遼は、いつか宋の領土を窺《うかが》うようになるかもしれぬではないか」

すでに窺っている、という言葉を、六郎は呑《の》みこんだ。寇準は、文官《ぶんかん》にしては、戦のありようをよく理解している人間だった。その寇準にして、こうなのである。

「百名をして私兵と申されるならば、それぞれを山中に帰します。開墾《かいこん》をしたり、狩りをしたり、あるいは放牧をしたりして、それぞれが生きていけます」

「待て、楊延昭。それは楊家軍は宋に従わぬということか？」

「なにを言われます。楊家軍が、まったくなくなってしまうということです。私も、山中で狩りなどをして暮します」

「それは、許されぬ」

「楊家軍は、理不尽《りふじん》な軍令の下《もと》で無理な闘いをして犠牲を出し、帝を守護するために兄たちは死に、味方の裏切りによって父が死んで、ほとんど潰滅《かいめつ》しているのです」

「おまえと、弟がいるではないか」

「私も弟も、いつでも名もなきひとりの男となる、という覚悟はできております」

「ふむ」

寇準が、大きく息をついた。

「楊家軍がどれだけ無理を強《し》いられたかは、私もよく心得《こころえ》ているつもりでいる。しかし、必要なのだ。どうしても、精兵が必要なのだ。かつての楊家軍ほどの規模がなくてもいい。おまえと弟の下に、一千ずつの兵をつけよう。それを鍛えてみよ」

「それでは、楊家軍にはなりません。一千の宋軍を預《あず》けられるというだけのことです。楊家軍の兵として選別していけば、一千のうち百名も残らない、と私は思います。精兵を養うというのは、それほどのことなのです」

「数だけ揃《そろ》えればよい、ということではないと言うのだな」

「寇準様も、軍のなんたるかは御存知でございましょう。精兵には、精兵の素質が必要なのです。その上での調練で、精強な軍はできあがっていきます」

　実際は、三千は即座に集められた。しかし、帝や朝廷《ちょうてい》がどう出るのかは、時をかけて見定めたい、と六郎は思った。

「一年か」

「私には、それしか申しあげられません」

「仕方がないのう。一年待つことで精兵が育つなら、待つしかないのか」

「はい」

「兵を養う費用については、陛下が直々《じきじき》にお認めになる」

　それも、いつ帝の意思ということで、打ち切られるかわからない。政事《まつりごと》は、それをなす者が変ると、すべてが大きく変る。

　兵を養うための銀は、代州の館の近辺に分散して蓄えられていた、大量の塩を売って得た。それは、三万の兵を二年養えるものである。三千だと二十年という計算になる。

　いざという時のために、それにはいまのところ手をつけていない。各地に散っている百名は、それぞれ自分で自分の口を糊《のり》しながら、再起の秋《とき》を待っているのだ。

「兵は、少しずつしか増えません。一年で、二千か三千に」

「わかった」

「兵のすべてを、騎馬にしたいのですが」

「それは」

「一昨年の戦でも、敵味方を問わず、騎馬隊がよく働きました。主力にはなり得ませんが、勝敗の鍵はしばしば握ります」

「そのことは、陛下に直接お願いしてみろ。認めてくださる、と私は思うがな」

「陛下に？」

「おまえは、これから拝謁《はいえつ》をするのだ。ここへ呼んだのも、私というより陛下の御意思だ。それから、枢密院の中では、趙普《ちょうふ》殿に引き合わせよう。長老ともいうべき方だ」

六郎は、廷臣に案内されて、宮殿内を進んだ。剣は、すでに預けてある。

案内されたのは、謁見《えっけん》の間ではないようだ。狭い部屋で、廷臣たちが居並んでいるということもない。寇準ほか、数名がいるだけだった。

待つほどのこともなく、帝が現われた。

六郎は両膝《りょうひざ》をつき、拝礼《はいれい》した。

「楊六郎か。久しいのう。七郎も生きていると聞いたが」

「はい。私と七郎は、生き残っております」

「朕《ちん》が、いや私がいま生きてあるのは、楊業をはじめとする、楊一族の働きに負うところが大きい。たった二人とはいえ、生き延びてくれたのは、嬉しいぞ」

「ありがたき、お言葉です」

こういう言葉をかけられても、心の底からありがたいとは、到底思えなかった。楊家は楊家で生きていく、と一昨年の戦以来、ずっと思い続けてきたのだ。

「母御《ははご》は、健勝であるな？」

「はい。陛下の御恩は、生き残った楊一族の身に沁《し》みております」

「あれは、私のために死んだ、楊業に対するせめてもの報《むく》いじゃ。それより六郎、楊家軍を再興せよ。これについては、寇準より話があったと思うが」

「はい。すぐには無理でございます。寇準様には、一年の猶予《ゆうよ》をいただきました。それから、陛下には、全軍を騎馬隊にしたいというお願いをさせていただきとうございます」

「騎馬隊か。それはよい。耶律休哥の軽騎兵《けいきへい》とまともにぶつかり合えたのは、楊家軍の騎馬隊だけであった。一万でも二万でも、騎馬隊を育てるがよい」

「陛下、精兵はすぐに育つものではございません。一年で二千か三千か。まずは、そこからはじめようと思います」

「次に会う時は、数千の楊家軍を率いていよ、楊延昭」

それから、帝の眼が宙を泳いだ。

「燕雲十六州の回復は、先帝の、そして朕の夢であった」

帝が、眼を閉じた。六郎が知っていた帝より、ずっと老《ふ》けて見えた。

「私は、さまざまな過《あやま》ちを犯《おか》した。戦だけでなくな。八王を、地方にやった。それを七王が暗殺させた。七王も、私の後継からはずし、遠くへやった」

「陛下」

寇準が前へ出てきた。

「よいのだ、寇準。六郎は、私のいたらなさを、充分に知っていた方がよい。それでなお、この国のために働いて貰いたいのだ」

帝が、腰をあげた。

「国は富んでいる。民《たみ》はみんな豊かだ。それが、遼とは違うところだ。私は、帝としてその民を守らなければならん」

それだけ言い、帝は退出《たいしゅつ》していった。その間、六郎は拝礼していた。

文官数人に引き合わされ、それから禁軍府の曹彬《そうひん》将軍を訪ねた。曹彬は、部下に対する態度以上のものは見せなかった。六郎も、期待などはしていなかった。ただ、勅命《ちょくめい》に近いかたちで、楊家軍を再結成することは、伝えなければならない。

館に戻った時は、すでに夕刻に近かった。

母から呼ばれた。正式に楊家軍を再興することを、報告すべきかどうか迷ったが、結局黙《だま》っていることにした。いずれ、自然にわかることだ。

　入っていくと、母は八娘と九妹に支えられるようにして、立っていた。

「母上、横になられた方が」

「聞きなさい、六郎」

「はい」

　母の眼に、気力がある。声にも張りがあった。

「おまえは、いまどういう剣を遣《つか》っていますか？」

「戦場で、何本も折れました。いま遣っているのは、代州の名もない鍛冶屋《かじや》が打ったものですが、悪くないと思っています」

「それは、収《しま》っておきなさい」

　母が、なにを言おうとしているのか、六郎にはわからなかった。

「殿がお遣いになっていた剣を、知っていますね？」

「はい。いまの帝より下賜《かし》された剣で、それは立派なものでした。戦のあと戦場を捜《さが》したのですが、見つかりませんでした」

　遼の兵が、剣の美しさに魅《ひ》かれて、持ち去ったのかもしれない、と六郎は思っていた。

「瑛花」

母が八娘の名を呼んだ。八娘が、錦《にしき》の布に包んだ、長いものを捧《ささ》げ持ってきた。剣だった。

「これは、殿が、精魂《せいこん》をこめて打たれたものです。これを打たれた時のことを、私はよく憶《おぼ》えています。代州一の鍛冶と、西の会州《かいしゅう》で採れた特別な鉄を、三日三晩打ち続けられたのです。眠ることさえなく、全身全霊をこめて打たれ、打ち終った時は、鍛冶は死んでおりました。そして殿は、剣を見つめて放心しておられました」

「そうなのですか。父上が剣を打たれた話は、兄上たちからも聞いたことがありません」

「吹毛剣《すいもうけん》といいます。殿は、帝に遠慮《えんりよ》して、下賜の剣を佩《は》いておられましたが、ほんとうはこの剣で闘いたいと考えておられたと思います」

「吹毛剣」

「試《ため》し斬りで、ひと抱え以上もある桑《くわ》の木を見事に斬り倒し、刃《は》こぼれひとつなかったそうです」

「家宝ですね、楊家の」

「殿はこれを、闘うために打たれたのです。そして、おまえが佩くめぐり合わせになりました」

「私が、ですか？」

「楊家の長《おさ》は、おまえです。この剣を佩きなさい」

きらびやかな剣ではない。質素とも、言いきれない。強いものが宿ったという感じで、父の気がたちのぼってくるようだった。

六郎は、しばらく言葉も忘れてそれに見入っていた。漂《ただよ》う気は深く、そして強かった。

「おまえは、これを佩いて代州へ帰るのです。よろしいですね」

「はい、母上。私は吹毛剣を佩いて、代州へ戻ります」

「開封府のこの屋敷のことは、忘れなさい。楊家の拠《よ》って立つ大地は、代州にしかないのです」

「母上のことを、忘れるわけにはいきません。八娘も九妹も。しかし、楊家の拠って立つ地は、代州しかないと、私も思っています。この剣を佩いて、私は代州に戻ります」

母が、頷《うなず》いた。

九妹が、寝台の方へ連れていく。

母の居室を出、六郎は庭に行った。使用人が何人かいるので、庭の手入れはきちんとなされている。ほかに家人が三十名ほどで、この屋敷はいかにも広すぎた。

庭の真中《まんなか》で、吹毛剣を抜き放った。

刃が、夕陽《ゆうひ》を照り返した。なにか、父の気そのものが、自分の躰に入ってくるような思いに、六郎は包まれた。

周囲が闇《やみ》になるまで、六郎は抜き放った吹毛剣を構えていた。

「明日、俺は代州へ帰る。母上のことは、おまえたち二人に頼むしかない」

夜になり、六郎は妹たちに言った。

「あたしたちが、代州に行ってはいけないのですか、兄上。これでも、武術は磨《みが》き続けてきたのです」

「母上を、どうするつもりだ。無理は言うな」

二人が、うつむいた。

これだけ朝廷から優遇されている母を、代州に連れていくことは、反逆とみなされかねない。それは、二人の妹もよくわかっているようだった。

「七郎にも、いずれ会いに来させる」

慰《なぐさ》めにもならないことを、六郎は呟《つぶや》くように言った。

三

二十日間の調練を終えた。

最後の五日は、水だけで移動しながらの調練だったが、誰ひとり落伍《らくご》しなかった。

五日目は、さすがに苦しいと、石幻果は思った。すべてを終えて舐《な》めたひとつまみの塩が、躰を生き返らせた。塩がどれほど人にとって大切なものか、躰でわかった。

それから、温かい食事が配られた。汗ばむほどに、全身が熱くなった。一日の休息のあと、帰還《きかん》。その一日が、兵たちの心をほぐすことも、石幻果にはよくわかった。

「どうだった、赤竜は？」

耶律休哥が、そばへ来て言った。石幻果は、砂に腰を降ろしていた。

「いい馬ですが、まだ力を出しきってはおりません」

「ほう」

「赤竜が、もっと駈けたいと言いましたから。もっとも、私の方がもう限界でした」

「俺も、限界さ」

「いえ、指揮官の疲労は、兵たちよりもずっと大きいと思います。まして、私などとは較べものになりません」

「指揮官の、か」

自分が、かつて宋軍の指揮官であったことを、一年ほど前に石幻果は知らされていた。なんの感慨もなかった。憶えていないことについては、なにもなかったのと同じことだった。

遼という国が、石幻果は好きだった。瓊峨姫《けいがき》が、そばにいた。眼醒《めざ》めた時、最初に見たのが、瓊峨姫の顔だった。きれいな女だ、と思った。眼に、慈《いつく》しむような光があった。

腕と腿《もも》の骨が、折れていた。なぜ折ったかも、まったく憶えていなかった。ただ、思う通りに動かせない躰に苛立《いらだ》ち、それを瓊峨姫が宥《なだ》め続けていた。

やがて、ひとりで歩けるようになり、馬にも乗れた。瓊峨姫が、女のくせに剣の稽古《けいこ》をしているのを見て、相手をした。問題にならなかった。瓊峨姫の剣は、風で揺れる柳の枝のようにしか見えず、どうかわすのもたやすかったのだ。

自分が、戦場でどう闘っていたか話してくれたのも、瓊峨姫だった。国境での戦で落馬し、岩に叩きつけられたのを、助けられたのだという。それならば捕虜《ほりょ》であるが、そういう扱いはされていなかった。国境の小さな城郭《まち》から、燕京に運ばれ、宮殿の一室で寝かされていたのだ。

あなたに二度命を救われた、と瓊峨姫が言った。そう言われても、ぼんやり聞くだけだった。

少しずつ、宮廷の中の人間たちのことも、石幻果は憶えていった。

ある日、瓊峨姫が、のどに刃物を突きつけているのを見た。周囲を廷臣が取り囲んでいたが、誰も手を出せずにいた。

その時、小肥《こぶと》りの女が現われた。姿を見ただけで、ただ者ではないと感じた。廷臣の声で、それが存在だけを聞いていた、蕭太后だということがわかった。

威風《いふう》あたりを払《はら》う、という言葉そのままだったが、瓊峨姫の行為が自分のことについてだと知ると、黙っていられなくなった。

自分は宋の将軍だったらしい、と蕭太后の前に出て言った。いまはどこの国の人間とも思っていないが、自分が原因で瓊峨姫がこういう行動をとっているのなら、どうにでもしてくれと言った。瓊峨姫を、その時はもう好きになっていた。

首を打て、と蕭太后は言った。瓊峨姫が泣き叫び、自分もともに死ぬ、と言っていた。声は低く、覚悟がはっきり伝わってきた。

石幻果は、瓊峨姫に歩み寄ると抱きしめ、刃物を取りあげた。それから、蕭太后の前に膝をついた。

大きな男が出てきて、剣を振りあげた。

自分はもともと死んでいて、いまはただ間違いで別の人間になってしまっているのだ、と思った。死は、もとのところに戻ることだ、と思うのは難しくなかった。剣が振り降ろされてくる時も、石幻果は蕭太后を見つめていた。瓊峨姫の悲鳴が聞えたが、死ぬことになって済まない、と思っただけだった。

刃の起こす風を、首筋に感じた。それでも、首は落ちなかった。

蕭太后は表情も変えず立ち去り、その時から、いつもと同じ暮しがまたはじまった。

それだけで、遼という国を好きになりはしなかっただろう。

頭の中に、ぼんやりと靄《もや》に包まれたようなところがあった。

それがきれいに晴れたのが、燕京へやってきた耶律休哥と会った時だった。

「おまえは、五百、一千と兵の指揮をした。おまえにも、指揮官の疲労はあったはずだ」

「あくまで、将軍の下でやったことにすぎません。ほんとうの指揮官はいつもひとりだけで、それはずっと将軍でした」

耶律休哥のなにが、自分の頭の中の靄を払ったのか、わからなかった。白髪のこの男を見た瞬間、自分が自分であり得たような気がしたのだ。耶律休哥は、生まれつき全身の毛が白く、白き狼《おおかみ》と呼ばれていることも、その後に知った。

おまえを打ち倒したのは、俺だ。詳《くわ》しいことを知りたければ、いつでも話してやる。

耶律休哥が、最初に言った言葉はそれだった。自分が打ち倒されたことなど、その時の石幻果には現実ではなかった。だから、どうでもよかった。ただ、耶律休哥という男に抱《いだ》いた関心だけは、どうにもならなかった。

どういうことをしているか、ということから訊《き》いていた。北辺の辺境に駐屯《ちゅうとん》する軍の指揮官だった。北辺の地を見てみたい、と石幻果は思った。

北辺の駐屯地へ出かけていったのは、それからふた月後だった。

燕京から出ることは許されていなかったのに、耶律休哥を訪ねることについては、蕭太后は、なにも言わず許した。

はじめは、十名の供がついた。供とは名ばかりで、ほんとうは監視だということはすぐにわかった。別に、気にもならなかった。自分の名すらわからぬまま、宋に帰りたいという思いなど、かけらもなかった。自分が誰なのかわからなくても、それについての悩みなどなかった。好きな女がいる。それがあったからかもしれない。

なぜか、瓊峨姫だけはすぐに受け入れた。

燕京で眼醒めた瞬間から、受け入れていたような気がする。そして、少し時をかけながら、好きになっていった。

はじめて見る北辺の大地は、石幻果の心を騒がせた。砂が舞い、地が水に飢えていた。そこを、耶律休哥の騎馬隊が、疾駆《しっく》している。砂に包まれた、一頭の獣《けもの》。そんなふうにも見えた。

耶律休哥は、馬を一頭与えてくれて、好きに乗り回していいと言った。燕京から乗ってきた馬は、あまりに大人しすぎたのだ。

騎馬隊同士の、ぶつかり合いの調練に加わった。それがまた、石幻果を魅了した。合図の方法などをすべて覚えると、指揮をするのも難しくなかった。

この地を訪ねるのは、あれからもう四度目になる。

石幻果という名は、戯《たわむ》れに耶律休哥がつけたものだった。悪い名ではない、と思った。自分でそう名乗りはじめ、いまでは誰もが石幻果と呼ぶ。

「宋との戦は、すぐにでもはじまるのですか、将軍？」

「なぜ、そう思う」

「燕京での軍の再編は、すでに終っています。この地にも、しばしば燕京からの使者が到着しています。なにか、切迫《せっぱく》した気配《けはい》があるのですよ」

「戦になったら、おまえはどうする？」

「戦に加わることは許されないのでしょうね。どこかに監禁《かんきん》されるかもしれない、という気もしています」

「おまえは、その若さで宋の一軍の指揮をしていた。いま宋に帰れば、軍人として出世できるかもしれんぞ」

「出世したいという望みは、まったくありません。どこにいようとです。それより、戦をしてみたいと思います」

「宋軍と闘うのか、それとも遼軍か？」

「宋軍と」

「なぜ？」

「遼軍とは、かつて闘ったことがあるようですから。新しい相手と闘ってみたい、と思うだけです」

耶律休哥が、眼をむけてきた。瞳《ひとみ》も、黒くはない。淡《あわ》い褐色《かっしょく》である。

「ただひとり、遼軍で闘いたいとすれば、耶律休哥将軍、あなたです」

「俺と闘って、おまえは負けている。つまり、一度死んだ」

「だから、闘う資格はない、と思っています。闘いに、もう一度はありませんから」

「遼には、ほかにも将軍が多くいる」

「確かに。しかし、英傑《えいけつ》と呼べるほどの人はいません。はっきり言ってしまえば、凡庸《ぼんよう》です。耶律斜軫将軍も、耶律学古将軍も。宋も、同じようなものなのでしょうが」

「凡庸か」

「私は、失礼なことを申しあげたのでしょうか？」

「構わんさ、ここでなら。間違っても、燕京では口に出すな」

「心得ております」

瓊峨姫には、言うかもしれない。

蕭太后は、瓊峨姫と自分が、よく一緒にいることを、どう思っているのか。正対《せいたい》して、話をしたことはない。宋の軍人の成《な》れの果《はて》なら、眼前に出ることさえほんとうは許されないはずだ。

しかし、瓊峨姫は好きだった。はじめて見た時から、他人とは思わなかった。記憶をなくす前に、会っているという。それも、戦場でだ。しかし、石幻果は、記憶をなくす前の自分は、いなかったものだと思い定めていた。

瓊峨姫を、抱くことは許されていない。妻にしてはならない、と言われていることと同じだった。しかし、瓊峨姫は、もう少し待てという。必ず、一緒になることができる、と信じているようでもあった。

「石幻果。おまえは、もとの自分に戻りたいと、一度も考えたことはないのか？」

「ない、と思います。というより、自分とはなにかが、よくわからないのです。いまの自分も、それより前の自分も」

「まあいい。俺も、自分がなにかなどわかっていないだろう。北辺を、駈け回るのが好きだった。戦も、好きだ」

「同じです、将軍。こんな言い方をするのは失礼になることは承知していますが、私は、いまの私の前は、耶律休哥将軍ではなかったのか、と思うほどなのです」

「俺とおまえと、決定的に違うところがある」

「将軍が契丹族で、私が漢族《かんぞく》ということですか？」

「そんなことは、なにほどの差でもない。俺の全身の毛は白く、おまえは黒いということだ」

耶律休哥が冗談を言ったのだということに、石幻果はしばらくして気づいた。

耶律休哥の笑い声が、原野に響《ひび》いた。

燕京からの使者と行き会ったのは、翌朝行軍を開始した時だった。

どういうことかわからないが、耶律休哥は行軍の方向を変え、燕京にむかった。

使者が駐屯地に到着するまでに丸一日。出動してから丸一日。燕京には、二日早く到着できるということになる。

戦なのだろうか、と石幻果は思った。

行軍は、通常のものである。燕京まで、三日で到着する。

新しい年は、燕京で迎えるように、と瓊峨姫には言われていた。戦かどうかは別にして、帰るにはいい時期だ。

新年だからといって、瓊峨姫と一緒にいられるわけではない。瓊峨姫は、いまの帝の叔母になるのだ。それでも、瓊峨姫を苦しい立場に追いこむことは、できるかぎり避《さ》けてきた。

燕京が近づくと、耶律休哥だけ、五十騎ほどで先行した。

石幻果も、それに同行した。

四

禁軍府に、出頭した。

耶律斜軫は、立って耶律休哥を迎えた。

「早かったな。いつもながら、驚かされる」

「戦というのは？」

「こちらから、仕掛ける。宋軍が、どれほどの反応を示すのか、知りたい」

「それを、俺にやれと？」

宋に攻めこむ、という話は出ていた。軍の再編も、それを視野に入れたものだったのだ。ただ、相手の反応を見るというだけのことなら、国境の守備隊で充分だった。

「それなりの、理由があるのでしょうな、耶律斜軫将軍？」

「軍は、ひとつでなければならん。二つあってはならんと思う。戦死された耶律奚低将軍の後任となった私は、全軍を掌握《しょうあく》していることを示さなければならん」

「形式だけか。まるで宋の将軍ですな」

「おぬしが、独立行動権を持っていることに、とやかく言う気はない。優れた軍人であることも、いやというほど知っている。そういう男でも、私の命令に従った。一度だけ、そういう事実を作っておきたいのだ。だから、命令しているのではない。頼んでいるのだ」

「禁軍の総帥《そうすい》が、俺に頼むのか？」

「太后様は、宋に攻めこむことをお考えだ。それも、遠くない日に」

蕭太后の気性なら、当然のことだった。一昨年の戦は、大勝したものの、宋に攻めこまれたのだ。宋主は、燕雲十六州の回復にこだわった。それを放さないという意思だけでなく、さらに版図《はんと》を拡《ひろ》げようという野望が、太后にはある。

男であり、帝だったら、北漢《ほくかん》も宋も呑みこんでいただろう。それだけの器量もある、と耶律休哥は思っていた。

そして、男ならいい友にもなれた。

女だった。いまだに色香《いろか》を失わない太后が、夫の穆宗《ぼくそう》を失った一年後、耶律休哥を景宗《けいそう》の後見にしようとしたことがある。つまり、蕭太后の夫になれ、と言われたのだ。

男と女として、なにか魅き合うものはあった。自分が、地位を数段引き上げられるかたちで、夫として収《おさ》ることに抵抗を覚えたのは、若さゆえだったのか。

耶律休哥が、過酷《かこく》な北辺に回されたのは、それから一年後のことだ。その一年間、言わなくてもいいようなことまで、群臣の前で言ってきた。

「頼めるか。宋との戦を再開する前に、軍はひとつだと、俺は示しておきたいのだ」

「一度だけ」

耶律休哥は言った。

「俺を利用するのは、一度だけにしていただきたい。そして、これは貸しだ」

「わかっている。本格的な戦になれば、おぬしが勝敗の鍵をしばしば握るだろう。おぬしの働きを邪魔《じゃま》するようなことは、一切《いっさい》しないつもりだ」

耶律休哥の軍功も、最後には耶律斜軫の功績ということになる。組織とは、そういうものだ。耶律休哥には、軍功についての野心などなかった。

「ここだけの話に、いたそう。どこをどう攻めるかも、俺に決めさせていただきたい」

「それでいい。俺の命令に従ったというかたちが、一度できるなら」

つまらないこだわりだと思ったが、気持がわからないこともない。

「これから、しばらく小さな戦が続くのかな、耶律斜軫殿？」

「俺が、禁軍を預かるようになって、最初に太后様に言われたのが、宋への進攻を準備せよ、ということだった」

「どこまで、続けるおつもりなのだろう？」

「中原《ちゅうげん》を制するところまで。俺は、そう思った」

「燕雲十六州を守ろうなどという、生半可《なまはんか》なことではないのですな？」

「軍を預かる人間として、俺はそこまで覚悟したよ」

耶律休哥は、かすかに頷いた。蕭太后の気性なら、それはあり得ないことではない。これまで宋には勝ち続けてきたが、ほとんどが侵攻を受けての反撃だった。こちらから攻めるべきだという気持は、たえずあっただろう。

しかし、遠大な夢だ。

「部下はどこだ、耶律休哥？」

「城外に駐屯。北辺にいる身では、燕京の冬は楽なものでしてな」

耶律休哥は、禁軍府を出て、宮殿に入った。

燕京に入ったら、必ず帝に拝謁しろと義務づけられている。以前は、たとえ拝謁を願い出ても、許されなかっただろう。

帝は、いまだ八歳である。父景宗が崩御《ほうぎょ》して即位した時は、二歳にすぎなかった。

蕭太后によって、相当厳しく育てられているという話は、北辺にいても入ってくる。

通されたのは、謁見の間より奥の部屋である。非公式な謁見に使われたりするところで、耶律休哥が入るのは三度目になる。

蕭太后は、側近の者を三名連れて、すぐに出座してきた。公式の場ならともかく、ここで帝に会う必要はないらしい。

「早かった。あと二日後に、燕京に入るのだろう、と思っていました」

「調練の途中でありましたので」

「兵は連れてきていますね？」

「二千五百を」

「いまの麾下を、一万に増やす気はないのですか、耶律休哥？」

「私の躰ではなくなります。いまなら、私は自分の手足のように部下を動かすことができますが」

「いくら言っても、無駄なのでしょうね」

かすかに、蕭太后が笑ったようだった。小肥りで、眼の光は強く、しかし強さの中に女らしさもある。この容姿に魅かれたこともある。全身に白い毛が生《は》えている自分が、好かれていると感じたことも、ないわけではない。太后と禁軍のまだ若い将軍だった。つまり、臣下である。抱いた思いを、どうすることも許されなかった。

将軍である自分の妻になるのならともかく、太后の夫という立場は、受け入れることができなかった。

男はそうあるべきだ、と考えてしまう若さがあったのだ。それは、守り抜いてよかったと思っている。蕭太后の夫になっていたら、背負わなければならないものは、もっと大きく複雑になったはずだ。

一昨年の戦のころから、耶律休哥を見ても、蕭太后は、それほど不快さを募《つの》らせたりはしなくなったようだ。

「一万の軽騎兵がいれば、と私はいつも思います。しかし、ひとりで率いるのは、五千が限界だという」

「動きに、隙《すき》が出すぎます」

「言っている意味は、私にはわかる。それでも求めてしまう。そういうものなのだと、いまは思っています」

「もう一隊、作られればよろしいのでは、と私は思いますが」

「おまえほどの指揮官が、ほかにいるのですか、耶律休哥？」

「捜せば」

「私が、捜さなかったとでも思うのか。耶律奚低を失ってから、軍を誰に預けるかも考え続けてきた。適任の者がいないわけではなかったが、高齢であった。結局、すべてを考えて耶律斜軫にしたが、満足しているわけではない」

「いい軍人であられる、と思います」

「慎重なのはよいが、果敢《かかん》なところがない。攻めの戦には、それが必要だと、私は思っています。二番手にしてある耶律学古が、勇猛《ゆうもう》であるので、釣り合いはとれているのかもしれませんが」

「楊家軍を失った宋より、ずっとましだと私は思います」

　蕭太后は、視線をわずかに上にむけただけだった。視線が戻った時、耶律休哥は見つめられていた。

「誰です？」

「なにがでございますか？」

「もう一隊、軽騎兵を作れと言った。それは、おまえがこれと思っている人間がいるからでしょう」

　さすがに鋭《するど》かった。

「捜せば、と申しあげました」

「いるから、そう言った、というのはわかる」

「私が考えている人間には、問題がありすぎるとみんなが言うと思います」

「構わぬ。名を言いなさい」

「石幻果です」

　じっと耶律休哥を見つめていた眼が、一度、長く閉《と》じた。

「おまえと較べて、どうなのです？」

「いまは、私がいくらか勝《まさ》っているかもしれません。しかし、あと数年で、間違いなく私を越えるでしょう」

「それほどに？」

「天稟《てんぴん》としか言いようのないものを、持っています」

「宋では、なぜそれほどの人間を、小さな寨《さい》（砦《とりで》）の指揮官にしていたのです？」

「怯懦《きょうだ》な男に、大軍を指揮させてもいました。そういうものだろうと思います」

　蕭太后は、なにか考える顔をしていた。無言の時が、しばらく流れた。

「宋軍と、闘わせてみなさい。宋兵を殺せば殺すほど、宋から離れざるを得なくなるでしょう。宋に戻っても、処断されるだけ、という状態にしなさい」

「石幻果の、記憶が戻った時のことを、考えておられますか？」

「優れた若い将軍なら、それなりの国に対する思いを持っていたでしょうから」

「いま、この国を好きになりかけております」

「ならば、早く、宋軍と闘わせなさい」

「耶律斜軫将軍から、宋への攻撃を命じられています。その指揮を、いきなりさせてみようと思うのですが」

「どういう編制で？」

「私が五百、石幻果に二千を率いさせます。戦はすべて石幻果ということで」

「おまえがそう言うのなら、必ず勝てるのでしょう。五度、宋軍に大きな犠牲を出させるかたちで勝ったら、新しい隊の創設を認めてもよい」

　勝利にも、さまざまある。敵を追い払うだけで犠牲を出させなくても、勝ちは勝ちなのだ。そのあたりも、蕭太后は厳しく見ていた。犠牲というもので、完全に宋から引き離すことも考えている。

「その軍は、どういうかたちになるのでしょうか？」

「軍の組織では、おまえは耶律斜軫の下に組み入れられています。遼の軍人は、全員そうです。しかし、独立行動権を失うこともない。そういうおまえの下に置くのが一番だと思いますが、戦ぶりを見てから決めることにいたしましょう」

自分の下に、石幻果が来ることもある。それだけの言質《げんち》で充分だった。耶律斜軫の下に置くと、つまらない使われ方しかしない、と見抜いてもいるのだ。

「いずれ、瓊峨姫と妻《めあ》わせることも、あり得ると思いなさい。河北《かほく》を奪《と》ったら、王が必要になります。漢族の石幻果が王であるというのは、統治には悪くない。それに瓊峨姫は、ずっと以前から石幻果に心を傾けていたようでもありますし」

瓊峨姫については、さすがの蕭太后も持て余しているところがあるらしい。

退出し、部隊が野営している場所に戻った。

石幻果は、数名の兵と草の上に腰を降ろしていた。呼ぶと、駈けてきた。

「明日、易州《えきしゅう》へむかう。明後日には、その南の国境を侵《おか》す。宋軍の守備の主力は遂城《すいじょう》だが、少し西に寄るので、北平寨《ほくへいさい》の兵が出てくるかもしれん」

「戦ですか」

北平寨の名を出しても、石幻果は大した反応を見せなかった。

北平寨の守備軍の指揮官として、しばしば遼軍と闘っていたことは、話していない。土地が、それを思い出させることがあるかもしれない。その時はその時だ、と耶律休哥は思っていた。

「おまえは、二千の部隊を指揮して、先鋒となれ。というよりも、俺は赤騎兵《せっきへい》を率いて、おまえの戦を見ているだけだ。宋に侵入して、暴《あば》れて、宋軍の動きをすべて引き出す。それが任務だ。五百は討ち果せ」

石幻果の眼が輝いている。

「耶律休哥将軍に、頷いていただける戦をいたします」

「宋領にいるのは、丸二日だ。俺の兵を、大量に死なせることは許さん」

「戦です。ひとりも死なせないとは言えませんが、そのことについても、充分に心に刻《きざ》んで指揮をします」

石幻果が、窺うように眼を覗きこんできた。

「それにしても、なぜ私が、指揮を許されるのでしょうか。戦に出るのも、いろいろと問題があるのではありませんか？」

「耶律斜軫将軍だけなら、許すまい。それ以上のことは、いまは言えん」

「わかりました。戦に出られるだけでなく、指揮もできるのです。それだけで、充分です。赤竜にも、すぐに言ってやります」

「あの馬が、間に合ってよかったな」

笑いかけると、石幻果も白い歯を見せた。

耶律斜軫には、速やかに国境を侵して宋領で行動する、と伝令を送った。これで自分の軍の動きは、正統な命令の中で行われることだとみなされる、と耶律休哥は思った。

翌早朝、まず二千騎が出発した。五百騎ごとの行軍だが、よく見ると百騎ずつに分かれていることがわかった。夜のうちに、編制は決めてしまったらしい。

出発、と耶律休哥は赤騎兵に声をかけた。

五

易州に午後到着し、その日のうちに国境の近くまで進んで、馬を休ませた。

副将は、耶律占《やりつせん》である。厳しい調練を通して、心を許し合った若い将校のひとりだ、と石幻果は思っていた。

「遂城を、そのまま攻撃されるつもりですか、石幻果将軍?」

「待て。私は将軍ではない。試みに、耶律休哥将軍が指揮を任された。それだけだ」

「指揮を任せたいと思うものが、石幻果殿にはあったのですよ。私も、石幻果殿の指揮で戦に出たいものだ、と思っていました」

「遂城か」

「攻めますか?」

「攻めん。攻城戦をやりに行くのではない。遂城の守兵は一万。私に与えられた時は二日。遂城と北平寨の間を、ただ駈け回る。そうすることで、遂城や北平寨の守兵は、出動せざるを得なくなる」

「挟撃《きようげき》を受けるかたちになりますね、そのままだと」

「部隊の動きが遅ければな。私は、思うさま掻《か》き回《まわ》してやるつもりでいるが」

「旗は？」

「旗のお許しなど、頂戴しておらん。あくまでも、耶律休哥軍の一部隊で、それさえも伏せられるかもしれん」

「しかし、将軍は見ておられる」

「そうだ」

陣営は、明日早朝の出撃を待って、静かだった。数えられるほどの篝《かがり》と、二百の見張《みはり》。あとは、眠っているのだろう。

一日の休息はとったものの、兵は過酷な調練の直後だった。それも、頭に入れておかなければならない。朝までは、交替で見張をさせる以外、しっかりと眠らせておきたかった。

耶律休哥は、二里（約一キロ）後方である。篝が、二つ見えるだけだった。

石幻果は、草の上に横たわった。

声が、聞える。北辺に行き、馬で砂漠を駈けると、必ず聞えてきた声である。闘え。男として、闘ってみろ。おまえが生きるのは、この砂の上だ。そして、闘いの中だ。

声は遠く近く、しかし心の底から聞えてくるようだった。その声を聞くために、北辺の砂の上に立っていた、と言ってもいい。

遂城や北平寨のあたりも、馬で駈ければ砂煙があがるだろう。雨が少なければだ。北辺より、ずっと肥沃《ひよく》な土地だった。

この一年余で、遼や宋に関する、さまざまなことを知った。燕雲十六州についても、瓊峨姫から聞き、耶律休哥に教えられた。耶律占も、いろいろと語った。語った人間の話をひとつにまとめることは、難しいことではなかった。

ほんとうは難しいはずなのに、と瓊峨姫は言った。自分が誰なのか、悩んだりしないのか、とも言われた。

頭に、ぼんやりと靄がかかっているような気がしたのは、生まれたばかりだったからだ、と石幻果は思った。宋軍の将軍として、一度耶律休哥に殺された。そして、生まれ変った。自分が殺しかけたことについて、耶律休哥は隠そうとしなかったし、前から好きで、生まれ変ってからも好きだと、瓊峨姫は言った。

生まれ変った自分でいいのだ、といまは思っている。

草の上でも、砂の声が聞えた。闘え。闘うことで生きろ。

未明、石幻果は出動の合図を出した。

篝などはそのままで、陣を払った。

国境の河まで、静かに進んだ。渡渉《としょう》できる浅い場所は、耶律占から何カ所か聞いている。斥候《せっこう》は出してあった。

明るくなったころ、河に到着した。すでに、一度対岸に渉《わた》った斥候から、報告は届いている。

宋軍の見張の櫓《やぐら》が見えてきた。それでも、石幻果は急がなかった。しばらくして、宋軍の見張が、鉦《かね》を打ち鳴らすのが聞えてきた。

石幻果は、百名ずつ三隊出し、見張の櫓三つを引き倒させた。それで、この近辺を見渡せるのは、遙《はる》か遠くの丘の上だけになった。

四刻（二時間）ほど、南にむけて駈けた。急いではいない。急ぐ理由もない。

遂城の守備兵なのか、五千ほどが行手《ゆくて》を遮《さえぎ》ってきたのは、それからさらに六刻（三時間）は経《た》ったころだ。敵の侵入に対する動きは、きわめて悪い。

五千を前にすると、石幻果は西へ方向を変えた。敵には、騎馬隊も一千ほどいる。しかし、単独で追ってくることはしなかった。

斥候を出しながら、進む。掲《かか》げているのは『遼』の旗だけで、『休』旗もない。

後方から追ってくる五千と、あまり距離が開かないようにした。

「前方に、北平寨の二千。騎馬は五百」

斥候の報告が入った。石幻果は、南に方向を変えた。これで、七千の兵に追われることになる。しかし、当たり前の追撃《ついげき》態勢しかとってこない。伝令は忙《せわ》しなく行《ゆ》き交《か》っているだろうから、そのうち南にも数千の軍が現われるかもしれない。そうなると、完全な挟撃だった。それも耶律占が予想した、遂城と北平寨の軍による挟撃より、ずっと規模は大きい。

思った通り、後方からは七千がまとまって追ってきていた。

前方に五千の軍という報告が入ったのは、陽が傾きはじめてからだった。五千は陣形を組んでいるというから、ようやく挟撃する気になったのだ。

斥候に、陣形を探《さぐ》らせた。中央に騎馬一千を置いた、鶴翼《かくよく》。後方は、まだ陣を組まず、前進中である。

「駈けるぞ。前方の敵の二里（約一キロ）手前まで近づく。耶律占は、一千を率いて、私の隊の反対にむかって走れ。つまり、左右に分かれた恰好をとる。それから、私の隊は一旦《いったん》後方の敵にむかう恰好をし、反転する。その間に耶律占は、南の敵を迂回《うかい》し、鶴翼に後方から突っこめ」

「なるだけ、犠牲を出したくないのですね。まず南の五千を挟撃で崩す」

「俺の部下を無闇《むやみ》に死なせるのは許さん、と耶律休哥将軍に言われている」

「わかりました」

全軍が、駈けはじめた。

前方に、敵が迫ってくる。二里まで近づくと、もう二千を押し包むという態勢をはっきり見せていた。

片手をあげた。弾《はじ》かれたように、耶律占《ちち》が右へ駈けた。石幻果は、左へ駈けた。奇策を警戒したのか、敵の鶴翼が少し縮まった。

後方の七千の敵に、石幻果は馬首《ばしゅ》をむけた。それは、わずかの間である。すぐに反転し、一旦隊を止めた。

「やるぞ、赤竜」

調練ではない、はじめての戦だが、恐怖や怯《おび》えは、かけらもなかった。気持よく、緊張している。血が、全身を駈け回っている。

百騎ずつ横に拡げ、突っこんだ。

見る間に、敵が近づいてくる。後方の丘から、耶律占が絶妙の機を捉《とら》えて突っこんでくるのが見えた。敵の眼のほとんどは、前方から突っこんでくる騎馬にむいている。

耶律占が、先に突っこんだ。半《なか》ば逆落《さかお》としの勢いも加わっている。陶器でも割ったように、敵の陣が崩れ、そこに石幻果の一千が突っこんだ。応戦らしいものは、ほとんどなかった。石幻果は、敵を突き抜けると反転し、追撃に入った。耶律占も加わってくる。遅れている敵は、突き倒し、踏み潰《つぶ》した。やがて後方にいた七千が見えてきた。まだ陣形を組みきれていない。そこに、敵の五千を追いこんだ。七千も、崩れた。味方が飛びこんできて、崩れたようなものだった。

一万二千が、潰走《かいそう》していく。

兵をまとめ、踏み留《とど》まる余裕は与えなかった。すでに、一千以上は斃《たお》しただろう。自軍の犠牲など、ほとんどない。

敵は、散らばりはじめた。それを、さらに散らした。

陽が落ち、薄暗くなってきた。

石幻果は一度軍を止め、それから南へむかった。斥候は出している。百名だけを、さらに十数里南へやり、そこで二十の篝を焚かせることにした。

残りは、西へ迂回した。敵は、散った兵を集めるのに懸命になっているようだ。援軍の要請も出しているだろう。

大きく、西へ迂回し、国境へ近づいた。その間、駈けはせず、兵にも枚《ばい》を噛《か》ませた。

国境の近くまで行き、ようやく陣を立て直している敵の背後に回りこんだ。

「馬を休ませろ、耶律占。水をやり、秣も与えるのだ。兵は、遼へ戻るまで水だけだ」

星は出ているが、月はない。

埋伏《まいふく》のかたちをとった。林の中に馬を隠し、兵は枚を嚙んで伏せている。斥候も、二騎ひと組を、順次に出した。

敵の陣形が整ったのは深夜で、それから防塁や逆茂木《さかもぎ》などで守りを固めはじめている。朝までに、なんとか防御を強化しようというのだろう。兵は九千を超えたぐらいの見当なのだという。

夜明け前に、乗馬を命じた。

周囲が明るくなったころ、敵の背後へ迫っていた。

「遂城、そして北平寨と攻め、帰還する」

言うと、耶律占が意外そうな顔をした。

「これ以上の戦は、敵を散らばせることにしかならん。まあ、どこかに遼の旗を一本揚げてから、帰還しようではないか」

薄明《はくめい》の中を、駈けはじめた。

敵の背後。まったくと言っていいほど、こちらは警戒していない。背後から攻めると、新手《あらて》が渡渉してきたとしか考えないはずだ。それだけで、敵は恐慌《きょうこう》を来たすだろう。

枚をとり、声をあげさせた。馬は、充分に元気を取り戻している。呆気《あっけ》ないほどたやすく、敵の陣は崩れた。ほとんど、ぶつからなかったと言っていいほどだ。あまり散らないように、追い立てた。

敵は遂城にむかって、逃げている。

四刻（二時間）ほど追ってから、遅れた者を討ちはじめた。敵はただ、遂城にむかっている。

遂城が近づいた。城門が開かれている。そこに、敵の騎馬も歩兵も殺到《さっとう》していた。

機を見て、石幻果は、城門にむかって突っこんだ。それを見て、城門が閉ざされる。城外にはまだ、三千ほどが残っていた。一応、退却のかたちを取ろうとした者もいたので、殿軍《しんがり》だった騎馬が一千ほどだ。

「よし、騎馬隊を追え」

西へむかって、耶律占と挟《はさ》みこむようにして、騎馬隊だけを追った。敵は必死である。馬が潰れることも、いとわないような駈け方をしていた。

馬の質が、違いすぎる。石幻果は、少し追い脚《おあし》を緩めた。

ほかに、敵の姿はまったくない。

八刻（四時間）、追った。

「北平寨です、石幻果殿」

「よし、追いこめ。おまえは敵に紛《まぎ》れて、二百騎で寨に突っこみ、城門を確保しろ」

「なるほど。それなら」

耶律占が、先行していった。敵の騎馬隊に、隊伍《たいご》などはじめからない。耶律占が紛れこむのは、難しくもなさそうだった。

敵と、少し距離をとった。

敵の騎馬隊が、北平寨に駈けこみはじめる。そこで、石幻果は赤竜の腹を腿で締め、駈けろと伝えた。力を抑《おさ》えられていた赤竜が、猛然と駈けはじめる。部下も、少しずつ遅れながらついてくる。

北平寨の門は、閉じなかった。

石幻果は、駈けこみ、反転し部下と合流した。一旦、寨に入った敵が、逃げはじめた。寨にはほかの出入口もあるらしく、正門のほか、二カ所に殺到している。寨の兵が、すべて出てしまうのを待った。

「城塔に、『遼』の旗を揚げろ、耶律占」

言って、一千騎を率い、石幻果は寨の外に出た。なんとかまとまろうとしていた敵の兵は、それで散った。陽が落ちるまで、石幻果は敵のまとまったところを崩し、すべて散らした。敵は四方に散ったので、丸一日かけてもまとまれないだろう、と思った。

寨内に百騎だけ留め、全軍を外へ出した。

馬を、休ませた。最後の追討《ついとう》の分だけ、石幻果の部下の馬の方が疲れている。耶律占が、寨の周辺を百騎ずつで巡回《じゅんかい》した。ほかからの援軍が到着するかもしれないからだ。

馬には、たっぷりと水と秣を与え、北平寨の厨房で、温かい糧食を作り、兵にとらせた。

結局、朝まで敵は現われなかった。

「旗はそのままにして、撤収《てっしゅう》する。急ぐことはない」

石幻果が先頭で、北へむかった。

「石幻果殿、渡渉したところに戻らないのですか？」

「あそこに、斥候を出してみろ。かなりの軍がいるぞ」

耶律占が、首をひねりながら、数騎の斥候を出した。

「いました。六千ほどの軍が、堅陣《けんじん》を組んでいます」

「見張の櫓を倒した。ここから帰ります、と教えてやったようなものではないか。

そして、その通りに考えてくれた。この先の渡渉点には、見張しかいない」

「そこまで考えて、その櫓を倒されたのですか?」

「そうだ」

渡渉点に達した。すでに見張はおらず、先に渡渉した馬蹄《ばてい》の跡があった。

渡渉し、国境から四里(約二キロ)離れると、耶律占に損害を調べさせた。

「二十六騎が欠けています。そのうちの半分は、馬を失ったと考えられますので、いずれ戻ってきます」

「そんなに、犠牲を出したか」

「なにを言われます。敵の三千は斃しておりますぞ。文句のつけようのない、大勝です」

それでも、石幻果は、どこかもの足りなかった。もっと強い敵と、正面からむき合って闘ってみたいと思う。

一刻(三十分)ほど行軍したところで、丘の稜線《りょうせん》に騎馬隊が現われた。

耶律休哥の、赤騎兵である。

戦の間、一度もその姿を見ることがなかった。しかし、しっかり見られていた、と石幻果は感じた。

姿を見せない兵の使い方。それを考えると、空恐《そら》しくなる。まだまだ、耶律休哥のほんとうの力を知らないのだ、と思う。

「耶律休哥将軍、大勝です」

興奮した声で、耶律占が言った。耶律休哥は、それに一瞥《いちべつ》をくれただけだった。

「われらの軍営に引き返す。ちょっとばかり、調練が長引いたな」

戦についいて、耶律休哥はなにひとつ言おうとしなかった。

粛々《しゅくしゅく》とした行軍が続いた。

石幻果は、戦のはじめから、もう一度考え直していた。

あそこでは、こうすべきだった、という点がいくつかある。丸二日の時を貰ったのだから、もっと激しく暴れ、遼軍の存在を敵の心に刻みつけられたとも思う。

それでも、闘ったのだ。はじめて、砂の声に応じることができた。

三日目の野営の時に、耶律休哥に呼ばれた。

「座れ」

直立した石幻果に、耶律休哥が言う。すでに砂漠で、その声も砂から出てきたように聞えた。

「どうだった？」

「拙《つたな》いところもありましたが、一応の戦はできた、と考えています」

「そんなことは、訊いていない」

「は？」

「なにか、思い出さなかったか？」

「と言いますと？」

「おまえは、宋軍では北平寨の指揮官だったのだ」

「そうなのですか」

聞かされても、特に大きな驚きはなかった。

「おまえがいた時は、もっと精強だった」

石幻果は、足もとの砂に眼を落とした。

「そこに、『遼』の旗を揚げてくるとはな。俺も、そこまでやるとは思わなかったよ」

砂が笑うように、耶律休哥の笑い声が闇の中に響いた。

第二章　それぞれの冬

一

百名が二百名になり、三百名に近づいても、七郎《しちろう》は山を降りなかった。

六郎《りくろう》は代州《だいしゅう》に館《やかた》を建て直し、五百ほどの部下を擁《よう》している。それでも、かつて三万に達した楊家軍《ようかぐん》には、遠く及ばない。

六郎が、母に会うために開封府《かいほうふ》へ出かけていったことについても、七郎は釈然《しゃくぜん》としない思いを抱いていた。開封府へ行けば、どうしても廷臣に、あるいは帝自《みかど》身に、接することになる。そしてまた、父が押しつけられたような、理不尽な任務に就《つ》くことになるのだ。

開封府の母佘賽花《しゃさいか》は、七郎の生母ではないが、異母妹の八娘《はちじょう》、九妹《きゅうまい》とは会いたかった。それにも耐え、七郎は百名の部下を鍛《きた》え、山中に百名ほどで分散して拠《よ》っている、かつての楊家軍の兵の間を回った。すべて集めれば、それは三千に達する。

父の代に、代州の館の近辺に、大量の塩が蓄えられていた。それを密《ひそ》かに売って銀に替え、兵を養う費用は充分にあった。だから、楊家軍は、楊家軍として独立していられる。六郎はしかし、その道は選ばず、宋軍《そうぐん》の一端《いったん》に加わることを肯《がえん》じてきた。

結局、そうならざるを得ないであろうということは、七郎にもわかる。しかし、宋という国に対して殉《じゅん》じようという気持に、どうしてもなれないところもあった。六郎が開封府へ行ってから、宋軍から軍費が届くようになった。それはほとんど、いい馬を買うために充《あ》てられている。

楊家軍を、騎馬隊として再興することに、異存はなかった。三千というのも、適当な数だろう。しかし、宋軍の指揮下に入るということについては、納得できない部分もあった。

遼《りょう》との戦《いくさ》はまだ続く気配で、楊家軍は死に兵として扱われかねない。宋は国としてのかたちが整い、もう軍閥《ぐんばつ》が認められる時代ではなくなった、と六郎は言う。それもまた、理解できないことではなかった。

楊家軍を再興するために、六郎はある程度の時を貰《もら》ってきている。それも、かなり過ぎた。宋軍からの軍費だけでいい馬が揃うはずもなく、楊家の銀も使っている。

不満なことだらけだが、黙って受け入れるしかない、と六郎は言った。いまさら、楊家軍だけが独立してはいられない。

七郎は、冬も山中の幕舎《ばくしゃ》で過した。部下は選《よ》りすぐっている。六郎が、代州を中心に徴募《ちょうぼ》をかけたが、いまのところ、楊家軍に加えたのは三十名足らずだという。七郎の部下は、すべてかつての楊家軍の生き残りだった。

「六郎殿からの使者が、また来ていますが」

いつも七郎についている、張英《ちょうえい》が困ったような顔をして、幕舎へやってきた。三百名近くだが、まだ軍としての体裁《ていさい》は整っていない。したがって張英は、副官とは呼べなかった。

「そろそろ、楊家軍をひとつにしよう、と六郎殿は考えておられるのでしょう」

「兄者《あにじゃ》の気持は、わかるが」

ひとつになれば、すぐに戦場に出されかねない。遼との国境では、しばしば小競《こぜ》り合《あ》いが起き、代州も例外ではなかった。

「部下を全部連れていかないにしろ、七郎殿は山を降りて、六郎殿と話すべきでしょう。私は、そう思います」

張英は、もともと長兄の延平《えんぺい》の従者だった。軍の指揮をはじめたばかりのころは、口うるさいことをよく言われたものだ。楊家軍が潰滅《かいめつ》し、山中に籠《こも》ることになった時、なにも言わず七郎についてきた。

「兄者と、話そうという気にはなっている」

「ならば」

冬が終り、樹々《きぎ》が芽吹《めぶ》き、すでに新緑が眩《まぶ》しい季節になっていた。

「山中を回る。その報告もかねて、兄者に会いに行こうと思う。だから、五騎だけを伴《ともな》う。留守は、張英に頼みたい」

「使者に返事をしなければなりません。ひと月後、六郎殿の館に行くということでよろしいですな」

「いいだろう」

兄との関係が、険悪なわけではない。ほかの兄たちが死に、いまは六郎が楊家の棟梁《とうりょう》でもあった。

楊家軍の生き残りは、代州だけでなく、西の方にもかなりいて、それぞれが山中に拠っている。その場所を、六郎も七郎も把握していたが、実際には代州の中だけしか見ていなかった。

張英は、すぐに五騎を選び出した。

七郎が西にむかったのは、二日後である。

従者は腕の立つ者ではなく、物資の流れに詳しい者、医術の心得のある者などだった。張英が考えていることは、なんとなく理解できた。

西へ六日進み、府州《ふしゅう》へ入った。

ゆっくり進んだのは、国境を見て歩いたからである。

宋の守備軍は、国境のそばに見張櫓《みはりやぐら》をいくつも設《もう》けていたが、本隊は十里（約五キロ）以上も離れた後方にいる場合が多かった。国境の守りをすべて厳しくするのは、無理なことだろう。遼軍が侵入してきた時、迅速《じんそく》に対応できればいい。その意味で、やや後方に位置するのは間違いとは言えないが、五百里（約二百五十キロ）以上にわたって、どこも同じ構えだった。地形の違いなどまるで無視し、開封府で決めた通りの配置でいるのだろう。

府州の山中に、劉平《りゅうへい》がいた。

父の下で将校をしていて、潰滅後も自分の隊の半数はまとめた。

七郎が姿を見せた時、もう村の入口には劉平が立っていた。なんでもない村のように見えながら、見張は忘れていないようだ。攻められた時の備えも、実にうまくできている。

「久しいですな、七郎殿」

劉平は、にやりと笑い、七郎を村の中に導いた。土を濡らして固め、陽《ひ》に干したもので、家はできている。西に来るほど、こういう家は多くなるのだ。

「六郎殿が、楊家軍を再興されるという知らせは、届いております。ただ、まだ府州に留《とど》まり、『楊』の旗も掲《かか》げぬようにと」

劉平の家は、造りこそ大きいが、粗末さはほかの家と変りなかった。百名の兵を養うだけのものは、六郎から届けられているはずだ。代州の山中にいる楊家軍は、それで飢えてはいない。武器なども、整っている。

「ここの暮しについて、あまり報告は受けていないが」

家の中には、卓がいくつか並んでいるだけだった。二十人ほどが、集まって食事ができるというところか。

「こんな暮し、報告するほどのことはない、と思いましてね。楊業《ようぎょう》様が戦死されて、もう三年近くになります。こうやって暮すことを、俺の部下たちは覚えましたよ」

「こうやって、とは？」

「山中の、貧しく、小さな村。そこでようやく生きている、村人」

水が、運ばれてきた。茶など、ないらしい。

「ところどころに、畠《はたけ》を作り、それで糧食は事足りています。鹿などを狩り、干肉《ほしにく》の蓄えもありますので」

「それで、宋の役人の眼を逃《のが》れているのだな。俺と同じようなものか、劉平」

「幕舎暮しで山中を移動される方が、軍に近いでしょう。ただ、ここにいる百名は、七郎殿の部下と較べても、決して劣《おと》ることはない、と思っていますが」

それなりの調練は課してきている、と言っているのだろう。劉平は、若い将校の中では、父が評価していた十数名に入っていたはずだ。

「馬は、ここには置いてありません。ずっと南西、渭州《いしゅう》の谷間《たにあい》で、王志《おうし》殿が馬を養っておられるのですよ。渭州のことは、知っているのでしょう?」

「王志がいるということは。兄者から、銀が届けられているはずだ」

王志が一番西にいて、やはり百名ほどをまとめている。牧《まき》をやっている、という話も聞いていた。ここと渭州の間に、方礼《ほうれい》と李成《りせい》がいる。方礼は、北平寨《ほくへいさい》にいた四郎《しろう》の副官だった。

「王志殿のところへ、俺や方礼や李成の部下は、五十名ずつ行軍して行きます。たえずです。時には、兵糧《ひょうろう》も持たず、昼夜、駈《か》け続けたりして」

「なるほど。そうやって、兵を鍛えるか」

「武器の扱いは、心得ています。体力が落ちるのが、最も心配なことですから」

「いずれ、ともに調練することになる」

「その時が愉《たの》しみですよ、七郎殿」

劉平が、白い歯を見せて笑った。

二日、劉平の作った村で過した。

兵糧は、ぎりぎりのものがある。鹿の肉の蓄えもある。しかし、武器などは置かれていない。どこかに隠してある、という気配もなかった。

二日間、七郎は、貧しい農民の身なりをした、劉平の部下たちに眼を注《そそ》いでいた。みんな、しっかりした躰《からだ》をしている。動きは素速《すばや》く、無駄もない。鍛えあげた兵の動きだと、見ているかぎりは思える。ただ、具足《ぐそく》を付けていないだけだ。百本ほどの、長短の棒が置いてある小屋があったので、武術の調練など、それでやっているのかもしれなかった。

さらに西へむかう七郎を、劉平は一頭だけいる馬に乗って、十里（約五キロ）ほど送ってきた。

「俺が言うべきことだろうと思うので、言っておきます、七郎殿」

別れ際《ぎわ》に、劉平が言った。

「なんだ？」

「渭州へ行かれればわかりますが、王志殿のもとにいるのは、百名でなく三百名です」

「三百？」

「はい。ただ、闘える者たちではありません。戦で負傷し、戦場に出ることができなくなった者たちが、二百ほどいるのです」

戦は死者を出すが、それ以上に負傷者を出した。足が思う通りに動かなかったり、腕を失ったりという者以外にも、内臓に傷を受け、激しい動きができなくなった者もいる。

代州に戻ってきた生き残りの中で、戦に堪《た》えられないだろうと思える者たちには、相応《そうおう》の銀を渡し、それぞれに生きて行けるようにした。それは、六郎と話し合って決めたことだ。

農耕をやる者、手に職をつけた者など、生き方はさまざまだろう。かつて楊家軍にいたというだけで、その後の関係は切れている。父の代から、負傷者に対する扱いはそうだった。

「二百は、はじめから王志殿のところに集まったのではありません。俺のところからも二十名ほど行ったし、方礼や李成のところも、同じようなものだったでしょう。そのほか、西へ流れてきた負傷者も、王志殿は収容されました。全体で、およそ五百ほどだったでしょう」

「五百名も」

「三百ほどは、ひとつにまとまり、村を作っています。開墾《かいこん》した畠もあり、妻帯《さいたい》したり、すでにいた家族を呼んだりして、五百名を超える村になっています。楊家村というのですが。全員が、楊業様を慕《した》い続けているので、その名を頂戴いたしました」

「暮しむきは?」

「なんとか、助けを出さなくても済む、という状態にはなりました」

「おまえたち、代州から送られてくる銀のうちの一部を、そこへ注《つ》ぎこんでいたのか？」

「闘える兵のため、武装のためとは承知しておりますが、王志殿を中心にして、俺も方礼も李成も、それに賛成したのです。いずれその村は、楊家軍の役に立つ、と信じた上でのことです」

「わかった。兄者がなんと言うかわからんが、俺は悪くないことをした、と思う。ただ、武装はできていない、ということだな」

「みんな、具足なしで闘う覚悟はしています。王志殿の牧に二百頭を超える馬がいて、渭州まで行軍した者は、そこでしっかりと騎兵としての調練も受けています」

「王志のところには、まだ二百ほどの負傷者がいるのだな？」

「その者たちの半数は、牧を作ることに専念しています。一千頭の良馬を、常に用意するというのが、王志殿の考えです。残りの者は、手先が器用なので、さまざまな物を作っています。具足、武具、馬具のほか、農耕のための道具を。一部の者は、それを売って歩いたりもしています。つまり、商《あきな》いに携《たずさ》わっているということで」

「それでは、方礼や李成のところも、おまえのところと同じ状態だな？」

「はい。ただ、兵の鍛錬《たんれん》は怠《おこた》っておりません。それは、試《ため》してみられればわかります」

代州にいる自分たちより、ずっと過酷なところからはじめたのだ、と七郎は思った。銀さえ送ればいいと思っていたが、負けるとはこういうことでもあるのだろう。

「楊業様の死は、味方の、つまりは宋軍の裏切りによるものでした。これからも、宋軍の中で楊家軍を再興するとしても、俺らは宋軍を頭から信じることはできません」

「それは、俺もだ。そして兄者も。だから、いざという時のために、蓄えられた銀は大事に使ってきた」

「それを、無駄にしたのでしょうか、俺たちは?」

「いや、蓄えはいつかは尽きる。新しく銀を産む方法を、おまえたちは考えたのだろうと思う。兄者も俺も、そこまでは思い到《いた》らなかった。渭州を見て、これでよいと思ったら、俺は必ず兄者と話をつける」

「七郎殿にそう言っていただくと、いくらか気が軽くなります。王志殿は、首を打たれるのも覚悟で、これをはじめられたのです」

「王志らしいと思う。さすがは、あの王貴《おうき》殿の従弟《いとこ》だ」

王貴は、楊業と一心同体のようにして、楊家軍を支えてきた男だった。軍人ではなかったが、楊家には欠くことのできない男だったのだ。

楊業の死を聞いて、山中に隠棲《いんせい》した。

「とにかく、俺は渭州をよく見てみる」

劉平が頷いた。

供《とも》として連れてきた五名は、商いによる物の流れや、職人の世界などに詳しい。五名をつけた張英は、王志がやっていることを知っていたのかもしれない、と七郎は思った。

そうやって、楊家を支えようと考えている人間が、ほかにもいないとは言えない。兄と会い、話し合う意味が、次第に大きくなってきた、と七郎は思った。楊家軍の再興と言っても、単純なことではないのだ。

一度、南へ下り、それからまた西へむかう道筋をとった。

その途上に、方礼も李成もいる。

二

牧は、四つになっていた。

それぞれ三十名ずつが、そこで働いているが、馬の数はまだ少ない。ひとつの牧に、三百頭の馬をたえず飼っていたかった。谷間なので、柵《さく》で塞《ふさ》がなければならない距離は短くて済む。そこには、三百頭の馬が食《は》んでも充分なだけの、草が生《は》えている。秣《まぐさ》も、大量に作っていた。

五日に一度、王志はその牧を回る。

使える馬を二百頭は、たえず自分がいる牧に置いていた。それは鞍《くら》を載《の》せ、調練に使うのである。闘える部下は百名だけだが、劉平や方礼や李成のところから、いつも五十名ずつ、調練に来ていた。かなり激しい調練になるが、馬も充分に鍛えあげてある。

いま王志が懸命になっているのは、馬商人として、渭州の知州《ちしゅう》（長官）に認めて貰うことである。それによって、ひそかに作っている牧も、公《おおやけ》に認められたものになる。

そのために、賂《まいない》の銀が必要だった。

代州から送られてくるものを、劉平、方礼、李成は一部回してくれている。それははじめ、楊家村の建設のために使われた。いまは、楊家村の自給の態勢は整ったので、西域《さいいき》から馬を買い入れる費用に充てている。

ただ、これ以上の馬を飼うとなると、どうしても知州の承認が必要だった。

貴重な銀である。いまは、路の機会をしっかり見きわめるために、知州に近づいているというところだった。

ほかに、工房をひとつ作り、鹿の皮などを加工している。鍛冶場《かじば》もあり、そこでは武器を主に作っていた。

楊家というものが、どういう立ち直り方をすればいいのかは、わからない。それは、六郎や七郎が考えればいいことだろう。しかし、長く楊家軍に属していた兵も、間違いなくいるのだ。

六郎からは、楊家軍を再興するという知らせが届いていた。

代州から渭州にかけての山中に、実に三千の楊家軍の生き残りがいる。それは六郎の考えで、百名単位で分散して、山中に棲《す》んでいた。軍費としてそれなりの銀が、代州の六郎からは届けられているはずだ。

しかし、楊家軍は三万に達していたのである。死んだ者も多く、負傷者はもっと多い。楊業の死に絶望して、去っていった者もいるだろう。

楊家軍に残りたいが、負傷して闘えないという者も、王志は受け入れてきた。それが楊家村であり、牧の営みだった。楊家の本流を継ぐ、六郎や七郎と話し合って、それを決めたわけではない。

ただ、以前から親しかった数人には、その話はしている。

牧へ十里（約五キロ）の距離のところに、六騎が姿を見せた、という報告が見張から入った。

王志が最も恐れているのは、牧の馬を宋軍に接収されることである。そのため、予備の牧が作ってあり、いつでも馬を隠せるようになっていた。見張も、山間《やまあい》に散らばしている。その見張からの報告で、宋軍のようには見えないが、同じ具足を付けているという。

「誰何《すいか》していい。何者で、どこへむかうのか訊《き》け。牧の馬は、いつでも隠せるように、移動の準備」

六騎は、格別急いでいる様子もないようだ。切迫した気分は、まだ襲《おそ》ってこない。

「楊七郎延嗣《えんし》様と、その供。王志殿に会うために、代州から来られたそうです」

王志は、自分の頬《ほお》が緩《ゆる》むのを感じた。宋軍ではない。それどころか、七郎が自身で会いに来たのだ。

「馬を隠す必要はないぞ。お迎えには、俺が出よう」

王志は、馬に跳《と》び乗った。

牧へ通じる道は、複雑に入り組んでいる。四つの牧とも、そうだ。外から来た者は、大抵迷う。そのために、何本も道を作ってあるのだ。

三里（約一・五キロ）ほど駈けたところで、行き合った。七郎は、ゆっくりとだが、迷わずに進んできていた。

「王志か。久しいな」

七郎の方から、声をかけてきた。三年前より、さらに逞《たくま》しくなっている。兄弟の中で、一番楊業に似ていると思ったものだが、その印象も変らなかった。

「ともあれ、牧へ来てください」

王志は、先導して三里を駈け戻った。

百数十名の、兵たちが待っていた。王志の部下ばかりではない。方礼のところから、五十名が騎馬の調練のために来ている。

「供の五名に、牧のすべてを見せてくれ。工房や鍛冶もあるそうだが、そこも。そして、楊家村もだ」

「七郎殿は？」

「俺も、一度は牧と工房を見たい。しかし、さきにおまえと話をしたいのだ。数日は、厄介《やっかい》になると思う」

「それは、何日でも」

牧には、営舎が建ててある。王志の居室も、その中にあった。

「劉平、方礼、李成のところは見てきた。ほかに三カ所あるが、見ても同じだという。具足もなければ、馬もない」

「確かに」

「兄者から送られていた銀は、そのためだったはずだ」

「それが悪いと言われるのなら、責任はすべて俺にあります」

「ここには、馬がいるそうだな。具足は付けていないが、兵の数も多い」

「代州は別として、それ以外のところの騎馬の調練は、すべてここでやっております」

「楊家村などというものを建設するのに、かなりの銀も費《つい》やしている。いまは、馬の買い入れに使っているのだな？」

「牧で殖《ふ》やすだけでは、とても追いつきませんので。優《すぐ》れた馬を種馬《たねうま》にし、雌馬《めすうま》に孕《はら》ませてはいるのですが、産まれた仔馬《こうま》はまだ六十頭ほどです」

「あとは、西域から買いつけたか？」

「西域の馬は、大きい。北の馬は小さいが、粘《ねば》り強い。この二つが合わされば、いい馬ができると思っているのですよ」

「おまえは、いつから馬商人のような口を利《き》くようになった」

「三年前、この山中に拠った時から」

「おまえがやっていることを、代州で知っている人間も、いくらかはいるのだろう？」

「すべて、俺の判断でやったことです」

「それを、知っている人間もいるだろう、と訊いているのだ。たとえば、張英とか？」

「それは」

七郎の意図が、よく摑《つか》めなかった。質問の内容は、責めているようだが、必ずしも口調にはそれを感じない。

「張英のやつは知っている。間違いない。ほかにも、兄者のそばにいる者で、何人かいるだろう？」

「さて、それはなんとも。渭州で、というより、代州の西で行われていることは、すべて俺の責任です、七郎殿」

「責めてはいない。少し言わせろ、という気分があるだけだ。こんなことなら、俺も代州を出て、西に拠るのだった」

「そうですか。責めてはおられませんか」

「感謝すべきことだろう。よくぞ耐《た》えてくれた。そして、傷を受けた者たちを、よくぞ受け入れてくれた。俺も兄者も、傷を受けた者には、いくばくかの銀を渡しただけだ。ここでやっているような生かし方は、考えたこともなかった」

「それでいいのですよ。俺あたりが、ひっそりとやっていれば。傷を受けた者すべてを、こうやって引き受けてはいられません。戦であり、軍なのですから」

「そうだと言えば、簡単なことだが」

「楊家軍は、三万に達していました。いま、代州から渭州に到る地域に拠っている楊家軍は三千。二万七千が死んだり傷を負ったりしたかというと、そうではありません。一万は、宋軍に編入され、それをよしとしない者は、故郷へ帰ったりしたのです」

「三千は、楊家軍という名を、捨てきれなかった者たちだけか」

「そういうことになりましょう。俺も、楊家軍の一員であったという思いを、捨てきれませんでした。だからと言って、楊家に忠誠を尽したのだ、とは思っていませんよ。自分が自分でなくなるような気がした。それで楊家軍を捨てきれなかっただけです」

「わかった。ほかの三人とは、こういう話はしなかった。三人とも、具足は付けず馬もないが、すべて部下は精兵なのだと、胸を張っていた」

いかにも三人が言いそうなことで、王志は低く声をあげて笑った。

「ここは、やはり精兵百名か？」

「調練はしています。あとは、実戦に出てみないことには、精兵かどうかは」

「なるほど。それから傷を負った者たちが、村を作り、馬を飼ったり、工房で働いたりしている。百名は、その護衛《ごえい》のようなものでもあるな」

「六郎殿から、楊家軍を再興する、という知らせは届いております。気持としては、俺も代州へ行きたいですよ」

「しばらくは、ここに留まれという兄者の考えは、楊家軍が急激に強力になって、宋の将軍たちが警戒心を抱くのを、避けたいという思いなのだろう、と俺は考えている」

「傷を負った者たちのために費さなければならない銀は、もう必要がなくなっています」

「それだけではないぞ、王志。俺は道中でいろいろ考えてきた。ここでやられていることは、かなり大規模なことだ。いまは自給だけだとしても、いずれは逆に銀を産むのではないかな？」

「そこで産まれた銀は、馬を購《あがな》うのに使おうと思っているのですが」

「その前に、おまえは百名の部下を率いて、楊家軍に合流することになる、と思う。しかし、ここをやめることもできん」

「それがまだ、ここを任せられる人間が、育っていません」

「そこのところは、俺にも考えがある。兄者と話し合うと、また別の考えも出るかもしれん。これから先のことは、代州の判断に任せろ。おまえは指揮官として、どうしても楊家軍に必要なひとりだ、王志」

「俺も、軍の指揮をしてみたいですよ。銀の勘定《かんじょう》などはやめてしまって」

「誰だってそうさ。ただ、楊家軍が再興されたからといって、以前と同じとは思うな。宋の一部隊として扱われる。下手《へた》をすれば、総指揮官として宋軍の将軍が来かねない」

「宋軍の一部隊というのは、納得できないことではありません。しかし、総指揮官が宋の将軍となると、兵は受け入れないと思います。宋軍の指揮官の下で闘いたくなくて、宋軍に流れることもしなかった連中ですからな」

「そこは、俺も兄者とよく話をしてみる。遊軍《ゆうぐん》という扱いになれば、俺は受け入れてもいいと思っている。独立行動権というのは、宋の軍制を考えても、まず無理だな」

「遼の耶律休哥《やりつきゅうか》将軍は、独立行動権を持っている、という話ですが」

「それなりの軍功があってのことだろう。軍功著《いちじる》しかった楊家軍は、一度は潰滅してしまったのだ。そういうことは、一から積みあげていくしかないと、俺は思っている」

「しかし、楊家軍の再興かあ」

なにか、頭上の重たいものがなくなった、という気分に、王志は包まれていた。七郎と、直接喋《しゃべ》ったからかもしれない。

その夜は、羊を一頭殺し、馬の乳で作った酒を出した。馴《な》れているのか、七郎は馬の乳の酒も、苦にした様子はなかった。

翌日から、七郎は四つの牧をつぶさに見て回り、工房や鍛冶、そして楊家村にも出かけていった。一番近い城郭《まち》にも、具足をとって行ってみたようだ。

王志の牧に戻ってきたのは、四日後だった。

「思った以上の、規模だった。馬は、一千頭以上、飼えるのではないのか？」

「ひとつの牧に、三百頭。それで、千二百頭になります。働いている者たちは、かつて騎兵だった者ばかりで、馬の扱いには習熟しております」

「見知った顔も、いくつかあった。もう会えないだろうと思っていた者に会えて、俺は嬉しい」

牧は、騎兵だった者が、楊家村は歩兵だった者が、それぞれ働いている。妻帯も許し、家族を呼び寄せるのも認めたので、楊家村では子供たちの姿も見かける。

「近くの城郭へも行ってきた。楊家村は、そのうち税を取り立てられるだろう。それは仕方がないな。しかし、馬を売る商いは、できるのではないか、王志？」

「馬商人として知州に認められれば、かなりの頭数を動かせます。いい馬は楊家軍に、それほどでもない馬は、宋軍に。俺はそんなふうに小狡《こずる》いことを考えていたのですよ」

「そうだ、それでいい」

七郎が、にやりと笑った。

「それでだ、王志。おまえは、いつまでもここにいる、というわけにはいかん。俺が連れてきた五人は、武術の腕などいまひとつだが、物の流れについて詳しい者、帳面《ちょうめん》をつけるのがうまい者、商いがうまい者と揃っている。この五人を、おまえの代りに充《あ》てる、というのはどうかな。みんな、かつて楊家軍では、兵站《へいたん》や物資の購入などに関《かか》わっていた」

「役に立つので、ぜひ残していっていただきたいと思います。しかしその上で、全体を見る者が必要だと、私は思っています。知州への賂《まいない》なども考えなければならず、能吏《のうり》であるだけでは無理な部分があるのですよ」

「しかしな、人がいない。そんな人間は、俺には思い当たらん」

「ひとりだけ、俺が考えている男がいるのですが、それは六郎殿や七郎殿が、動かせるかどうかが問題になりますな」

「誰だ。それは?」

「私の従兄《いとこ》です」

「王貴殿」

父楊業と兄弟のような仲だった王貴を、六郎も七郎も、殿をつけて呼んでいた。

「山中に隠棲してしまった。小さな庵《いおり》で暮している、という話は聞いているが」

「王貴では、不足でしょうか？」

「いや、山を降りてきてくれるというなら、これ以上の適任はあるまい。父がいたころは、宮廷の工作などをしていた。渭州の知州ぐらいなら、片手であしらえる人だと思う」

七郎は、すでに二十六、七になっているはずだ。はじめて調練に加わった時から、戦に関しては非凡と言うしかなかった。六郎はさまざまなものを克服して、他より秀《ひい》でた武将になったが、七郎は戦のために生まれてきたのではないか、と思えるところがあったのだ。それでも、この三年足らずで、ずいぶん大人になったのだという気がする。

時として、燃えるように熱くなる性格は、心の奥底に収《しま》いこんでいるのだろうか。

「従兄は、六郎殿や七郎殿と、すべての連絡を断《た》っているのでしょうか？」

「少なくとも、俺とは。兄者がどうかは、話してみないとわからん」

「楊業様が亡くなられたことで、なにか深く、われらが思い到らないほど、傷ついてしまったのだと思います」

「おまえ、話ができるか?」

「それは、筋違いですな。六郎殿が、楊家の棟梁として、きちんと話されるべきです」

「そうだな。確かに、そうだ」

あのころの大物で、やはり山に入ってしまった男に、張文《ちょうぶん》がいた。もともと楊家の生え抜きではなく、代州で生き延びるために、楊家に帰順《きじゅん》したのだ。もう、自分の出番ではない、と考えているのかもしれない。

「代州で、やることは多くあるな。俺は、兄者が開封府に行くのは、まだ早いと思っていた。ただ、母上がおられるからな」

開封府にいるのは、七郎の実母ではない。そういうところで、七郎の気持には微妙なものがあるのかもしれない。

「俺は、代州の館へ行き、兄者ときちんと話し合う。言いたいことは、全部言うつもりだ。兄者も、俺に言いたいことは言うだろう」

「二人だけの、御兄弟ですからな」

「あと、延光《えんこう》がいる。もう、十四歳になっているのだ。延平兄上の部下だった者が、五人ついている。やはり代州の山中で、母とともに暮しているよ」

「七郎殿は、会われたことがあるのですか?」

「四度、俺が訪ねた。血筋から言えば、楊家の棟梁になってもいいのだからな」

楊延平の息子が、代州にいるという話は、王志も知っていた。六郎も七郎も、それは忘れていないようだ。

七人の兄弟のうち、妻帯していたのは、延平と二男の延定《えんてい》だけである。延定には、子がなかった。いまは六郎も妻帯しているという。子は、生まれたばかりらしい。

延光が、楊業の孫として、戦場に出るのは、遠い日ではないだろう。

「俺はやはり、代州へ行きたいと思います。御兄弟で、なんとか王貴を説得し、山から引っ張り出してください」

「わかっている。しかし、相手が王貴殿だ。兄者や俺にとっては、叔父貴《おじき》のようなものだからな。まともに、口を利けないところはある」

言って、七郎がかすかに首を振った。

翌朝、五名の供は残し、七郎は単騎で代州へ戻っていった。

三

蟬《せみ》が鳴いている。

また、夏が来ていた。何度、夏を迎えれば自分は死ねるのだ、と王貴はよく考えたものだった。今日ばかりは、いささか心境が違っている。心が乱れているということだろうか、と王貴は思った。

代州の、楊家の館から使者が来たのは、三日前だった。楊家の館と言っても、楊業が住んでいたものではなく、六郎が新しく建てたものだ。

山に隠棲してからも、楊家のその後については、しばしば考えた。しかし、自分から六郎や七郎の消息を探ろうとは思わなかった。自分はもう、楊家の役に立つ人間ではない、と王貴は思い定めている。

それほどに、楊業の死とは大きなものだった。幼いころから、弟のように育ってきた。四歳年長の兄。この兄が、自分のすべてだったと言っていい。

なにをやっても、兄には及ばなかった。武術などとうに諦《あきら》め、学問に専念した。その学問でも、兄のような視野の広さを持つことができず、細かいところで右往左往《うおうさ》していた、という気がする。

楊家を、どうやって成り立たせていくか。自分が考えるべきなのは、それだと思うようになった時、はじめて兄のそばに居場所を見つけたという気がしたものだ。

楊業は、不世出《ふせいしゅつ》の英傑だった。代州を中心に軍閥を築きあげ、北漢《ほくかん》の主力となった。北漢の帝は猜疑心《さいぎしん》が強く、いつその地位を楊業に奪われるか、という恐怖をたえず内包《ないほう》していた。

北漢の朝廷と楊業の関係を円滑《えんかつ》にするのが、王貴の役目だった。しかし宋が台頭して四囲《しい》を平定すると、帝の楊業に対する猜疑心はさらに強くなった。それは廷臣たちも同じで、宋の攻撃を防いでも、言われるのは悪口ばかりだった。

あそこで、楊業の立場を守ることは、ほとんど不可能に近かった。それだけ、帝が暗愚《あんぐ》だったということになる。

楊家の取るべき道を、王貴は懸命になって探った。楊家だけで対抗するには、宋軍はあまりに巨大だった。北漢の朝廷は、禁軍《きんぐん》などを決して前線に出そうとしなかったのだ。

生き残る道として、宋に帰順するしかなかった。楊業の頭の中には、滅《ほろ》びていく北漢と命運をともにする、という考えがあっただろう。北漢の帝は、人間としてそれに値しない、と王貴は言い続けた。どれほど愚《おろ》かかも、身をもって何度も体験させた。

宋への帰順の決定は、七人の息子たちをはじめとする一族の命運や、楊家軍の兵たちのことを考えた上でなされたことだ。

間違っていたと、王貴は思っていない。宋に帰順すれば、一番厳しい戦場に投入されることは、わかっていた。宋の将軍たちの、冷たい視線も覚悟していた。

しかし、軍功があれば、無視はできなくなる。そして、軍功については、絶対の自信が王貴にはあった。楊業ほどの軍人は、宋にも遼にも見当たらなかったのだ。思った通りだった。さまざまな軋轢《あつれき》はあったものの、帝の信頼の中で、楊家軍は闘い続けたと言っていい。

最後の最後に、勝てる戦を、味方の裏切りで失った。楊業の五人の息子は死に、楊業自身も死んだ。ああいう男でも死ぬのだと、王貴はしみじみと思った。ああいう男でも。

ともに死にたいと思ったが、その勇気が出ることもなく、ただ山中に逃げこんだ。

楊業を裏切った潘仁美《はんじんび》は、庶民に落とされた。その罰もあまりに軽く、宋のために働こうという気持など、かけらも湧《わ》いてはこなかった。

山中でも、しばしば宋の朝廷での、廷臣とのやり取りを思い出した。敵ばかりではなかった。少なくない将軍たちに、楊業は尊敬の眼《まな》ざしをむけられた。廷臣で、楊家に好意を持つ者もいないわけではなかった。なにより、楊家軍に対する帝の信頼は大きかった。

楊家軍は、存分の戦をしてきた。それは間違いないことだろう。厳しい戦場だったが、楊業はことごとく自分の戦線では勝利してきたのだ。

しかし、宋に帰順し、宋軍の先兵となって闘うという選択で、ほんとうによかったのか。

六郎からの使者が来てから、王貴はそれを考え続けた。

ほかに、道はなかったのか。

思い出すのは、四郎延朗《しろうえんろう》のことだ。北平寨の守将《しゅしょう》として、死んだ。ほかの兄弟たちとはどこか違っていて、激しさはいつも内に秘めていた。いつも皮肉な笑みを浮かべている四郎が、一瞬だけ、真剣な眼ざしで言葉を出した。

宋に帰順する前に、四郎とひと晩話をしたことがある。

楊家は、どこに帰順する必要もない、と言ったのだ。代州を領地とし、三万の軍を五万に増やし、独立する。つまりは、楊業が代州を国にして帝になる、ということだ。北漢が滅びるのは、眼に見えていた。すると、北漢の一部も領地に加えられる。十万の兵を擁し、遼と同盟を結んで、宋と闘う。そうなれば、中原《ちゅうげん》を制するのも難しくない。

その後、楊家の国は、遼と闘うなり、同盟を継続するなり決めればいい。

宋も、もともとは周《しゅう》の世宗《せいそう》がその礎《いしずえ》を築いたのだ。その覇業《はぎょう》の最後の部分を、太祖《たいそ》はうまく掠《かす》めとったにすぎない。そして、宋という国にした。

太祖は、周の世宗の下にいる、将軍のひとりにすぎず、それは弟の太宗《たいそう》も同じだったのだ。

そうやって国を作ることに、なにをためらう必要がある、というのが四郎の考えだった。ほかの兄弟たちに、そのことを喋ってはいない。父にも、当然、喋らなかった。みんな軍人として純粋なのだ、と感じていたのだろう。

唯一、楊業のそばにいて、策謀《さくぼう》にも通じていた自分に、ふと洩《も》らした本音だったのだ。

あの時、その道を選んでいれば。

六郎の使者が帰ってから、王貴がずっと考えていたことだった。

あまりに大きな話で、四郎の妄想《もうそう》だと思いこもうとしてきたが、できない話ではなかった。

いま考えると、それこそが、楊業の持つ武将としての類《たぐ》い稀《まれ》な力を、生かすことだったのではないか。他人ではなく、自らのために戦をする、ということだったのではないか。たとえ犠牲を出しても、楊業が覇王《はおう》として立てば、それには耐えられただろう。

楊業に、天下の覇権を握るなどという野望は、かけらもなかった。

本人にそのつもりがあるかないかは別として、資格があるかどうかを考えれば、間違いなくあった。王貴はいま、そう思っていた。ならば、天下への道は、そばにいる人間が考えるべきことだったのではないのか。

思いは錯綜《さくそう》し、揺れ、とりとめがなくなっては、またひとつの道にむかいはじめる。

ここ数日、そのくり返しだった。

翌日、夕方近くなって、手伝いの老婆が来客を告げに来た。老婆は、四里（約二キロ）ほど離れた小さな村から、通ってきている。

「これは、久しいな、六郎殿。七郎殿も一緒だったか」

もうひとり、少年がついていた。従者《じゅうしゃ》には見えない。

「延光といいます、王貴殿。憶《おぼ》えておられませんか？」

「おお、延光殿か。私が会ったのは、十歳にも満たぬ童《わらべ》のころでありました。そうか、これほど成長なされましたか」

楊業の長男、延平の子である。楊業は、しばしばその名を口にしていた。王貴が会ったのは、もう、六、七年も前になるだろうか。

「二人でお訪ねする、という使者を立てましたが、三人になってしまいました」

六郎が、口もとだけで笑った。七郎は、じっと王貴を見つめている。

「入られよ。山中のこととて、なんのおもてなしもできませせぬが」

三人が入ってきて、卓の前に並んで腰を降ろした。王貴は、老婆に茶を命じ、三人とむき合った。

「お知らせした通り、楊家軍を再興いたしました、王貴殿」

六郎が言った。

千五百ほどで、すべて騎馬による編制だという。かつての楊家軍は、三万に達していたことを考えると、あまりにも小さな軍だった。

「王貴殿に、楊家軍に戻っていただきたくて、訪ねて参りました」

七郎が、眼をそらさずにそう言った。いかにも七郎らしい、単刀直入《たんとうちょくにゅう》なもの言いだった。六郎が頷く。王貴は、延光に眼をやった。

似ていた。少年のころの楊業に、七人の息子たちの誰よりも、延光は似ていた。出かかった声を、王貴はなんとか呑みこんだ。

王貴が楊業と暮しはじめたのは、楊業が十二歳で、王貴が八歳の時だった。乱世で、父は戦で死に、母は別の男のもとへ走り、身よりのなくなった王貴を、楊業の父が拾ってくれたのだ。そのころ、楊家は広大な土地を代州に有する地主で、その土地を守るために、五百の私兵を抱えていた。

楊業が二十一歳の時に、二千を超える賊徒《ぞくと》と闘って、楊業の父は死んだ。あの時の楊業のことは、いまでも昨日のことのように鮮明に憶えている。

一度負けて散った私兵を三百ほどまとめ、楊業は二千の賊徒に攻めかかったのだ。

私兵も、楊業の発する気迫《きはく》に巻きこまれたようになり、一丸《いちがん》となって闘った。二千の中心にいた頭目《とうもく》にむかって、三百が火の玉のようになって駈け、最初の攻撃で首を奪《と》った。それから二千を追って追いまくり、一千ほどを斃《たお》したのだ。

楊業の名は、それで代州に轟《とどろ》いた。各地から救援を頼まれて出動する間に、五千という人間が集まっていたのだ。

それから、楊家はさらに強大になり、乱世の終りには三万に達していた。

ならばなぜ、楊業が天下を取ってはならなかったのか。覇者が歩くべき道を歩き、あと十年乱世が続いていたら、間違いなく宋の太祖と並ぶ存在になっていただろう。

「王貴殿、楊家軍に戻っていただきたいというのは、この六郎の本心です。七郎も、賛同しております。延光は、王貴殿が懐《なつか》しいと言うので、伴いました」

「私が戻って、役に立つと思われますか。槍《やり》ひとつ遣えぬこの私が」

「軍は、兵の数や武器だけではない。それはおわかりでしょう。いまの楊家軍も、ひとりひとりをとってみれば、かつての楊家軍に劣りません。しかし、軍を支える力となると、まるで違うのです」

塩の道は、断たれた。いまは、国の専売になり、扱うことを禁じられている。楊業のころは、文官の反対はあったものの、糧道として塩の道を持つことを、いまの帝が認めていた。それで、三万という軍を擁することができたのだ。

「これからは、宋軍からのもので、軍を維持していくことになります。しかし、俺も七郎も、宋軍を心から信じてはおりません。たえず、自らの糧道のことは考えていたいのです、王貴殿」

「しかし、それが私に」

「細かいことができる人間はいます。渭州には、かつて楊家軍にいて、戦で傷を負い、闘えなくなった者たちが、村を作り、牧を営み、工房などもやっているそうです。それは、七郎が見てきました」

「王志がやっているのですよ、ひとりで」

七郎が言った。

「煩雑《はんざつ》なことが、多くあるようです。百名の兵を抱えていますが、そちらの手を離せないので、動きがとれないでいます。はじめは六郎兄のところから送った銀をやりくりして、なんとか凌《しの》いだようです。いまようやく、村も立ち行くようになり、牧では馬を売れる状態になってきています。工房では、皮を加工してさまざまなものを、鍛冶では武器や農具を作り、そこからは益が出ているのです」

「負傷した者たちを」

「五百ほどですが、各地に散っているのは、そんな数ではありますまい。集まってきたら、一千二千にはすぐ達すると思います。その者たちが産み出すものを、いつかは楊家軍の糧道としたいという思いを抱いています」

負傷して躰《からだ》が動かなくなった者たちが、五人十人と集まり、細々《ほそぼそ》と生きている例を、王貴はいくつか知っていた。見かねて銀を送ってやったことがあるが、楊家軍の再興に役立ててくれと、送り返してきた。

心が痛んでいる。それは確かだった。声をかければ、互いに知らせ合い、数千は集まるだろうという気もする。

「しかし、国がそれを許しますかな？」

「もう、かなり難しくなっている。王志は、渭州の知州に賂《まいない》を使って、馬商人として認められようとしています。工房から送り出すものも、いずれは税がかけられるでしょう」

「それでもなお、楊家軍の糧道になり得る、と七郎殿はお考えですか？」

「村が四つ。牧が十。王志はそう言っていました。畠は開墾するが、牧は充分に確保できる見通しがあるようです。工房では、もっとさまざまなものを作れますね」

「商いは？」

「西域と。場合によっては、遼と」

「なるほど」

宋と遼が、国として戦をしても、民《たみ》の段階では、常に物のやり取りは行われている。帝がその回復を悲願としている燕雲十六州《えんうんじゅうろくしゅう》は、もともと漢族《かんぞく》の国土であり、漢族の人間が住んでいるのだ。

「西域との交易ができれば、開封府の相国寺《しょうこくじ》の市《いち》で売るものも、いくらでも手に入りますな。そしていま、この国は商人が活発に動きはじめています」

「王志は、負傷した者たちの活計《たつき》として、はじめはそれを考えたようです。しかし、規模が大きくなると、そこから出る利も小さくない、と気づいたのです」

まず王志には無理だろう、と王貴は思った。商いは駆け引きであり、相手との肚《はら》の読み合いになる。戦の駆け引きとは、また別のものだった。

王志が楊家軍に加わったのは、王貴がいたからだった。父の一番下の弟の子だと書かれた手紙を持って、訪ねてきたのだ。手紙を認《したた》めたのは、王貴を捨てて、男のもとに走った母だった。

父に弟がいることさえ知らなかった王貴は、王志を従弟とは思えなかった。しかし、縋《すが》るような眼ざしを振り切ることができず、また体力だけはありそうだったので、兵として楊家軍に入れた。

すぐに頭角《とうかく》を現わし、最も若い将校のひとりになった。

　王貴が調べたかぎりでは、父の弟は三人いて、一番下の弟のところに、男から捨てられた母が転《ころ》がりこみ、世話になっていたのだった。その一番下の弟は、飾り物を扱う商人だったが、賊徒に殺されていた。母がその後どうなったかは、結局わからなかった。なぜ王貴のことを知ったかも、謎だった。

　自分のことを気にして、母は遠くから見守っていたのだろうか、と思ったこともある。しかし、王貴は捨てられたのだ。母はいない。そう思い定め、それ以上捜すことはしなかった。

　王志は、王貴が母に捨てられたことを、知らなかった。王貴も、あえてそれを言うことはしなかった。

　楊家軍に、それぞれが大人になってから出会った従兄弟《いとこ》がいる、という意識までは、消しはしなかった。

「そうですか、王志が」

　六郎も七郎も、王貴の母のことなど知らない。知っているのは、楊業だけだ。だからいま、この世に誰も知る者はいない、ということになる。

「延光殿は、いま母上のもとにおられるのですか？」

「いえ、六郎叔父上の館に。楊家の男として生きるように、と母に言われました。十五歳まで待てと叔父上はおっしゃいますが、私はもう待てないという気持でした」

「なにがなんでもと言って、館の前から動かないのですよ。何度か打ちのめしてみたのですが、やはり動かず、数日後には倒れていました。腹を減らしていたのです」

笑いながら、六郎が言った。

延平の遺族は、暮しむきがよくないのか、と王貴は思った。しかし、六郎は銀を送っていただろう。

「義姉上《あねうえ》は、楊家の男として生きろとは言われていても、俺のところへ行けなどとは、言ってはおられないのです。いずれ、俺に預けるおつもりはあったようですが。こいつは、勝手に飛び出してきたのです。俺が楊家軍を再興する、と聞きつけて」

「そうでしたか」

「武術はなかなかのもので、馬にもよく乗ります。胆《きも》も太いのですが、どこか闇雲《やみくも》なところがあって、俺が驚くほどですよ」

七郎が言った。延光の眼には、不敵《ふてき》な光がある。それも、少年のころの楊業だった。

「王貴殿」

六郎が居住《いずま》いを正した。

「これは、楊家の棟梁としてのお願いであります。ぜひ、楊家軍に戻っていただきたい。渭州において楊家軍の糧道を確保する仕事を、指揮していただきたいのです」

王貴は黙っていた。自分の心が、いささかでも動いているのかどうか、よくわからなかった。

朝廷での工作など、もうごめんだった。口から出る言葉と、肚の中にあるものが違うのが、廷臣という人間たちだった。保身と野心しかない、人の群れだ。

極端な言い方をすれば、楊業はそれに殺されたと言ってもいい。

「六郎殿、七郎殿。すぐに返答をしなければいけませんか？」

「いや」

七郎が言った。

「楊家軍は、年の終りまでには二千五百に達します。今年中に王貴殿が来てくださらなければ、代りの者を渭州にやり、王志はこちらに来ることになります」

「そうですか。今年中に決めればいいのですか」

「王貴殿、俺としては、できるだけ早く、返答をいただきたい。今年中に楊家軍三千とは、帝に申しあげたことですから。いまのところ、帝に申しあげたことは、守っていたいと思うのです」

「いまのところ?」

「俺たちは、帝や朝廷を、そして宋という国を、ほんとうには信用していません。心の底では、また裏切られることになるかもしれないという、密かな恐れを抱いています」

七郎が続けた。

「兄は、棟梁の立場ゆえ、はっきり言うことはできませんが、俺は言います。はらわたの腐《くさ》った者どもが、朝廷から消えることはありません」

「七郎殿、もし裏切られたとしたら?」

「小さな裏切りには、耐えましょう。どこまでが小さく、どこからが大きいのかは、棟梁たる兄が決めます。大きな裏切りに遭《あ》えば、宋という国から離れます」

「それは」

「叛逆《はんぎゃく》ということに、ならざるを得ません」

「楊家だけで?」

「代州は、燕雲十六州と接しています。それが、十七州になるかもしれない、とお考えください」

「遼と手を結んで、宋と闘うことになるかもしれないと?」

「あくまで、大きな裏切りがあった時です。潰滅に到る前に、われらはそうしなければならない、と思うのです」

「思い切ったことを、言われる」

「一度だけ、申しあげておきます。われらは、栄達《えいたつ》を求めて、楊家軍を再興するわけではありません。楊家の誇りをかけて、立ちあがるのです。宋で最強の軍、とすべての人々に認めさせたいのです。それに対して宋は、義をもって応じてくれればよい、と兄も私も考えています」

「義だけでよいと？」

「人々の、称賛《しょうさん》と。朝廷のために闘うことにためらいがあっても、人々のために、民のために闘うことに、ためらいはありません」

　それこそが、楊家軍の戦だった。代州の民を守るために、楊業は強力な軍を作りあげたと言ってもいいのだ。そして、乱世から、代州の民は守り抜いた。

「もし、宋に叛逆をするなら、俺や七郎一代ではなせないほど、大きな叛乱《はんらん》にするつもりです。ただ叛乱を起こす、などということにはならないでしょう。そのための、糧道の確保でもあります」

　六郎の眼も、王貴を見つめてきた。

　いまのところ、楊家軍は宋軍の軍費を受け取っているのだろう。それだけの闘いをしなければならない、という覚悟も当然持っている。ただ、楊家軍が闘うのは、宋から受けた軍費の分だけだ。

　三万の軍を、二年養える蓄えが、楊家にはあるはずだった。それに手をつけないでも済むということになれば、帝や朝廷の裏切りにも、それなりの対処ができる。

　しかし、一代ではなせないほどのことをするとは、なんなのだ。四郎が言っていたように、代州からはじめて、新しい国を作るということなのか。

「すぐにどうということはありません。朝廷は、三千の楊家軍を、五千に増やせと言ってくると思います。やがて一万にも。われらは、決して負けないつもりです」

　七郎が、にやりと笑った。

「それにいまは、開封府に母上や妹たちがいます」

「そうですな、確かに」

「お待ちしています、王貴殿」

　六郎が言った。

　それから、七郎が話題を変え、遼との国境の話になり、王貴の山での生活を問われたりもした。

　山の暮しは、俗世と隔絶《かくぜつ》されている。それは快《こころよ》いことであり、同時にむなしいことでもあった。書は大量に運びこんでいるが、それを読んでなんの役に立てようとしているのか、という自問もたえずつきまとう。

三人が、腰をあげた。

「お待ちしています」

言ったのは、延光だった。

王貴はやはり、その眼の中に、楊業をはっきりと見た。

四

五百の軍を預けられたのは、秋だった。

五度、宋に攻めこんで戦果を上げるうちに、朝廷にあった異論もなくなり、石幻《せきげん》果《か》は耶律休哥《やりつきゆうか》軍の部将となった。

調練は重ねたが、耶律休哥と一緒ではなかった。燕京《えんけい》（現北京《ペキン》）の南へ出ること は禁じられ、北へも四百里（約二百キロ）までを限界とされた。

蕭太后《しょうたいこう》から、直々《じきじき》に拝命した。それは、将軍の扱いである。いずれ、数千単位 の軍を任せる、という意味もあるようだ。

調練は、嫌《きら》いではなかった。寒くなり、風が身を切るようだったが、上京臨潢《じょうけいりんこう》府《ふ》のさらに北に営舎がある耶律休哥より、ずっと楽なはずだった。

耶律休哥の軽騎兵のうちの半数は、常に営舎を出て調練をしている。時には、石幻果の野営地にも現われた。そういう時は、五百で二千五百に対する調練になる。兵も馬も、限界まで追いこむ。

耶律休哥が指揮してきた時は、微塵《みじん》の容赦《ようしゃ》もなく、何名もの怪我人《けがにん》が出た。ただ、耶律休哥の軍は、調練では胸しか突かない。怪我と言っても、肋《あばら》が折れるのがほとんどだった。しっかりと布を巻いて固定すれば、五日で馬に乗れるようになる。

「戦だ。遂城《すいじょう》の兵が一万、国境を越えてきた。おまえが、先鋒《せんぽう》で追い返すことにする」

調練のような感じで現われた耶律休哥が、ただ行軍するという口調で言った。

「私は、燕京から南へ出ることは、許されていないのです、耶律休哥将軍」

「なにを馬鹿なことを言っている。おまえは俺の部将だ。そして俺が、その一万を迎撃すると言っている」

「では、私の五百を実戦に出してもよい、と言われるのですね？」

「耶律斜軫《やりつしゃしん》は不満であろうが、構うことはない。おまえは、独立行動権を持った俺の、部将なのだからな」

「わかりました。部下に伝えます」

「一刻（三十分）後に出立《しゅったつ》する。よいな？」

「はい」

最低の兵糧は、いつも兵に携行《けいこう》させている。秣《まぐさ》は、もっと多く持っている。行けと言われたら即座《そくざ》に行かなければ、軍として意味がないと、石幻果は考えていた。

一刻後に、出立した。

燕京の南へ出た。戦なのだ、という実感が湧いてくる。

耶律占《やりつせん》が、隊伍《たいご》を気にしていた。後方から進軍してくる、耶律休哥に見られていると思っているのだろう。

少しぐらい行軍は乱れていてもいい、と石幻果は思っていた。肝心《かんじん》なのは、敵とぶつかる時だ。

一万が陣を組んでいる、と斥候《せっこう》から報告が入った。横長の方陣《ほうじん》で、三段に構えているようだ。騎馬二千が、両翼《りょうよく》についている。

すぐに、宋領へ退《さ》がれる態勢である、と言ってもいい。国境の河から、四里（約二キロ）ほど侵入しているにすぎなかった。

「これは、瀬踏《せぶ》みだな。攻めこんだ時、どれだけ迅速にこちらが対応してくるか、試しているのだろう」

石幻果は、耶律占に言った。

「敵の想像より、われらはずっと速かったのではないでしょうか、石幻果将軍」

「私は、将軍ではない。せいぜい耶律休哥軍の将校といったところだ」

「蕭太后様から、直々に軍の指揮を拝命されました。これは将軍でしかあり得ません」

耶律占がそう思うなら、仕方のないことだった。しかし、旗も許されてはいないのだ。

いずれは、自らの旗を掲げて、戦をする。耶律休哥の軍に劣らないほどの、戦果をあげてみせる。

瓊峨姫《けいがき》を、妻とする。石幻果は、そう思っていた。

瓊峨姫を妻とするからといって、王族に連《つら》なりたいと思っているわけではない。軍人で、充分だった。愛した女を妻にしたいのは、当たり前のことではないか、という思いが石幻果にはある。

「厳しく攻めれば、敵はすぐに撤退するだろう。宋領に進攻していい、という許可は受けていない。こちらの領内にいる間に、徹底的に敵を討つ。半数も、宋には帰しはしない。そのつもりでやるのだ、耶律占」

「わかりました。しかし、かなりの堅陣《けんじん》と見えます。どう崩しますか?」

「崩すというより、敵が自ら崩れるのを待つのだ。つまり、動かす。そのためには、まず最初に、勝っていると思わせることだ。どれだけ負けを装《よそお》える、耶律占？」

「そういうことならば、将軍の百騎を除いた四百騎を、私が指揮して見事に負けて見せます。なにしろ、調練では負けてばかりですから。敵が、陣形を崩して動きはじめたら、耶律休哥将軍も、参戦してくださるのでしょうか？」

「五百で一万に当たるのは、いかにも無謀《むぼう》すぎる。先鋒は、敵を乗せて動かす役目を負《お》っている、と私は思う」

「なるほど。耶律休哥将軍は、二千五百騎を擁しておられます。一万の軍なら、思うさま叩けるでしょう。耶律斜軫将軍の軍なら、同数の兵力が必要でしょうが」

「耶律占。他軍をひき合いに出すのは、禁じる。悪口を言うのもだ。私の副官なら、それを心せよ」

「わかりました」

指揮下の兵は、遼軍騎馬隊から選《よ》りすぐったものだった。ただ副官だけは、石幻果が指名した。将校をひとり出すことになったが、耶律休哥は、皮肉な笑みでそれを承知した。やれるだけやってみろ、と言っているのだ、と石幻果は思った。

そしていま、副官や部下も含めて、自分の軍の力を見せる機会が訪《おとず》れている。耶律休哥に見せると同時に、蕭太后や廷臣たちにも見せる戦だった。

「四百騎を率いて、正面からぶつかれ、耶律占。ただし、ふだんの八割の力でだ。敵が追撃《ついげき》をかけてきたら、一兵も失わずに逃げろ。私は、側面から掩護《えんご》する」

「わかりました。行きます」

すでに、敵から五里（約二・五キロ）の距離まで進んできていた。

耶律占は、すぐに四百騎を率いて、前進しはじめた。

先鋒から、順次、騎馬隊が突っこんでくる、というふうに敵の斥候には見えるだろう。後方には、二千五百の耶律休哥がいるのだ。その部隊に、停止と待機を伝える伝令を出した。十里（約五キロ）以上の距離がある。すぐには、敵の脅威《きょうい》にはならない。

耶律占が、攻めかけている気配が伝わってきた。

石幻果は、百騎を二隊に分け、敵の側面に迂回《うかい》した。斥候は、完全にこちらの動きを捕捉《ほそく》しただろう。側面に回ったのがほんとうに百騎だけか、いま懸命に探っているはずだ。

敵の指揮官になって、石幻果は考えてみる。

敵領への進攻である。強い反撃が来るのは、当たり前だろう。その反撃のための兵数は、まだ整っていない。騎馬隊だけが、先行してきて、こちらの前進を押さえようとしている。いまの状況の分析は、そんなふうにするはずだ。

勇猛な指揮官なら、本隊が現われる前に、騎馬隊に痛撃《つうげき》を与えておこうとする。命令で、いやいや進攻してきた者なら、騎馬隊に多少の犠牲を出させたところで、一応の勝利として自領に戻る。

いずれにしても、耶律占の部隊は一番与《くみ》しやすく見えるだろう。

耶律占は、執拗《しつよう》に弱々しい攻撃をくり返しているようだ。それに対して、敵はまだ深追いしていない。後方十里の二千五百が、気になっているのかもしれない。するとは、執拗な攻撃の意味を探ろうとする。本隊の所在を探っている斥候からは、いくら探しても本隊は見つからない、という報告が入る。

執拗な攻撃は、本隊到着までの時を稼《かせ》ごうとしている、と判断する。ならば、いまこそが攻撃の時だ、と考えるだろう。

石幻果には、戦のありようが見えていた。しかし、気は抜かなかった。戦なのだ。なにが起きるかわからない。

何度目かの、耶律占の攻撃があった。

石幻果は、半里（約二百五十メートル）ほど前に出た。敵が頻繁《ひんぱん》に斥候を出してきたが、動かなかった。耶律占の攻撃に対して、両翼から五百騎ずつが出た。

ぶつかりそうになり、耶律占は全隊を反転させると、散らばって逃げはじめた。すぐにでも、潰走《かいそう》させられる。うまくやれば、半数ぐらいは討ち取れる。そう見たのか、一千騎が本気で追いはじめた。

「中央を衝《つ》く。歩兵はあまり気にするな。『劉』旗が見える。目指すのは、あそこだ」

剣を抜き放った。

敵の前面に躍《おど》り出しても、まったく動こうとしていない。百騎で攻めかけてくることなど、考えてもいないのだろう。

先頭で、石幻果は駈けた。ようやく敵の歩兵が戟《げき》などを構えようとした時、すでに先頭の十騎ほどは突っこんでいた。

敵が割れる。『劉』の旗が近づいてきた。耶律占の四百騎も、うまく回りこんできたようだ。追い立てられる恰好《かっこう》で、突っこんでくる。このあたりは、調練の成果がしっかりと出ていた。

敵が、慌《あわ》てはじめている。しかし、本陣は揺《ゆ》らいでいない。石幻果は、ぐいぐいと前に出た。近づいてくる兵は、槍で突き倒す。

不意に、違う方向から、敵陣全体に衝撃《しょうげき》が走った。

石幻果は、駈けろと、赤竜《せきりゅう》に腿《もも》で伝えた。耶律休哥が突っこんできたことによる、衝撃だろうと思ったのだ。後方からは、耶律占が追いついてきている。

「大将はそこだ」

石幻果が叫んだ意味を理解したのか、赤竜が一度棹立《さおだ》ちになって敵を威嚇《いかく》し、駈けはじめる。石幻果は、低く槍を構えていた。五人、六人と兵を突き倒す。旗が、揺らいでいる。耶律休哥のかける圧力が、さらに強くなったようだ。五百の部下は、ひとつにまとまっていた。旗が、目前だった。どれが大将か、石幻果はすでに見てとっていた。

石幻果が見ているものを、赤竜もまた見ている。自分の脚《あし》で駈けているような気に、石幻果は束《つか》の間《ま》、包まれた。

旗。旗手の怯《おび》えた顔。そのむこうの、五騎。混乱の中で、馬首を回そうとしている。

追いついた瞬間、石幻果は槍を投げ、剣で大将の首を飛ばしていた。それを、部下のひとりが槍で突きあげ、頭上に翳《かざ》して、石幻果と並んだ。

敵が、崩れはじめる。国境の河にむかって潰走しようとした敵のむこう側に、耶律休哥軍の一隊が回りこんだようだ。

完全に、散らばって敵は潰走しはじめた。それを、馬上から次々に突き倒していく。

終った時、二千ほどを倒し、ほぼ同数を捕《とら》えていた。

国境から二十里（約十キロ）北まで退《さ》がり、犠牲を調べた。耶律占の点呼に答えなかった者は、十六名だった。

石幻果は、耶律休哥の旗が見えるところまで駈けた。

捕虜を燕京にむかって移送しろ、という指図を、耶律休哥はしていた。

「申し訳ありません、耶律休哥将軍。十六名もの犠牲を出してしまいました」

「おまえは、俺をからかっているのか、石幻果？」

「なぜ？」

「いまの規模の戦なら、数十の犠牲が当たり前だろう。それを、十六名もの犠牲だと？」

「一兵たりと失わない。そのつもりでやったものですから」

「十六名の犠牲。それだけでいい。余計《よけい》なことは言うな」

「はい」

「捕虜二千は、燕京に移送する。工事などの労役に使えるだろう。いま鹵獲《ろかく》した馬や武器とともに、近くにいる国境の守備隊が、それを燕京に運ぶ。俺はもう、北へ引き揚げる。おまえは、燕京へ」

「耶律斜軫将軍への報告は、どういたしましょうか？」

「俺は、そんな報告をするつもりはない。おまえも、しなくていい」

「しかし、それでは」

「おまえは、俺の指揮下なのだ」

　耶律休哥は、独立行動権を持っている。そういうものでいいのだろうか、と石幻果は思った。すでに、耶律休哥の軍は、出立の準備をしていた。

　耶律休哥を見送ってから、石幻果も兵をまとめ、燕京へむかった。

　燕京では、すぐに禁軍府の耶律斜軫将軍に呼び出された。

「期待以上の戦をしてくれるな、石幻果。これで、宋軍も懲《こ》りて、しばらくは国境を侵してこないであろうよ」

「耶律休哥将軍が、いてくださったからです。私は、ただの先鋒にすぎません」

「先鋒が、敵の正面から突っこみ、敵の大将のところまで駈けるか。おまえの戦を、耶律休哥は側面援助したにすぎん」

「私だけでは、到底無理な戦でした」

「わかっている。しかし、おまえはよく闘った。軍監《ぐんかん》を三名も派遣したことに、耶律休哥は腹を立てたようだが、太后様の御命令だ。仕方あるまい」

　軍監が来ていたということを、石幻果は知らなかった。自分が遼の中で闘うのだから、蕭太后は気にしたのかもしれない、と石幻果はなんとなく考えた。

「おまえの軍に、一千を加える。馬は一千五百頭。つまり、一千五百の部下に、二千頭の馬ということになる。五百頭は、替馬《かえうま》だ。耶律休哥軍のように、ひとり二頭ということはないが」

「しかし、いきなりそんなに兵を加えられても。馬の乗り方から、調練をしなければなりません」

「遼禁軍の騎馬隊には、なにかあった時は耶律休哥軍の補充に回る部隊がいる。兵は、耶律休哥やその副官が、禁軍の中で自ら選抜している。およそ二千で、その半分がおまえのところに回ることになる」

「そうですか」

冬の間の、厳しい調練を課すことができる。それは、新しく加わってくる兵や馬にとって、悪いことではない。しかし、千五百騎を率いれば、これはもう将軍である。自分のような捕虜を、ほんとうに将軍にする気なのか、という思いもどこかにある。

「私は、どなたかの指揮下で、小部隊をひとつ動かせるだけでいいのですが、将軍」

耶律休哥のもとで、と言いそうになったのを、かろうじてこらえた。

「はっきり言う。俺はおまえに、遼軍の指揮などをさせたくない。しかしおまえが、有能な指揮官であることも、間違いない。これは軍の決定ではなく、太后様の決定なのだ」

石幻果は、うつむき、頭だけさげた。軍総帥《そうすい》の耶律斜軫は、思い通りの将軍の配置ができないことを、不本意に思っている。それは当たり前のことだった。

「耶律休哥とおまえは、まあ、軍ではないと俺は考えることにした。苦しい局面では、おまえたち二人が、一番苦しめ。それで、俺の気もいくらか晴れる」

石幻果の思いを見透《みすか》したように、耶律斜軫が言った。

禁軍府を出る時、宮廷に呼ばれた。

謁見の間には、蕭太后と瓊峨姫、それに九歳になるという、聖宗《せいそう》がいた。背後には、護衛の兵が立ち、両側には文官が並んでいた。

「顔をあげなさい、石幻果」

拝礼したまま顔を伏せていた石幻果は、頭を持ちあげた。

「瓊峨姫とおまえの結婚を、陛下がお認めになった」

石幻果は、頭を下げた。これで、瓊峨姫を妻にできるということだ。

それは、将軍としての扱いを受けることより、石幻果にとっては喜ばしいことだった。いままでは、逢う時も、逢う場所も限られていた。これで、気にせずに済むことになる。

「結婚をしたからといって、一軍を率いていることは、忘れぬように」

「はっ」

「結婚の儀式などはせぬ。それは、この国の民が、こぞって祝福することとも思えぬからです。いつか、帝の義理の叔父に、頼りになる将軍がいる、とみんなが思ってくれるようになればよい」

「懸命に、努めます」

「これで、おまえたちの結婚は、朝廷が認めることになった。よいな」

蕭太后が言うと、瓊峨姫が玉座《ぎょくざ》のある場所から階段を降り、石幻果と並んで立った。

「屋敷は、しばらくの間は燕京に構えるがよい。まだ、わが国に馴染《なじ》まぬところもあろう。すべて瓊峨姫が言う通りに。使用人の扱いなどについてもです」

「はい」

「余計なことを、申しましたね。退《さ》がってよい、二人とも」

石幻果は、瓊峨姫と並んで拝礼し、謁見の間を出た。

外には、赤竜と、輿《こし》がひとつ待っていた。

住むことになる屋敷がどこにあるのかは知らないが、先導する者は迷うことなく進んだ。行列は、四十人ほどである。

もともと、誰の屋敷だったかはわからない。あまり燕京内を出歩くこともなかった石幻果には、はじめて見る宏壮《こうそう》な建物だった。

奥の部屋で二人きりになった時、瓊峨姫は石幻果の胸に飛びこんできた。

「やっと、なれた。やっと、あなたの妻になれました」

それに対して、石幻果は、ただ頷いていた。

こうなることは、決まっていた、という気がする。しかし、二人きりで、人知れずひっそり暮すことになるかもしれない、とも考えていた。自分はそれでもいいが、宮廷で育ってきた瓊峨姫にとっては、つらいことだろうとも思っていたのだ。

「子供を生《な》したいのです。あなたとの子を。私は、それればかり考えていました。やっと、勅許《ちょっきょ》も出たのです。あなたの子を、私は産むことができます」

「私も、嬉しい、瓊峨姫」

生活ができるように、すべてが整っているようだった。軍装を解き、快適な平服に着替えた。

一夜明けると、残してきた部下が気になった。新しく加わる一千とは、まだ顔も合わせていない。

軍装を整えて、奥の部屋から表に出た。

「蕭広材《しょうこうざい》と申します。昨日より、この屋敷の家令《かれい》を務めております」

「私は、軍へ戻らねばならん、蕭広材。私の馬など、この屋敷の厩《うまや》か？」

「はい。入口に営舎がございまして、そこには十名の兵がおります。しかし、石幻果様、太后様は、少なくとも五日は、瓊峨姫様と過されることをお望みです」

「軍に戻ることについては、瓊峨姫は納得してくれた。新しい兵が、私の指揮下に入る。調練には、一日の猶予《ゆうよ》もないのだ。次に戻るのは、ひと月後だと思ってくれ」

「原野での調練でございますか。この寒い日々に」

「だからこそ、原野でやる。私の部下は、いまも城外の幕舎にいるのだ。そうやって、兵は強くなっていく」

「わかりました。くれぐれも、お気をつけになりますよう」

「蕭広材、いくつになるのだ？」

「五十四歳になりました」

六十を、いくつも超えているように見えた。

「おまえも、無理をするな。五日に一度、大した用事がなくとも、使者を出すことになっている。おまえからなにか言うことがあれば、その使者に手紙を託してくれ」

「かしこまりました」

蕭広材は、建物の外まで見送りに出てきた。

赤竜が曳《ひ》かれてくる。十名の兵も、しっかりしているようだった。

ひとりが、なにか出した。

「なんだ、それは？」

「旗でございます」

拡げた布には『幻』と一字書いてあった。

「私の旗か」

「太后様より、届けられたものでございます。これからは、これを掲げて闘えと」

瓊峨姫が、下女三人を連れて出てきた。『幻』の旗を見つめている。

「行ってくる」

短く言って、石幻果は赤竜に跨《また》がった。

ふりむかず、屋敷の門を駈け抜けていく。

民の往来があるので、城門まではゆっくりと進んだ。頭を下げてくる者もいる。

瓊峨姫の夫になったことが、知られているのだろう。

城郭《まち》を出ると、駈けた。粉雪が舞っている。頬に当たるそれが、熱いもののように石幻果には感じられた。

野営地に到着すると、すでに一千の新兵と千五百頭の馬は来ていた。

耶律占が、兵の名を書きこんだ名簿を差し出してきた。

兵糧や秣なども、方々に蓄えられている軍のものを使えるようだ。それを許可する鑑札《かんさつ》もあった。

「出立する。北へ」

石幻果は、それだけを言った。

耶律占が大声をあげ、『幻』の旗が掲げられた。

第三章　会戦の日

一

春だった。

遼《りょう》の宮廷は、燕京《えんけい》（現北京《ペキン》）のかなり北まで移動していた。幕舎《ばくしゃ》である。広大な緑の中に、無数の幕舎が点在している。こうして季節ごとに宮廷が移動するのも、人々が羊を追ってさらに北まで行くのも、石幻果《せきげんか》は馴《な》れていた。

結婚したのは一昨年で、しばらくは燕京の屋敷で暮した。石幻果は兵の調練のためにいないことが多かったが、瓊峨姫《けいがき》はずっと屋敷だった。春になり宮廷は北に移動したが、瓊峨姫は燕京に留《とど》まっていた。

それが、新婚の過し方のようだった。

燕京は、城郭《まち》である。もともとは、漢族《かんぞく》の領土だったのだ。いまは遼となり、燕《えん》雲十六州《うんじゅうろくしゅう》の要《かなめ》だった。年のうち四月《よつき》は、宮廷は燕京に置かれていた。宮殿もある。石幻果も、城内に屋敷を貰《もら》っていた。

しかし、こうやって草を追いながら移動するのが、もともとの遼の人々の暮しだった。宮廷も、例外ではない。

石幻果は、帝《みかど》の壮大な幕舎のそばに、ひとつ幕舎を貰っていた。瓊峨姫が、子を産んだのである。燕京の屋敷で、と石幻果は言ったが、遼の女として、遼の女がやるように子を産みたい、と瓊峨姫は言ったのだった。

息子だった。たまたま耶律斜軫《やりつしゃしん》がいて、息子を雪解けの水が流れる川に浸《つ》けた。それが、遼の男児の誕生の儀式なのだという。凍《こお》るような水に浸けられ、息子は高らかな泣き声をあげた。

この一年で、石幻果の軍は二千五百にまで増えていた。いずれ五千の軍にするという考えを、蕭太后《しょうたいこう》も耶律休哥《やりつきゅうか》も持っているようだった。

石幻果にとって、部下の数は問題ではなかった。部隊をひとつ指揮できる。それが、想像した以上の喜びになっていた。

北へ行った時は、必ず耶律休哥の軍と調練を重ねた。長い時は、ひと月近く、砂漠で用兵を競い合った。耶律休哥には、どうしても勝てない。しかし、副官の麻哩《まり》阿吉《あきつ》なら、翻弄《ほんろう》することができる。いま石幻果が考えているのは、耶律休哥をどうやって破るかということだった。この一年、さまざまなことを試《ため》してみたが、ことごとく耶律休哥に見破られている。

遼の、ほかの軍と調練をすることもあった。それについては、ほとんど問題にならない。たとえ耶律斜軫の軍であろうと、自軍の倍の軍までなら、撃《う》ち破る自信はある。

「幻果様、また耶律休哥のことを考えておられますね」

瓊峨姫が言った。

しばらくは宮廷の近くにいるように、と蕭太后から命じられていた。石幻果自身も、いまは調練から離れて、瓊峨姫のそばにいたいと思っていた。

「私は、軍人だからな」

「でも、いまは別なことも考えなければなりません」

「なにを?」

「生まれてきた子の、名を」

「それか。私は、名を耶律斜軫将軍に決めて貰いたい、と思っているのだが」

「耶律休哥ではなく、ですか?」

「耶律休哥将軍は、そういうことに無関心だろうと思う」

「耶律斜軫なら、あらん限りの知恵を絞《しぼ》り出すでありましょうしね」

産後の肥立《ひだ》ちというものが、石幻果にはよくわかっていなかった。きわめて良好だと、侍女《じじょ》から聞かされている。

女というのは、やはり不思議なものだった。腹の中に、長い間子供を入れていて、大きく育て、産み出すのだ。自ら放った精がその端緒《たんしょ》を作ったのだとしても、とても理解のできることではなかった。

「いい子を産んでくれた。いまはその礼を言うしかない。雪解けの水に浸かる赤子《あかご》は、みんな丈夫に育つそうだ。耶律斜軫将軍の言うところによればな」

懐妊《かいにん》してから、瓊峨姫は女らしくなった。もともと心は女らしいと石幻果は思っていたが、仕草《しぐさ》などもたおやかになったのだ。

二日前には、太后が赤子の顔を見にやってきたという。これで何度目になるかわからないほどだ、と瓊峨姫は笑った。

「妻が子を産んでくれたら、ひと月はそばにいるものだ、と太后様に言われたが」

「それは、母の願望でしょう。戦《いくさ》の時など、女はひとりで子を産みます。あなたも、部下のところへ行かなければならないのでしょう。私は、いいのです。子を産むことで、あなたの妻になれたのだと、心の底から思えているのですから。これからは、母親のやるべきことも、学ばなければなりません」

「剣だけではなくな」

石幻果は、笑いながら言った。

結婚してからも、瓊峨姫はしばしば石幻果に、剣の稽古を求めた。ほんとうに強くなりたいと思っているようで、実際、新兵の二、三人ならひとりで相手ができそうだった。懐妊がわかってからは、それもぴたりとやめた。

「私は、もう行く。耶律占《やりつせん》は、まだまだひとりで軍を任せるには心許《こころもと》ない」

「その前に、名前を忘れてはいけませんよ。耶律斜軫と会ってから、行ってください」

頷き、石幻果は赤子の顔を見つめた。眠っている。まだ、抱くのはこわかった。この赤子が笑い、やがては喋《しやべ》るようになるのだという当たり前のことが、不思議に思えた。

幕舎を出て、本営の方へむかうと、宮廷の侍臣《じしん》が駈《か》けてきて、蕭太后の呼び出しを伝えてきた。

宮廷の幕舎は、壮大なものだった。何本もの柱が立ち、いくつもの部屋に区切られていた。石幻果が導かれたのは、奥の部屋である。これは、家族に準ずる扱いだった。

「また調練ですか、石幻果？」

「はい、新兵が加わりましたので、ほかの兵に追いつかせなければなりません」

宋《そう》との小競《こぜ》り合《あ》いは、国境ではしばしば起きていた。宋主は、燕雲十六州をまだ諦めていないが、それより蕭太后の南進の意思の方が強いようだ。小競り合いの半分以上は、遼側から仕掛《しか》けたものである。

「一昨日も、瓊峨姫に会いに行きました」

「妻より、聞いております、太后様。ありがたいことです」

「赤子を抱いても、名も呼べぬ。なにを言っているか、わかりますね？」

「命名は、耶律斜軫将軍にお願いしようと思っております」

「耶律斜軫などに任せることはない。私が、あの子に名を与えたい」

「それは、恐れ多いことですが、妻も喜ぶと思います」

「蕭英材《しょうえいざい》。石幻果というおまえの名は、もともとは仮の名だった。おまえだけにして貰いたい。赤子には、蕭の姓を名乗らせたいのです」

「ありがとうございます」

「よいのですね？」

「私の名は、耶律休哥将軍が、半分戯《たわむ》れでお付けになられたものですから」

石幻果が笑うと、蕭太后が頷いた。

「これは、私から瓊峨姫に伝えます。おまえも承知したことだとして」

「はい。私は、部下のもとに戻ります。数日後に、北の土漠《どばく》で、耶律休哥将軍の軍と合流し、調練をすることになっていますので」

「いつ、宋と戦になっても、おかしくない。それを心しておきなさい」

部下が増えたので、実戦ではそれなりの使い方をされるだろう。使うのが耶律休哥だと考えると、盗《ぬす》めるものが多くある、という気がしてくる。調練では見られないものが、見られるはずなのだ。

拝礼し、退出した。

宮廷の幕舎を出たところで、蕭陀頼《しょうだらい》と出会った。文官では、いま最高の地位にいる。この男がいたので、宋より早く激戦の痛手《いたで》から回復したのだという。無理に兵を集めるのではなく、生産を考えたという。遊牧の民《たみ》である遼の人々は、生産ということをあまり真剣に考えない。

蕭陀頼が考えたのは、かなりの数にのぼる戦による負傷者を、燕雲十六州の城郭《まち》に留め、羊の皮を加工して作らせた衣服や細工物《さいくもの》を、商品にすることのようだ。ほかに、西域《さいいき》との交易《こうえき》や、銀山の開発などにも力を注いだという。

「石幻果殿、おめでとう」

「これは、恐縮いたします。男の子で、元気に育っているようです」

「あの瓊峨姫様が、お産みになった子だ。しかも父親は、石幻果殿ときている。英傑に育つ予感がありますぞ」

「少なくとも武術は、あるところまで妻が教えこむことになるでしょう」

「瓊峨姫様も、戦場に出ようとは言われなくなった。それは、われらにとっては胸を撫《な》でおろすことのひとつです」

蕭陀頼が、じっと石幻果を見つめてきた。

「北へ、むかわれるのですね？」

「耶律休哥将軍のもとへ」

「将軍にお伝えいただきたい。雄州《ゆうしゅう》を占拠《せんきょ》したいと。三日間でいいのです」

「ほう、雄州を、そのままですか？」

「放《はな》った者たちから、報告が入っています。雄州に、かなりの兵糧《ひょうろう》や秣《まぐさ》、武器などが集められているのです。あのあたりから、次の遼への侵攻ははじまると思いますよ」

「その兵糧などを、奪うということですね」

「ただ兵糧を集めることは、たやすい。麦ひと粒《つぶ》を得るのは、ただ麦ひと粒です。しかし、それをふた粒にしたい」

「つまり、遼軍が宋から麦を奪えば、それだけ宋軍のものが減る。ひと粒が、ふた粒になる勘定ですね」

「ただ、さすがに守りはきついようです」

「だから、耶律休哥将軍を使おう、ということなのでしょう？」

「きわめて、危険な試《こころ》みになります。耶律斜軫将軍には、退《しりぞ》けられた策でもあります」

「それでは、耶律斜軫将軍の助力は期待できないのですか」

「そういうことです。輜重《しちょう》を扱う者を、一万ほど出せるだけですな」

蕭陀頼が、にこりと笑った。石幻果が知ったころは右相《うしょう》だったが、一年とちょっと前に、蕭天佑《しょうてんゆう》のあとを受けて、左相《さしょう》となった。頭は切れ、軍のこともよく理解しているが、人の使い方が非情だというところはあった。

「耶律休哥将軍には、間違いなくお伝えします」

「これがうまくいけば、兵站《へいたん》は圧倒的にこちらが優勢になります。つまり、宋は動けない。こちらから宋に攻めこむ機会ができるのですよ。太后様も喜ばれる、と思います」

太后の許可を受けた作戦ではなさそうだ、と石幻果は思った。文官のこういう思惑《おもわく》で、結局は兵が犠牲になる。どこの国にでも、ありそうなことだった。

「耶律休哥将軍を、説得していただきたい」

「私には、そういう権限はなにもないのです、左相。命令を受ければ、なんでもやる。それだけなのです」

説得するまでもなく、耶律休哥ならやるだろう。自ら危険を求めるというところが、どこかにある。それだけが、耶律休哥の軍人らしくないところだった。

「私は、これで」

石幻果は、部下が馬を用意して待っているところにむかいかけ、足を止めた。

「やるとしたら、いつごろなのですか？」

「五月。六月になると、宮廷はまた燕京から遠ざかりますから」

遊牧の民は、さらに北へむかう。西域との交易も、活発になる時期だった。

「私は、これで」

「なぜ時期を訊《き》かれた、石幻果殿?」

「宮廷からあまり離れないように、と太后様から申しつけられています。私が行くことができる時期なのかどうか、ちょっと気になっただけです」

軽く一礼し、石幻果は部下が待つ方へ歩いた。

幕舎の宮廷に、防壁などはない。外周に、一万ほどの守備兵がいるだけだ。

それなのに、軍は営舎を持っていた。北の、耶律休哥軍の営舎のように、風雨を凌《しの》げるだけとはとてもいえない。耶律斜軫の本営は、防壁もあり、濠《ほり》もめぐらせてあった。いつでも、宋軍の侵攻に備えなければならないからだ。

「駈けるぞ」

幕舎で作られた城郭《まち》を出ると、石幻果は二十騎の部下に声をかけた。本隊は、耶律占の指揮で、五十里(約二十五キロ)ほど先行している。

一日で追いつこう、と石幻果は考えていた。

二

父がいた代州《だいしゅう》の館《やかた》は、宏壮《こうそう》なものだった。それは接収され、知州《ちしゅう》(長官)の館になっている。楊家《ようか》のすべてを守ると言っても、ほんとうに守られたのは、帝の眼が届く開封府《かいほうふ》の館だけだった。

いまの知州など、楊家軍をただの代州の地方軍として扱っている。それでも、楊家軍は三千を超え、四千に近づきつつある。遠からず、五千を超えるだろう。一応の軍費は、宋軍から届けられていた。それは良馬を集められるほどではなく、ようやく兵を養える程度だった。

いまいる五千頭の半分近くは、楊家軍が自力で集めたものだった。西域から、かなりの数を王貴《おうき》が買い入れてきた。王志《おうし》の牧《まき》で生まれた馬も、かなりの数がいる。

当初想定した三千を超えることに、強硬《きようこう》に反対したのは七郎《しちろう》だった。劉平《りゆうへい》や方礼《ほうれい》や李成《りせい》は、代州に呼ぶべきではない、と主張したのだ。それは、いまある楊家軍の、実力を隠そうという考えだった。

七郎は、宋の朝廷を信用していない。こちらが力をつければ、それを上回る力を出させようとする、と七郎は考えていた。爪《つめ》は隠しておこう、と主張したのだ。

七郎の気持は、よく理解できた。味方の裏切りで、父を亡くした。その裏切りの張本人は、庶民に落とされたといっても、豪勢《ごうせい》な暮しぶりをしているのだ。朝廷の庇護《ひご》がある、としか思えなかった。

父を死なせた潘仁美《はんじんび》が生きていることが、そもそも七郎には許せないのだろう。いまだ、五百ほどの部下を抱えて、山中から出てこようとしない。七郎自身が代州の館にやってくる回数も、六郎《りくろう》の感覚からすれば少ないものだった。

しかし、楊家軍八千というのが、帝の希望なのである。四千弱は、まだその半数にも達していなかった。

王貴は、楊家軍に加わることを決意して、渭州《いしゅう》へ行った。代りに従弟《いとこ》の王志が代州に出てきて、六郎の副官となった。劉平や方礼や李成も、王志に従うという恰《かっ》好《こう》で代州に出むき、楊家軍の上級将校となった。

七郎には、張英《ちょうえい》がついている。まず間違いはないだろう、と六郎は思っていた。長兄延平《えんぺい》の従者だった張英は、そこでさまざまなことを学んでいた。蔚州《うっしゅう》の脱出で、延平とともに死ねなかったことを、深く恥じている。生き残ってしまった以上、楊家軍再興に力を尽すのが、自分の使命だとも思っていた。

七郎のもとに集まっているのは、主に代州の山中に潜《ひそ》んでいた者たちである。馬の数はまだ少ないが、武装は整っていて、調練も経《へ》てきていた。

七郎が合流すれば、四千三百ほどの軍になる。軍馬の補給は続いていたが、まだ不足していた。帝の希望は、楊家軍八千の騎馬隊であっても、現場の動きが必ずしもいいわけではない。その場に行って、帝の意向ということを強く主張しなければ、駄馬《だば》を回してくるのだ。

楊家軍が独自で手に入れた馬は、軍馬として最上のものだったが、二千頭に満たない。

知州からは、しばしば出動の要請が来た。国境の小競り合いに急行せよ、とほとんど命令口調のものだったが、無視していた。それについて開封府へ報告が行っているはずだが、廷臣からもなにも言ってこない。

楊家軍が完全に整備されてから、本格的な戦に使うというのが、帝の意思として通っているのだろう。

代州郊外の楊家の館のそばには、八千名分の営舎がすでに建てられている。同じ数の馬を収容できる厩《うまや》もある。秣も、かなりの量が集められていた。

七郎は反対しているが、兵の募集をもっと大がかりにやらなければならないだろう。

「叔父上《おじうえ》、これから出発いたします」

延光《えんこう》が、六郎の居室に挨拶《あいさつ》に来た。七郎のもとへ行けとは、すでに二日前に申しつけてあった。

「義姉上《あねうえ》には、俺から言っておく。七郎は、戦については非凡なのだ。おまえが学ぶべきことは、多くある」

「私も、それが愉しみです」

延光は、十六歳に達していた。代州の館で六郎の従者からはじめ、いまでは百名程度の指揮もできるようになっている。

山中にいる七郎の五百は、すべて精兵だった。それを、さらに鍛《きた》え続けていた。だから馬も、七郎には少ないがいいものを選んで回している。

「戦は、いつはじまるのでしょうか、叔父上。その時、私は戦場に出られますか？」

「もう少し、おまえが見るべきものを見られるようになったら、実戦に伴おう。新しい楊家軍が、遼軍と闘うのも、そう遠くない日だろう。その時まで、七郎をよく見ておけ」

「はい。では、出発します」

延光は、一礼して出ていった。

馬が、足りない。当初想定した三千騎なら、いまでもなんとか満たしているが、これから兵はさらに増えるのである。

部隊がひとつ、館の前を駈け抜けていった。

野戦の調練に出る、方礼の隊だろう。

「王貴殿のところから、馬が五十頭届きました。どれも、よい馬です」

林史《りんし》が入ってきて、報告した。

王貴は、渭州の牧をさらに拡げ、馬商人としての力を蓄えつつあった。人はさらに集まり、村も二つになっている。工房でも、かなりの利が上がっていた。

それでもまだ、三月《みつき》に一度、五十頭の馬を届けるのが精一杯のようだ。

「王貴殿は、本気で渭州の大商人を目指しておられます。西域との馬の商いも考えておられるようで」

西域の馬を入れるのに、渭州は悪い位置ではなかった。

「王貴の商いが大きくなるとしても、八千というのは、なかなか難しいな」

「宋軍では、一応馬の補給をしてきますが、それはお断りになったらどうでしょう。楊家軍が独自に馬を手に入れるということで。帝は、それをお許しになるのではありませんか？」

「使いものにならぬ馬も、一頭に数えられているであろうしな。いっそ貰わぬ方がいい」

「兵糧の穀物だと、いいも悪いもありません。それを、八千名分。それから軍袍《ぐんぽう》、武具などの補給。あとは、われら自身の手で」

兵には、わずかだが銭《ぜに》が支給される。それは、楊家軍にも宋軍と同じだけ支給されていた。ただ数を合わせるだけで、質の違いなどないのだ。

「六郎様は、そろそろ開封府に行かねばなりませんぞ。母上様の御病状もあります」

八娘《はちじょう》、九妹《きゆうまい》から、母に会いに来るように言ってきていた。しかし、手が放せないことが多すぎた。

「七郎様が山を降り、総指揮を執《と》ってくだされぱいいのですが」

「七郎は、俺が開封府へ行くことは反対だろう。廷臣どもに俺が誑《たぶら》かされると、思いこんでいる。無理もないのだが」

「困ったことです。まずは、六郎様と七郎様の息が合わなければ、楊家軍はほんとうには精強になれません」

確かに、林史の言う通りだった。七郎には、どこか頑固《がんこ》なところがある。七郎が頑固になった時、いままでは放ってきた。しかし、いつまでもというわけにはいかない。

「七郎と会ってくる、林史」

「山へ、行かれるのですか。七郎様をこちらに呼ばれるのが、筋《すじ》というものですが」

「この際、筋などどうでもいい。俺が、すぐにやらなければならない仕事が、なにかあるか?」

「明後日、新兵の最終選抜があります」

「それが終ったら、すぐに行く」

「くれぐれも、兄弟喧嘩《げんか》はなされませんように」

「わかっている」

林史は、二つばかり用事を片付けて、出ていった。

六郎が山へ行ったのは、結局四日後だった。新兵の最終選抜に、二日かかってしまったのだ。三百を超える新兵を、楊家軍に入れた。楊家軍に入るということは、宋軍に入ることだが、新兵の誰もが、楊家軍という意識を強く持っていた。

山へ行く供《とも》は、従者の周洌《しゅうれつ》ひとりだけにした。七郎が拠《よ》っている岩山まで、二日かかる。山中は、馬を走らせることができる場所が、少ないからだ。

山に入ってすぐから、見張《みはり》の気配はあったので、七郎に知らせは届いたのだろう。屋根だけをつけた営舎で、待っていた。

「山を降りろという話なら、兄者《あにじゃ》」

「話ではない。直接、命令を伝えに来た」

「命令？」

「そうだ。山を降り、代州の営舎へ来い。知州は、前から国境の戦に出るように、言ってきている。無視していた。小競り合いだからな。しかし、そろそろ開封府からの、出動命令が届くという気がする」

「それは、兄者が出動すればいい」

「おまえは、自分が楊家軍ではない、と言っているのか？」

「そうではない。俺の考えは前と変らず、楊家軍は真の実力を、開封府に見せるべきではない、と思うのだ。必ず、実力以上の使われ方をし、兵を失う」

「もう、そういう考えは通用しない。軍は、楊家のためにあるのではなく、宋のためにあるのだ。違うか？」

「ならば、楊家軍としてまとまる意味は？」

「最強である、というわれらの誇りを守るためだ。父上が、生涯をかけて築きあげられた誇りを」

「兄者が言うことが、わからないわけではない。しかし父上は、それで命を落とされた。多くの兵も死んだ」

「死ぬことを、恐れているのか、おまえは？」

「まさか。俺は、裏切りのようなことで、死にたくないと思っているだけさ」

「それについて、どういう言い方をすればいいか、俺には思いつかん。しかし、俺がそれを恐れていない、とでも思っているか？」

「うむ」

「王貴は、渭州へ行ってくれた。いい馬も、届きはじめている。楊家軍のいい馬は、優先しておまえに回してもいる」

「いざという時は、それだけの働きをしてみせる」

「駄目だ、それでは。おまえは、きちんと楊家軍に在《あ》らねばならん。俺が死んだら、総大将はおまえだぞ」

「延光もいる」

「若すぎる。実戦でどれほどの力を出せるのか、まったくわからん。延光がどれだけ優れていたとしても、きちんと一軍を率いるには、あと十年はかかる。総大将になるには、もっとだ」

「兄者の言うことは、わかる」

「おまえは、すべてがわかっていて、それでも小さなことにこだわって、山に居続ける気か？」

「小さなことではない、と思う」

「小さなことかどうか、代州で、楊家軍として動きながら、考えろ。山に籠っているだけでは、見えるものも見えなくなる」

「もうしばらく、山で考えてはいかんのか、兄者？」

「駄目だ。命令だ、これは。俺が開封府から戻るまでに、代州の営舎に入り、楊家軍の軍制の中に部下を組み入れろ。戻ってきておまえがまだ山にいたら、その首を捻《ね》じ切ってやるぞ」

「開封府へ、行くのか?」

「母上の病状が、思わしくない。八娘、九妹から、会いに来いと言ってきている。開封府に行けば、曹彬《そうひん》将軍や廷臣とも会うことになる。多分、帝ともな」

「兄者は、狡《ずる》いな。母上に会いに行くなどと言ったら、俺が反対できるわけがあるまい。帝に会うのが目的だなどと言ったら、一応は反対してみようと思ったのだが」

「一応か」

「開封府へ行ったら、生臭《なまぐさ》いばかりの廷臣どもに、手玉《てだま》に取られないようにな」

七郎がそう言うと、六郎は剣を抜き放った。屋根だけで、外からは見えてしまう営舎である。近辺にいる者たちは、みんなこちらを気にしていた。

「この剣は、父上が魂《たましい》をこめて打たれたものだ。吹毛剣《すいもうけん》という。持ってみろ、七郎」

「いいのか?」

「父上が、自ら打たれた剣だぞ」

「わかった。おい、延光」

営舎の外に、七郎が声をかけた。兵の輪の中から、延光が出てきた。

「こっちへ来い。おまえの祖父《じい》様が打たれた剣だ。よく見ておけ」

「はい」

延光は、緊張した表情をしていた。

二人が剣を持ち、見入った。吹毛剣はやはり、不思議な気を放っている。

「二人とも、心しておけ。この剣は、楊家の棟梁《とうりよう》が佩《は》くものだ。俺が死んだら七郎が、七郎が死んだら延光が」

二人が、頷いた。

「延光、部下に伝えろ。三日後にここを引き払い、代州の営舎に入る」

「ほんとうですか、七郎叔父上？」

「ああ。すぐに伝えろ」

延光が、飛び出して行った。方々で、兵が歓声をあげる。それは、すぐに山を包んだような感じになった。

「留守は、王志に任せてある。すべて、王志と話し合って決めろ」

「兄者、すぐ開封府へ？」

「ああ。なるべく早く、戻るつもりでいるが」

「母上に、よろしくな、兄者」

頷いた。七郎の実母は、代州の城郭《まち》にいる。暮しには困っていないはずだ。

「七郎、その兄者というのは、もうやめておけ。以前のように、兄上と呼ぶのだ。

王貴殿も、楊家に戻る以上は殿などをつけないでくれと言われた。これからは、多くの部下が見ている」

「わかった、兄上」

話は、意外に簡単に済んだ。即刻《そっこく》、六郎は代州の館に戻ることにした。

「開封府から戻ったら、話がある、兄上。なに、楊家軍にとっては、いい話だろうと思う。開封府で、ひとつだけ許可を取って欲しい。これからしばしば戦だろうが、戦利品で馬だけは、楊家軍に与えていただきたいと。銀や品物、穀物などはいらん」

「それは、考えている」

「実は、俺はもっと大きなことを考えているのだ、兄上。開封府から戻ってきたら、その話をしたい」

「わかった」

六郎は、周洌を呼んだ。

三

母は、眠っていた。

そう見えただけかもしれない。しばらく寝台のそばに立っていると、薄く眼を開き、口もとに笑みを浮かべたのだ。

「母上、六郎兄さまが、お帰りになりました」

九妹《きゅうまい》が、母の手をとって言った。母の唇《くちびる》が動き、なにか言ったようだった。耳を寄せて聞いた九妹が、六郎の方を振りむいた。

「帰ってきたのではないそうです、兄さま。楊家の男が帰るのは代州だと、言っておられます」

「帝に報告することがあり、開封府へ参りました、母上。楊家軍五千、騎馬隊として整いました。父上に少しでも近づけるように、働こうと思います」

「会えて、嬉しかった」

小さく弱々しいが、六郎にもはっきりと聞きとれた。

「これが、別れだと思います。私のことは、もう気にせずともよい。おまえには、部下がいる。七郎殿や延光殿もいる。立派に、楊家の棟梁の役目を果しなさい」

「父上の名は、決して辱《はずか》しめません」

母が、頷いたように見えた。それから、母は眼を閉じた。

八娘《はちじょう》と九妹に促されて、母の寝室を出た。

庭に面した居間に、兄妹三人で座った。

「よかった、兄上が間に合って」

八娘が言った。

「一日一日、少しずつ衰《おとろ》えていって、もうお話しになれることもない、と思っていたのですよ。でも、兄上には、きちんと言葉を出されました。それも、気力に満ちた言葉を」

「そうだな。俺も、間に合ってよかった」

「いつまで、開封府におられますか？」

「宮殿で、帝に拝謁したら、すぐに代州へ帰る。明日、拝謁する。寇準《こうじゅん》殿にも会うことになっている」

「そうですか。ゆっくり話をする間もないのですね」

「国境は、乱れかけている」

「わかっています。楊家軍ですからね」

「私はほっとしています、兄さま。もしかすると、母上にはお会わせできないかもしれない、と思っていましたから」

「すまぬ、九妹。楊家軍を整えるのは、苦労の多いことだった。泣言《なきごと》を言っているのではなく、戦の苦労ならと、何度も思ったものだ」

「母上は、兄さまを信じて、やがて父上に会われると思います」

「九妹と、いつも話しているのですよ、兄上。この庭に咲く花が、父上はお好きでした。だから母上は、庭に花がたえないようにしておられました。母上が病《や》まれてからは、私が」

「それを、私が槍《やり》などを振り回して踏んでしまうので、いつも姉さまに叱《しか》られたものです」

そんな話を続けた。

語るべきことが多くあるようでも、こうして会っていると、ただいるだけでいい、という気分になる。

すぐに時は経ち、夜になり、六郎は寝室に入った。

しばらくして、九妹が入ってきた。

「お願いがあるのです、兄さま」

「なんだ？」

「いずれ、私も代州へ行きたいと思うのですが、許していただけますか？」

「ここは、どうするのだ。帝から賜《たまわ》って、いかなる者も手を出してはならんと、御《ご》宸筆《しんぴつ》までいただいた屋敷だぞ」

「姉上がおられます」

「しかしな」

「ここは、姉妹二人きりで暮すには、広すぎます。姉上が、思う通りに使われればいいのです」

「思う通りとは？」

「姉上は、お好きな方がいるのですよ。科挙《かきょ》にも通りながら、役人になろうとはせず、学問を広めたいと思っている人です。この屋敷が大学となり、多くの学びたい人たちが集まってくればいいのです。帝のお許しは、その時、姉上が受けられるだろうと思います」

「学問か」

「はい。それがこれからは大事である、と考えている方です。厳しいけど、やさしい人でもあります。その方と姉上で、大学を開けばいいのです。母上はそのことを御存知で、朝廷から月々にいただくものも、辞退されました」

「そういうことなら、おまえは代州に来るがいい。開封府の華やかさに馴れたおまえには、ずいぶんと田舎《いなか》に思えるだろうが」

「私は、原野を駈け回るのが好きです」

「わかった。もう言わなくていい。ただ、八娘とはよく話し合っておけよ」

「もう、話しています。母上が生きておられる間は、と姉上は申されました」

「代州が、帰るところだ。おまえにとっても、そうなりそうだな」

九妹は、にこりと笑った。

幼いころから、八娘よりずっと活発で、馬も乗りこなしていた。そういう楊家の女が、代州にいるのも悪くない、と六郎は思った。

翌朝、六郎は出仕した。

宮廷全体が、慌《あわただ》しい雰囲気に包まれていた。

まず、寇準の部屋に呼ばれた。

「面倒《めんどう》なことになってな、楊六郎」

「戦、ですか?」

「いや、戦とも言いきれん。帝は、北進の準備を着々と整えておられた。その中で一番大きなものが、北への兵糧の貯蔵であった。五万の軍を一年、十万の軍なら半年。それが目標で、半分近く達成しかかっていた」

「どうしたのですか?」

「そのほぼ全部を、遼軍に奪われた」

兵糧を一カ所に集めておくという、狙《ねら》われやすいことをなぜやったのだろう。ただ、それほど厖大《ぼうだい》な兵糧なら、警備も厳重で、近くに強力な軍もいたはずだ。焼かれたのではなく奪われたというなら、そこでも完全な敗北をしている。しかし、それほどの遼軍が、素速く宋領に入ることが、なぜできたのか。

「いま、次々に報告が届いておる。曹彬《そうひん》将軍など、赤くなったり蒼《あお》くなったりしている。帝にも、申しあげた。おまえに会おうと言われるまで、ここで待って貰うことになる」

「それは、お眼障《めざわ》りでなければ、待たせていただきたい、と思います」

どういう情況で兵糧を奪われたのか、それを知りたかった。

宰相府《さいしょうふ》で、それほど待たされることはなかった。

禁軍《きんぐん》の本営でなく、宮殿に呼ばれた。

武官《ぶかん》たちが、居並んでいる。帝が怒ったのだということは、武官の顔色を見ればわかった。帝は、すでに冷静な表情になっている。

「兵糧が奪われた」

口を開いたのは、帝自身だった。

「風のように、騎馬隊が南から現われ、雄州近郊に展開していた三万の軍を蹴散《けち》らした。南から敵が来るとは、考えてもいなかったから、三千が三万にも見えはしたのだろう。それにしても、潰滅《かいめつ》であった」

「恐れながら、陛下。一カ所に兵糧を集めておられたのでしょうか？」

「まず雄州に集め、その一部を西へ移動させることになっていた」

「雄州から運び出すのを、遮《さえぎ》ることはできなかったのでありましょうか？」

「河を使いおった。馬にしか乗れぬ遼軍が、船を使った」

「なるほど」

雄州に兵糧を集めたのも、船を使えるからだ。河北《かほく》の作物は、集めやすいのである。

気づいた時、何百艘《そう》もの船を奪われていたのだろう。そして、一斉《いっせい》に河を下った。追おうとする者は、騎馬隊が遮ったということになる。それだけの動きをこちらの領内でできる騎馬隊というと、耶律休哥の軽騎兵しか考えられない。

「いま、おまえは耶律休哥を思い浮かべたであろう。朕《ちん》もそうであった。しかし、雄州を襲った騎馬隊は、『幻』の旗を掲《かか》げていたという。そして遂城《すいじよう》近辺にいた三万が、『休』の旗の騎馬隊にやられている。これも、潰滅と言っていい」

帝の前には、地図が拡げられていた。それが、半分ほど破れている。

「耶律休哥の軍に、別働隊がいたとしか思えんのだ」

曹彬が口を開いた。

「別働隊が、およそ三千騎。兵糧を運ぶための兵が、一万」

「困りました」

「楊六郎。おまえが困って、どうする？」

「曹彬将軍。われら楊家軍、四千ほどでありますが、そのようにはまだ動けますまい」

「楊家軍にして、そうか。かつては、耶律休哥と対等以上の闘いをした楊家軍にして」

「いまはまだ、馬が揃っておりません」

耶律休哥の軍に、楊家軍を当てよという意見が、あったに違いない、と六郎は思った。いずれぶつかるにしても、いまはまだ避けたい相手だった。

「四千とは、朕の希望の半数ではないか、六郎」

「はい。しかも、馬はすべて揃っておりません」

「そちらが望んだ頭数は、渡されているはずだぞ」

曹彬が、苦々《にがにが》しい口調で言った。

「頭数だけは。一頭でも力の劣《おと》る馬がいると、騎馬隊全体の動きが、左右されるのです。だから、馬の質を揃えなければなりません。それも質の高いところで」

「禁軍も、馬を必要としているのだ、楊六郎。与えられたもので闘うのが、軍人というものであろう」

「本日は、ひとつ陛下にお願いがあって参上いたしました。ここに将軍方も揃っておられるので、まことにいい機会です」

「なんじゃ？」

「代州の知州から、国境の戦に出ろと、何度も言ってきています。もし出動し、戦利品を得た場合、馬だけは楊家軍にお与えいただきたいのです」

「馬をか？」

「北には、良馬がおります。それを奪って、わが騎馬隊の馬にいたします。したがって、宋軍から与えられる馬は、今後必要ないことになります」

「面白い」

帝が言った。宋軍の馬をもっと割《さ》けという話ではないので、曹彬もなにも言わなかった。

「銀、穀物、その他のものは、どうする？」

「われらのみで闘った時は、戦利品として禁軍府に届けます」

「ほう、禁軍府にか？」

「一応、宋軍の兵がしていただくことは、していただいております。それ以上のものを、われらは望みません。ただ、馬だけは、なにとぞ」

「いい考えでございます、陛下。奪われた兵糧の分を取り返すほど、これからは遼内を攻めねばなりません。楊家軍は、当然、代州の国境の要となります」

「曹彬、なにを言っている。遼を攻めようとして蓄えた兵糧が奪われ、攻めるのが思うに任せなくなっているのだぞ」

「燕雲十六州を奪回《だっかい》するための戦は、すぐにというわけには参らなくなりました、陛下。しかし、国境の軍が遼内へ入り、なにがしかの攻撃を仕掛ける。勝てば、遼のものを奪ってくる。そういう戦は、いくらでもできるのではないでしょうか。いままで、わが国は礼儀を重んじすぎてきました。遼に対してです。小規模の戦をくり返す。これで、遼を疲れさせることが、できるのではありませんか？」

「ふむ、小規模な戦か。遼がよく仕掛けてくる。それをやり返せと申しているのだな、曹彬。ほかの者は、どう思う」

「恐れながら陛下、大遠征は難しい情勢になっております。私は、曹彬将軍の意見に賛成です」

顔を知らない将軍で、まだ若そうだった。

「おまえが、曹彬の意見に従うのはわかる、蔡典《さいてん》。朕は、曹彬とは違う意見を求めているのだ」

「いまは、国を富ませることだ、と私は思います。国境で遼軍を防ぎ、誰も侵し得ない力を持つことだ、と考えます」

寇準の後ろに立っている文官で、やはり六郎はその名を知らなかった。この場にいる人間で顔がわかるのは、武官の半分と、文官の数名だった。全部で、二十一名いる。

「楊六郎の申したことは、なかなか面白いと感じました。遼の力を削《そ》ぐのに、少し時をかける覚悟も必要かと思います。楊家軍は、戦で馬を得ればよいのです。宋は、小さな戦で得たものを、蓄え、積みあげればよいのです。今回奪われた兵糧も、そうやっていれば、いずれ取り戻せるのではありますまいか」

牛思進《ぎゅうししん》だった。必ずしも、楊家軍に好意的ではなかった文官である。

ほかに、いくつか意見が出た。帝の前で、自分の言葉を禁じられるということはないようだ。それは悪いことではないが、かつての帝は、もっと決然としていた、という気がする。やはり先年の敗戦が、文官や武官の顔ぶれだけでなく、帝の心も微妙に変えてしまったのだろうか。

「楊六郎。朕は、おまえが耶律休哥に勝《まさ》る騎馬隊を作ってくれる、という大いなる期待を持っているのだがな」

「いま、耶律休哥と闘っても、勝てません。とりあえず、馬を得る闘いをさせていただきたい、と思います」

「それはよい。戦で楊家軍が得た馬は、楊家軍のものにすればよい。馬さえ揃えば、おまえは耶律休哥に勝てるのか？」

「わかりません。兵に持てる力を出させるために、いま馬が必要だということです」

「陛下、耶律休哥の軍は、別働隊も含めるとおよそ八千と思われます。楊六郎だけでは、無理であります。宋軍も、調練を積んでおりますし。耶律休哥が現われたら、大軍をもって潰すべきです」

「雄州に三万、遂城付近に三万。六万の大軍が、あの兵糧を守っていたのだぞ、曹彬。見事に奪われたではないか。しかも、敵はほとんど屍《しかばね》を残しておらぬ」

「それは」

「奇襲《きしゅう》を受けた。しかしあの六万は、奇襲に備えていたものだった、と言っていい。それも、焼き打ち程度の奇襲だ。奪われることなど、はじめから想定もしていなかった。違うか、曹彬？」

「はい。数百艘の船も、岸辺に繋《つな》いだままでありました。奪われるというのは、焼かれるよりもまずいわけで」

「当たり前のことを申すでない。雄州を指揮していたのは、賀懐浦《がかいほ》、遂城を指揮していたのは、劉廷翰《りゅうていかん》。この二人の処分はどうする？」

「開封府へ呼び出して、事情を訊いてみようと思います。それによって、処分すべきだと思えたら、それなりの処分をいたします」

曹彬は、まったく変っていない、と六郎は思った。庶民に落とされた潘仁美は貪《どん》欲《よく》で、自分の息のかかった者を、強引に引きあげたりしていた。曹彬は優柔不断《ゆうじゅうふだん》で、茫洋《ぼうよう》としていて、部下に甘く、それで人が集まるというところがあったのだ。

かつて潘仁美の腹心のようだった賀懐浦は、曹彬にすり寄っていた。その噂《うわさ》を代州で聞いた時は、いやな気分になったものだ。

「兵糧を奪われたという事実は、どのような理由があろうと覆《くつがえ》せぬ。賀懐浦、劉廷翰は、すぐに呼び戻し、首を打て」

「お待ちください、陛下」

「待てぬ」

それまで沈んでいた帝の口調が、不意に凜然《りんぜん》としたものになった。

「燕雲十六州の回復は、先帝からの悲願であった。そのための軍の根幹となる兵糧を奪われたことは、万死《ばんし》に値する」

どこからも、声はあがらなかった。曹彬は、顔をひきつらせている。

「曹彬、最後の責任は、おまえにある。朕の前で、これ以上発言することは許さぬ。蟄居《ちつきょ》し、沙汰《さた》を待て」

帝は、気を鎮《しず》め、臣の意見を聞くような態度をとっていたが、ほんとうは怒り続けていたのだ、と六郎は思った。怒りが大きな分だけ、沈みこんで見えたのかもしれない。

それから、西の西夏《せいか》との国境のぶつかり合いの話になった。西夏は、遼ほど強大ではない。いまのところ、国境の守備軍がうまく対応していた。五百、千の、多くて三千程度の侵攻なのだ。厄介なのは、西夏が遼と結ぶことだったが、それについてはうまく外交を使っているようだった。

話の間、曹彬はじっとうつむいていた。たかが兵糧を奪われたぐらいで、という思いはあるに違いない。

散会し、帝は退出したが、六郎だけは残るように命じられた。

ひとりで待っていると、侍従《じじゅう》が迎えに来た。案内されたのは朝堂《ちょうどう》の一室で、帝が政務をとっているところだ。

帝は、ひとりでいた。案内した侍従も退《さ》がり、部屋の中は二人だけになった。

「楊業《ようぎょう》がいてくれたら、としみじみと思う。わが国には、これぞという軍人がおらん。耶律休哥のいる遼を、ふと羨《うらや》ましいとさえ思うぞ、六郎」

六郎は、ただ顔を伏せただけだった。

「一度、全軍を楊業に預けてみたかった。八王《はちおう》は死に、七王《しちおう》には罰を与えた。寇準がなんとか政務を支えてくれてはいるが、軍は弱くなっていくばかりだ」

「必ずしも、そうは申せません、陛下。私ごときが言うのも、分《ぶん》をわきまえていないと思うのですが、軍は指揮官によります」

「だから、曹彬をはずす。別の指揮官を立てようと思う」

「陛下は、これからどうやって遼に対していくか、われらにお示しになりませんでした。それは、新しい総帥《そうすい》を選んでから、お決めになる、ということですか？」

「決めておるが、かたちとしてはそうしたい。硬軟二つを使い分けて、遼と対する。ひとつは、こちらからしばしば攻めこみ、戦果を積みあげることだ。だから、代州の国境では、楊家軍がそれをはじめるとよい。馬を捕獲《ほかく》したら、楊家軍のものとせよ」

「陛下のお許しを、直接頂戴したと思っても、よろしいのでしょうか？」

「侍従に、書きつけを渡しておく。帰りに、受け取っていけ。それより、楊業の妻が、一生受け取れるものを、辞退してきておるが」

「母は、老齢で、病《やまい》でもあります。何人もの使用人を使う費用など、無用なのです。下賜《かし》されているものをお返しするというのは、無礼《ぶれい》かもしれませんが」

「それはよいが、なぜと考えてしまった」

「八娘璘花《はちじようりんか》という妹がおります。あの屋敷を学問を教える場所にしたいと考えているようなのですが。そうするのに、いつまでも下賜されたものを受け取るわけにはいかない、と母は考えたのです」

「学問か。それはよい」

「八娘璘花は、学問で身を立てようとする者と、結婚を望んでおります」

「女だからな。楊家といえば、七兄弟であったが、娘たちはそれぞれに生きなければなるまい。あの屋敷を、大学にするのは、私も望ましいことだと思う。ただ、楊業の名は消してはならん」

「そのように、申し伝えます。妹も、そして母も、喜ぶと思います」

帝は頷き、それからしばらく言葉を発しなかった。

「六郎、騎馬隊八千は、急げ」

「はい」

「私は、耶律休哥と正対できる軍が、すぐにも欲しい。思い返すと、大きな戦での敗戦は、すべて耶律休哥の、わずか五千騎の動きによるものであった。あの五千騎がいなければと思っていたが、八千ほどに増えたようだ」

「楊家軍は、馬さえ揃えば、耶律休哥と正対できる、と自負しております。いまいる兵は、父のころの兵に勝るとも劣りません」

「良馬を手に入れるためになら、なんでもやれ。ただ、これは独立行動権を与えたことではない。軍の規律を乱すわけにはいかぬからな。対遼の作戦の一環として、馬を得る動きは許す、というだけのことだ」

「それだけで、充分でございます、陛下」

「ならば、行け。次に会う時は、楊家騎馬隊の話を聞きたい」

帝はそう言い、眼を閉じた。ひどく疲れているように見えた。そして、老いている。

拝礼し、退出した。

しばらく待って、捕獲した馬は楊家軍のものとする、という宸筆を受け取った。

その足で、六郎は代州にむかった。

四

宮廷は、上京臨潢府《じょうけいりんこうふ》に移っていた。

宮廷が、南から北へ移動するということが、土地の自然に合ったことだと、石幻果《せきげんか》も遼の暮しの中で、躰《からだ》に沁みこむように理解していた。

宮廷がさまざまな場所に移動することで、各地の集落も栄える。遊牧の民だから、城郭《まち》のようなものは作らないが、それぞれ拠って立つ集落の場所は持っていた。

耶律休哥軍は、臨潢府のさらに北に駐屯していた。営舎がある場所は、やはり拠って立つ場所にすぎない。遼の大地のすべてが、耶律休哥軍の営地と言っても過言ではなかった。

臨潢府の北は、荒漠《こうばく》とした原野である。夏に、ところどころ草が生《は》えるぐらいなのだ。遊牧の民は、その草を求めて、耶律休哥軍の営地のそばまで来ていた。

「西の方で、大きなことが起きたようだが、なんだったのだ?」

燕京の本営から戻ってきた麻哩阿吉《まりあきつ》に、石幻果は訊いた。麻哩阿吉とは、友人のような口を利《き》くようになっていた。

「それが、北の牧が襲われたのだ。奪われた馬は、数千頭に上るらしいぞ」

「賊徒が、それほどに?」

「賊徒ではないかもしれん。楊家軍が二千騎ほど侵入してきて、牧のある地方を暴れて回った。精強な部隊でな。あのあたりの守備軍が全軍出動しても、方々で打ち負かされた。その間に、牧の馬が奪われたのだ。はじめ、四百頭、次の牧で三百頭というふうに、奪った馬そのものを駈けさせて次々に牧を襲い、三千頭もが奪われた」

「つまり、楊家軍と呼応して、馬の強奪《ごうだつ》に動いたということだな」

「呼応だ、と燕京の本営では見ているようだがな。耶律休哥将軍に報告したら、楊家軍の二面作戦であろう、と笑っておられた」

「笑っておられた?」

「久しぶりに強敵が現われるかもしれないので、将軍は喜んでおられるのさ」

「強敵か」

五月に、雄州を襲い、兵糧を奪った。

六万の大軍が相手だったが、作戦による勝利と言った方がいいだろう。敵は兵力を生かしきるどころか、動きが悪く、一度潰走《かいそう》しはじめると、止められないという、大軍の持つ弱点を余すところなく見せてくれたのだ。

輜重隊《しちょうたい》二万がいたが、耶律休哥はその輜重を捨てさせ、河の岸辺に繋がれた船を使うことを命じた。そのために、各船に船が扱える人間を五人は乗せたのだ。船は五百艘近くあり、奪った兵糧を積みこむのに、二日半かかったという。

出動したのは、耶律休哥軍だけだった。損害はほとんど出さずに、帰還した耶律休哥軍を迎えた耶律斜軫は、なんとも言えない複雑な表情をしていた。

耶律休哥軍五千と並んで、別働隊であった石幻果軍も、できるだけ速《すみ》やかに、三千から五千騎に増やすように、という蕭太后《しょうたいこう》の文書が手渡された。

すでに、禁軍の中で、耶律休哥軍への補充要員の兵が三千選び出され、騎乗の闘いの調練をくり返している。

雄州を襲う戦は、石幻果が先鋒《せんぽう》で、宋領に侵入すると、快速で大きく雄州の南に回りこんだ。何度も斥候《せっこう》に出会ったが、気にしなかった。斥候より速い、という自信があったからだ。

雄州郊外の賀懐浦の軍を、背後から襲って潰走させるのは、難しいことではなかった。千五百で城内に突っこみ、制圧し、一万の輜重隊を導き入れた。残りの千五百騎は、賀懐浦の軍を追い続けた。

一見、石幻果が先鋒として、困難な任務を振られたように、他人には見えただろう。しかし、危険な場に立ったのは、耶律休哥の軍だった。遂城《すいじよう》の三万と対しながら、背後から潰走してくる賀懐浦の軍とぶつかることになったのだ。

耶律休哥は、潰走してくる賀懐浦の軍とぶつかる寸前に、実に巧妙に身をかわしたようだ。よほどの調練を積んでいなければできないことだと、あとで話を聞いた石幻果は思った。

賀懐浦の軍は、遂城の劉廷翰《りゆうていかん》の軍とぶつかることになり、大混乱を引き起こしたのだ。それを蹴散らすことは、耶律休哥軍ならたやすかったはずだ。そこに、石幻果の三千騎も加わり、敵兵はすぐには集まれぬほど四散《しさん》した。

絵に描いたような勝利だったが、耶律休哥はそれほど喜んでもいなかった。強敵を、求めている。かぎりなく強敵を求め続けている。

いまでは、石幻果にはそれがよくわかる。

「楊家軍というのは、せいぜい三千騎というところなのだろう？」

「それが、三千頭の馬を奪った。六千騎になってしまうのだろうよ」

「それほどに、手強《てごわ》いのか？」

「楊業という男がいた。これは、耶律休哥将軍でさえ、恐れられていた。楊業とのぶつかり合いで、かろうじて命を拾ったと思われたことが、何度かおありのはずだ。特に、楊業が死んだ最後の戦では、完全に負けたと言われた。楊業は味方の裏切りに遭《あ》って死んだんだ」

「すると、いまの楊家軍は？」

「楊業の息子たちで、生き残った者が二人いる。これが率いているのだな。かつて楊家軍といえば三万だったが、三千から再出発し、すぐに六千になりそうだ」

楊業とか楊家軍とか聞いたり口に出したりすると、心の底でなにかが動いた。しかし、あまり気にしなかった。

「おまえ、宋軍の若い将軍だったのに、楊家軍を知らんのか、石幻果」

「私は、自分が北平寨《ほくへいさい》にいたことさえ、憶《おぼ》えていないのだ。宋軍については、遼で学び直した」

自分はもう石幻果なのだ、と改めて思い直した。『幻』という、蕭太后に賜《たまわ》った旗には愛着を持ちはじめているし、それが掲げられると心が奮い立つ。

「いずれ、楊家軍との戦になる、という気がするな、俺は。馬を奪っていったのは、兵糧を奪ったことへの返しであろうし」

「いやなのか、麻哩阿吉？」

「とても、やってやるという気分にはなれないな。俺は、七人いた息子たちの、誰ひとりにも勝てなかった。あれから、また腕を上げたであろうし」

「おまえも」

「俺は、駄目だ。心の底でなんとなく思っていたが、おまえが現われて、はっきりとわかったよ。将軍という器《うつわ》ではない。耶律休哥将軍の副官であるということには、誇りを持っているがな」

麻哩阿吉は、軍人らしい軍人だ、と石幻果は思っていた。以前は無謀なところもあったようだが、実戦の中でその判断力は完成されていったのだ、と思える。

ただ、最後の最後の決断が、できない。

調練の一隊が、砂埃《すなぼこり》を舞い上げながら戻ってきた。耶律占《やりつせん》の指揮である。

「第三、第四隊、調練から帰還しました。負傷者二名」

「わかった」

耶律占の報告を受け、石幻果は言った。

部隊は、一千騎ずつに分けている。第四隊は、まだ四百しかいない。今後、三百、三百と、二度に分けて補充される。それで、四千だった。

部隊の最も小さな単位は十で、それから百になり、一千になる。

耶律占は、一千の部隊は充分に指揮できた。実戦では、部隊の指揮もしなければならなくなる。新兵が、耶律休哥軍のやり方に馴れる調練であるが、耶律占の指揮の習熟も兼ねていた。

調練から戻った部隊は、まず馬の手入れをする。次に武具の手入れをし、はじめて兵は休むことを許される。

耶律休哥に呼ばれ、幕舎へ行った。

「易州《えきしゆう》や新城《しんじよう》、それに永清《えいせい》あたりで、宋軍の侵攻が頻《しき》りらしい。それ以上深く入ってこようとはしないようだが、うるさい。侵攻してくる宋軍を打ち破るために、出動しろという命令が耶律斜軫将軍から届いた」

「どうなさいます？」

「放っておくつもりだったが、おまえの部隊が、実戦の経験を積むのに、いい機会かもしれん。行ってこい」

「耶律休哥将軍は、どうなされます？」

「俺は、ここにいる」

「命令は？」

「耶律斜軫は、根気よく命令を送ってくる。俺は、ほとんど聞きはしないが」

「軍の総帥《そうすい》という思いが、頭から離れないのでしょう」

「とにかく、おまえだけが行って、侵攻してきた宋軍に痛い目を見せてやれ。やる時は、徹底してやれよ。三つの城郭《まち》の近辺に現われた宋軍を、叩けばいい。つまらんと思ったら、帰ってこい」

「耶律斜軫将軍との関係は？」

「放っておいていい。ただ、西へむかうつもりらしい。応州《おうしゅう》だ。まず、会うことはあるまい」

「応州ですか」

「楊家軍が、大きくなる前に叩こう、とでも考えているのだろう」

「私も、楊家軍とは闘ってみたいのですが」

「いずれ、そうなる。本営では、楊業のいない楊家軍を甘く見ているようだが、相当に手強いと俺は見ている。まあ、耶律斜軫軍に潰されたら、その程度のものだったということになるが」

　耶律斜軫の出動なら、数万の規模だろう。それで楊家軍を潰そうというのか。大軍に抗すべきものを、楊家軍は持っているのか。

「楊家軍は、最大限に増えても五千騎。多分、四千二、三百というところだろう。耶律斜軫軍は、三万を超えているだろうな」

「それでも、楊家軍は潰せないとお考えなのですね」

「宋軍五万が、おまえを狙って戦を仕掛けてきたら、どうする？」

「地の利を生かして、引き回します。まともな戦はせず、敵の指揮官の首だけ狙います」

「だから、大軍に意味はない」

「そうですね」

夕食を知らせる鉦《かね》が打たれていた。

「おまえのめしを、ここへ運ばせろ」

「はい」

石幻果は、幕舎から顔を出して、従者に食事を運んでくるように命じた。

「宋との、全面対決は、また先になるな」

「ほう、なぜです？」

「軍の中核に、傷がつく」

楊家軍を潰滅させるどころか、耶律斜軫は負ける、と耶律休哥は考えているようだった。軍の中核は、さすがに精鋭揃いである。それでも、負けるのだろうか。

「代州で闘って、勝てると思うのが間違いだ。楊家軍を討つなら、遼内に深く侵攻させ、孤立させせなければならん。それが、俺が知っている楊家軍との闘い方だ」

食事が、運ばれてきた。石幻果は、ちょっと笑いながら、それを受け取った。

「なにがおかしい」

「遼軍が負けても構わぬ、という口調で申されましたので」

「遼は、国運をかけて、宋と戦をやればいいのだ。小競り合いに、三万も四万もの軍を出して、どうする。遼は、全軍をあげて中原《ちゅうげん》を制すればいいではないか。それをやらないなら、小さな戦などやめておいた方がいい」

「そうですね。中原を制することこそが、太后様の悲願でもありましょうから」

「悲願など、どこにでもある。宋主は、燕雲十六州の奪回が悲願だろうしな」

「それを果す力を持った人間となると、少ないということでしょう」

「おまえも、つまらぬことを言うな。当たり前のことだ」

「でも、こういう話を将軍としていると、愉しいのですよ」

「俺は、戦しか知らん男だぞ」

「いえ、人間を知っておられます。私は、時々はっとさせられますよ」

耶律休哥が、低い声で笑った。

「ところで、出立《しゅったつ》はいつにすればよろしいのでしょうか？」

「明日」

易州や新城や永清は、城郭《まち》だった。もともと漢族の地だった燕雲十六州には、城郭が多い。商いも盛んで、城郭には富が集まってもいる。これを攻略されるのは、遼にとっては痛い。しかし、城郭の近辺に宋軍が現われたというだけで、まだ城郭は攻められていない。

「南への、長い行軍になります。それも兵の調練だと思い定めて、ひた駈けることにいたします」

「この俺の軍の部将であるおまえには、独立行動権がある。好きに闘っていい。なぜあえてそんなことを言うかというと、おまえは立場上、ほかの将軍に妥協しかねないからだ」

「私の立場というのは、瓊峨姫《けいがき》の夫ということですか？」

「そうだ。しかしおまえは、軍人としては俺の部将だ。つまらぬ妥協をして、兵を死なせることは許さん」

「心しておきます」

「二度と、言わぬぞ」

「将軍の部将であることを、私は忘れません」

耶律休哥は、あまりものを食べない。石幻果の半分ほどか。それでも、驚くべき体力を持っているのだった。

「ひとつ、お訊きしようと思っていたのですが」

「なんだ」

「楊業とは、将軍の心胆《しんたん》を寒からしめるほどの男、であったのでしょうか？」
「楊業と、どういう戦をしたか、口では説明できぬ。それほどぎりぎりの野戦の懸《か》け合《あ》いを、楊業とは重ねてきた。ひとりだけ、私が負けたと思った男でもある」
「それほどに将軍が言われる男とは、一度会ってみたかったものです」
「会える。息子たちにな。楊業のなにかを、間違いなく受け継いでいる息子たちだ」

楊業の名を口にすると、やはり心の底で動くものがある。耶律休哥でさえ、恐れた男だからだろうか。

耶律休哥は、もう四十の半ばに達していた。もともと全身の毛が白いせいか、老いを感じさせるところは微塵《みじん》もない。

夕食のあと、耶律休哥は馬の乳で作った酒を、一杯だけ飲む。石幻果も、それに付き合った。

父親の顔など、当然憶えていない。いつからか、耶律休哥が父であるような気がし、密かにそう思い定めようとしていた。

兵たちの、騒ぐ声が聞えた。耶律休哥軍は、規律が厳しいばかりではない。ふだんは、みんな陽気に振舞い、酒を飲むことが許される夜もあるのだ。

「将軍」

石幻果は呼びかけた。さすがに、父とは呼べない。しかし、気持はこめていた。

「お会いできて、よかったと思っています。一度死んで、生まれ変った時、将軍にお会いできてよかったと、心の底から思います」

耶律休哥は、揺れる灯台の明《あか》りの下で、遠くを見るような眼をしていた。

兵たちの騒ぐ声は、まだ聞え続けている。

五

四千騎だった。

馬はまだ千数百頭あり、兵も一千近くいる。それは、代州に残していた。遼に進攻し、闘うのはいまのところそれが限界だろうと七郎は言い、六郎もそれを認めた。四千は、精鋭である。

山から降り、六郎に合流した。

それからやったもっとも大きなことが、遼の牧から三千頭の良馬を奪ってくることだった。緻密《ちみつ》な策を練り上げ、五百騎で隠密《おんみつ》の行動をした。数百頭の馬を、最も北の牧から奪い、その馬群の疾駆を武器に、南下しながら次々と牧を襲った。国境を守る遼軍も、三千頭に増えた馬が駈けてくるのを、ただ見守るだけだった。

しかし、あれは戦ではない。遼の軍とは、一度もぶつかり合っていないのだ。今回は、違った。六郎と七郎が、二千騎ずつ率いている。ほかには、国境の守備軍が八千ほど集結しているだけだ。

そして相手は、遼軍の総帥、耶律斜軫だった。三万を率い、代州沿いの国境を窺《うかが》っている。

耶律斜軫の戦については、六郎も七郎もぶつかった経験があり、ある程度は知っている。剛胆《ごうたん》で、正面からの押しには強い。守りも堅《かた》い。ただ、意表《いひょう》を衝《つ》く動きは、あまりしてこない。

その程度しか知らないので、新たな敵にむかうのだ、という気持を七郎は持った。

耶律斜軫の出動は、遠征とは言えない。兵糧などの動きで、それは明らかだった。国境線の守備軍を督励《とくれい》し、どこかで一度か二度、宋軍に痛撃を与える。その程度の目的を持った出動で、四月に三千頭の馬を奪われたことが、大きな理由のひとつになっている、とも思えた。

二千騎ずつに分かれて、夜間の行軍で遼内に入った。合流したのは、国境から二十里（約十キロ）ほど奥である。

「斥候からの報告が、いくつか入っている。先鋒は耶律得《やりつとく》。五千のうち、一千が騎馬だ。中軍は耶律斜軫の二万。五千が騎馬だぞ。そして後軍が麻哩法《まりほう》の五千。これは一千が騎馬。士気は、高いようだ」

六郎が言った。

「正面からぶつかるわけにはいかないぞ、兄上」

「当たり前だ。ただ、耶律斜軫軍は、相手を求めている。なにしろ東の国境で、耶律休哥軍の一部が、進攻した宋軍をことごとく破っている。それも大勝だ。耶律斜軫にすれば、耶律休哥にばかり名を成させてはいられない、という総帥としての面子《メンツ》があるのだろう。いつでも国境を越えて南下する、という構えを崩していない」

「そこが、こちらのつけ入る隙《すき》になればいいのだが」

「八千の動きによる。一応、国境にむかって北上するという手筈《てはず》になっているが、どこまでやるかはわからん。あの八千を主力と見てくれれば、こちらはずっと動きやすくなる」

「待とう。埋伏《まいふく》して待てばいい。俺は、敵の斥候に動きを摑まれてはいない」

「俺もだ、七郎。しかし、騎馬隊の渡渉《としょう》の痕跡《こんせき》までは消しきれていない。半数は動き回った方が、逆に耶律斜軫は安心すると思うが」

「確かにな。よし、動き回るのは、俺に任せてくれ、兄上。国境とこちらを、行ったり来たりして、眩惑《げんわく》してやる。そして、耶律斜軫が、八千の宋軍にむかうようにしてやる」

　三万の遼軍がいるのに、八千しか迎撃の軍がいない。宋軍は、国境線のすべてに展開し、遼への北上の機会を窺い、時に実行しているからだ。

　しかし、東では負け続けだった。開封府で立てられる作戦には、どこか甘いところがある。相手を見て兵力を決めるべきで、耶律休哥軍の一部がいるというのに、七千とか八千で国境を越えたりしているのだ。

「では、行け、七郎。埋伏への誘いは、調練で反吐《へど》が出るほどやっている」

　七郎は頷いた。

二千を、さらに奥にむかって駈けさせる。『七』の旗。それが七郎の旗で、六郎は『楊』を揚げている。

　十里（約五キロ）ほど北上したところで、耶律斜軫軍の斥候に捕捉された。すぐに、南に転じた。

　耶律得の軍が、追撃をかけてきた。国境線の河を前にしたところで、七郎は再び反転し、先行してきている敵の騎馬隊にぶつかった。一千騎である。回りこみ、河にむかって追い立てるのは、造作《ぞうさ》もないことだった。河を前にした騎馬隊は、指揮が効かなくなり、四散した。そのうちの三百騎ほどを、河を渡って七郎は追いこんだ。

追いこんだ先には、楊家軍の残留部隊七百が待ち構えている。騎乗の兵を次々に突き落とし、二百頭以上の馬を得た。

耶律得は、構えからは本隊としか見えない八千を警戒し、渡渉できずにいる。もう一度、七郎は遼の方へ二千騎を回していった。耶律得はここぞとばかりに攻めかけてきたが、騎馬隊がいない。ふり切るのはたやすいことだった。

耶律斜軫の本隊を、どうやって早く動かすか。それが勝負だ、と七郎は思っていた。遠征軍ではない。緒戦《しょせん》の勝敗で、動きは大きく変ってくるだろう。特に、五千騎をどうするかだった。

北にむかって、駈けた。耶律斜軫がどういう情報を持っているか、駈けながら考えた。

耶律得の騎馬隊を誘い出して蹴散らしたが、四千の歩兵にそれ以上の攻撃を遮られ、北へ駈けた。北へ駈けたのは、四千とのぶつかり合いを避けるために、仕方がなかった。ぶつかっている間に、遼軍の本隊が到着してしまうかもしれないからだ。

騎馬隊は蹴散らされたが、同時に宋軍の騎馬隊を本隊と切り離した。耶律斜軫から見れば、そういうことだろう。

二千騎の宋軍騎馬隊を餌食《えじき》にして、当面の戦果とする。耶律斜軫が、そういう決断ができる指揮官なら、五千騎を出してくるだろう。こちらは、さらにその上を考えていけばいい。

これまで、遼に侵攻した宋軍は、大した戦はしていない。特に、耶律休哥軍の一部には、完膚《かんぷ》なきまでに打ちのめされている。耶律得の一千をうまく散らしたとしても、北へ逃げざるを得なかった二千騎。

追ってこい。俺が行く先には、遼軍しかいないのだぞ。

七郎は、そう呟《つぶや》きながら、駈け続けていた。

十里も駈けないうちに、後方に巨大な砂埃があがっているのが見えた。

七郎は、馬脚《ばきゃく》をいくらか落とした。

耶律斜軫は、決断の速い軍人のようだ。しかも、これまでの宋軍と考えるなら、対処は間違ってもいない。

巨大な砂埃は、さらに巨大になり、先頭を駈ける馬も見えてきた。七郎は、左へ大きく迂回《うかい》した。追ってくるのは、間違いなく本隊の五千騎である。

「よし、果敢さが仇《あだ》をなしたぞ、耶律斜軫」

七郎は、馬上で声をあげた。

迂回していく分だけ、距離はさらに縮まってくる。捕《つか》まる寸前まで追われてやる、と七郎は思った。地形はなだらかな起伏《きふく》があり、遠くに丘が重なっている。その丘まで、追わせればいいのだ。

馬は、日頃の鍛錬によって、普通以上に疾駆に耐えた。本気で駈ければ、いつまでも追いつかれることはないのだ。

七郎は、駈けながら、周囲の情況も見きわめた。特に、前方の丘。異変はなにも起きていない。埋伏した六郎は、まだ敵に発見されていないのだ。

「さあ、来い。地獄の入口だぞ」

七郎は剣を抜き放った。

丘が、近づいてくる。呼吸五つか六つで麓《ふもと》に達し、斜面を迂回するように回った。前方に、さらに二つの丘。その間を、駈け抜けた。次の瞬間、なにを見ることもなく、七郎は馬首を反転させた。六郎が、逆落《さかお》としをかけてくる。それについて、なんの疑いもなかった。敵と、むかい合う恰好になった。

「突っこめ」

七郎は叫び声をあげ、自ら先頭で突っこんだ。丘の頂《いただき》に、騎馬隊が現われた。次の瞬間には、もう逆落としに入っていた。

胸のすくような攻撃だった。六郎の騎馬隊は敵の中央を駈け抜け、対面する丘の斜面に駈けあがると、反転してきた。その時点で、もう一千騎は倒していただろう。七郎も、敵の正面にぶつかった。

埋伏に気づき、狼狽《ろうばい》しているのか、敵の圧力は、数に較べて弱々しいものだった。

二回目の六郎の逆落としで、ほぼ形勢は決した。敵もさすがで、二千騎ほどがひとつにまとまり、駈けていく。逃げ遅れたり散ったりした騎馬も、それに加わっていく。

五里（約二・五キロ）ほどの追撃で、六郎が停止の合図を出してきた。七郎は、すぐに反転し、原野に残された、乗り手を失った馬を一カ所に追いこんだ。千五百頭はいた。

その馬群を追うようにして、国境にむかい、渡渉した。

八千の軍のそばまで戻り、すぐに損害の報告をさせた。六郎の軍が二十八騎、七郎の軍は三十二騎失っていた。

「多いな、犠牲が」

六郎が、呟くように言った。七郎は、少ないと思っていた。

「われらだけで闘うには、限界がある。あの八千が、少しでも闘う気を起こしてくれたら、もっと犠牲は少なくて済んだ」

「それを言うなよ、兄上。楊家軍は、ずっとそういう闘いをしてきた」

「それでは、これからの犠牲も多くなる。この戦の情況は、つぶさに帝に報告する。本営にもな。あの八千が、のんびりと観戦を決めこんでいたことについては、指揮権を持った者の首ぐらいは落として貰う」

「きちんと知らせておくのはいい、と俺も思う」

「七郎、甘いことを言うな。六十騎を失ったことは、遼軍が一千騎を失ったのと同じ程度の犠牲だぞ」

「実戦では、仕方がないと思う。そこのところは、思い切らねば」

「俺は、耶律休哥と闘う時のことを考えている。いずれ、楊家軍は必ず耶律休哥に当てられる。その時まで、犠牲は最少に留めておきたい」

「なるほどな。耶律休哥とは、俺も闘いたいと思うよ」

「どうも、耶律休哥軍は少しずつ増え、いまは八千騎はいる、と思えるのだ。いずれ、一万騎に達するだろう」

　確かに、楊家軍の拡大は、耶律休哥軍の膨張《ぼうちょう》には追いついていない。耶律休哥と、寡兵《かへい》で闘うことを考えると、肌に粟《あわ》が立ってくる。

「とにかく、勝った。そう思わせてくれよ、兄上」

「思っていい。しかし、犠牲が多かったことも、頭に入れておけ」

「入れた。しっかり、刻みこんだ」

　戦利品に関して、国境近くにいた八千には一切触れさせなかった。

残された武器などは輜重で二十台に及び、すぐに開封府にむけて運ばせることにした。

そして、馬が千五百頭以上いた。七郎は自ら馬を検分し、すべてが良馬であることを確認した。これでまた、楊家軍の馬匹《ばひつ》は、飛躍的に増えることになる。

代州の館にむかった。

途中で、館からの使者に行き合った。

「開封府の館からの使者です、兄上」

六郎の表情が、一瞬曇った。

全軍を停《と》め、六郎は馬を降りてしばらく使者と喋っていた。

使者が一礼し、六郎から離れるのが見えた。六郎はその場に立ち尽し、空を仰《あお》いでいた。七郎は、六郎の背後に立った。

「母上が亡くなられた、七郎」

なんと返していいかわからず、七郎も空を仰いだ。

「最後まで、気丈《きじょう》であられたそうだ。楊業の妻として、静かに逝《い》かれた。帝からの弔問《ちょうもん》もあったという」

「俺は、なんと言っていいか」

「なにも言わなくてもいい、七郎。ひとりになった時、俺は泣くよ」

「そんな。俺もともに酒を飲ませてくれ。兄上の悲しみを、少しでも慰められる男でいたい」

七郎の母は、代州の城郭《まち》で、まだ健在である。その母も、いつか死ぬ時が来るのだろう、と七郎は思った。

「帰還する、代州の館に。俺に、嘆いている暇はなさそうだ」

六郎が馬に乗り、前進を告げた。全軍が、ゆっくりと動き出す。

心なしか、敗軍の行軍に似ている、と七郎は思った。

第四章　幻影の荒野

一

大きなぶつかり合いを、双方が避ける情況が続いていた。

耶律斜軫《やりつしゃしん》が、寡兵《かへい》の楊家軍《ようかぐん》に翻弄《ほんろう》され、騎馬隊に大きな損害を受けた、というのがひとつある。そのころから、まだ幼少の帝《みかど》の、不例《ふれい》がはっきりしてきた。同時に、宋主《そうしゅ》もあまり出てこなくなったが、それが不例なのかどうかはよくわからなかった。

耶律休哥《やりつきゅうか》は、南北の往復を重ねながら、兵の調練に専念した。石幻果《せきげんか》の軍も五千騎に達し、耶律休哥軍は一万となった。

南北の移動を重ねたのは、帝が燕京《えんけい》（現北京《ペキン》）にあったからだ。不例がはっきりしてからは、朝廷は燕京を動いていない。

石幻果の軍は、耶律休哥の軍と互角《ごかく》に闘うようになった。そうなることは、わかっていた。わずかに、経験で自分が上回っているだけだ、と耶律休哥は思っている。

「将軍、これ以上南下すると、燕京に近づきすぎると思うのですが」

石幻果が、そばに立って言った。

一日の終り、全軍を見渡せる場所に立つのが、耶律休哥の習慣だった。いつもひとりだが、最近では石幻果がしばしばそばに来る。そして、どうでもいいようなことを、話しかけてくる。それが、不快ではなかった。

「退屈だな、石幻果」

「私は、新兵を鍛《きた》えあげるのに、忙殺《ぼうさつ》されておりましたが」

「そこそこ、出来上がってはきたようではないか」

実戦には、投入できる。そこで、さらに精兵に育っていく。調練だけでは、限界があるのだ。

「明日は、燕京の郊外まで駈《か》ける。遭遇戦《そうぐうせん》の調練をやりながらだ」

石幻果の息子も、すでに二歳になっている。このところ朝廷は燕京にとどまっているので、妻子も燕京である。それを考えたわけではないが、燕京近郊での野営の時は、石幻果を妻子のもとに行かせるつもりだった。

「楊家軍が、八千に達している、という噂を聞きました」

話題は、方々へ飛んだ。特に話さなければならないことはなく、ただ夕闇《ゆうやみ》の中で言葉を交《か》わしているだけなのだ。

「強いな、さすがに」

耶律斜軫の騎馬隊が、惨敗《ざんぱい》した。それからも、代州《だいしゅう》近辺の国境では、遼軍《りょうぐん》は負け続けている。ただ、小競《こぜ》り合《あ》い程度の戦《いくさ》だ。ともに大軍が動いていないので、激しくぶつかり合うことはない。耶律休哥にも、代州への出動の要請はなかった。

「楊家軍が、東へ出動してくることはないのでしょうか？」

「さてな」

「曹彬《そうひん》が引退してから、命令系統もしっかり組み直されたようですが」

「それでも、宋は文官の国だ。文官が、戦のありようを決めるだろう」

「ただ大軍を擁《よう》して、押しに押してくるのですか」

「そういうことではない。軍人とは違う眼で、国の力を測る。そして、戦の機を決める」

「しかし、宋主は燕雲十六州《えんうんじゆうろくしゆう》の奪回のために、国の力など考えずに、攻めこんできていたのではありませんか？」

「宋主は、もともと文治《ぶんち》の人なのだと、俺は思っている。それが、軍人になって戦をしようとした。それが間違いであったと、いま考えはじめているのではないかな」

「では、守りを堅めたいまの宋は？」

「力を蓄えているのだろう。国の持つすべての力で、まずわが国に優《まさ》ろうとしている。そうしてから、軍に力を出させる」

「手強《てごわ》いではありませんか」

「宋主が軍人になっている時は、負けるとむきになり、さらに戦を挑《いど》んできた。いまは冷静に、国のありようを見ている、という気がする。無論、わが国も見られている。そして、軍に対しては厳しい」

言っていることが、間違いだとは思わなかった。曹彬に代ったのは、柴礼《さいれい》という若い将軍で、これまで軍の中央にはいなかった男だった。ぶつかり合ったことはないので、実戦における力はわからない。ただ、軍の機構は、しっかりしたものになったようだ。

「先年の戦で、われらは兵糧《ひょうろう》を奪いました。それを大軍で守っていた二名の将軍は、処断されたそうです。それは軍の力が」

「違う。敗北を死で贖《あがな》わせた。それは、文官の考え方と言っていいだろう。軍人なら、次の戦で敗北を雪《そそ》がせる、というふうに考えただろう」

「なるほど。文官の方が、負けに厳しいのですね。軍人のように、その時の情況を細かく見たりもしない」

「負ければ、死ぬ。それは闘いの本来あるべき姿だろう」

「わが軍で、耶律斜軫将軍が、相当の数の騎馬を失いましたが」

「あれは、失敗であって、負けではない。あのあと、楊家軍は決戦を避けた。決戦で負けてなお、生きている男ではないぞ、耶律斜軫は」

軍人に対して、これまで遼の方が遙《はる》かに厳しかった。遼は、宋とはありようが違う国である。そういう面倒なところを、耶律休哥は言葉で説明する気はなかった。

「息子と、最後に会ったのは、いつだ？」

「三月《みつき》ほど前に、顔だけ見ました。私が家に寄った時、英材《えいざい》は眠っていましたので」

「俺には、息子がいない。だから、息子が戦に出たらとは、考えないのだが」

「英材は、遼軍を背負える軍人に育てます。瓊峨《けいが》姫《き》も、そのつもりです」

もう少し、微妙な話をしてみたかった。蕭《しょう》英材は、確かに遼軍を背負っていくことになるのだろう。しかし、親の本心とは、どういうものなのか。

石幻果について、父親のような感情を抱いているのかもしれない、と耶律休哥は考えることがあった。そういう感情は、心の底に押しこめてしまうので、なかなか言葉になって出てこない。

楊業《ようぎょう》は、息子たちをそれぞれ優《すぐ》れた軍人に育てあげた。七人いる息子の、全員は知らない。耶律休哥が知っているのは、実際に闘った相手だけである。

二名しか、生き残っていない。みんな、宋主の愚かな戦の犠牲になったのだ。楊業は、それでもよしとしたのだろうか。

「そろそろ、陽《ひ》が落ちますね」

「俺は、退屈だ、石幻果」

「なんとなく、将軍のお気持はわかりますが、兵たちの前ではおっしゃらないように」

耶律休哥は、戦がしたかった。戦の中で、老いる前に死にたかった。

耶律休哥が恐れているのは、老いだけと言ってもいい。力を、衰えさせる老い。果敢さを奪う、老い。そして、いずれは朽《く》ち果てるような死を運んでくる、老い。

実戦を続けているかぎり、その恐れは遠いところにある。

篝《かがり》が、焚《た》かれはじめていた。

「中原《ちゅうげん》とは、どういうところなのでしょうか、将軍？」

「おまえは、宋軍の指揮官だった。多分、そこも駈けている」

「私は、遼に来てからが、いまの私なのです。宋にいたころの私は、死にました」

「まあ、そうだな」

「私は、遼軍の尖兵《せんぺい》として、中原を駈けたいと思います」

石幻果は、宋に家族を持っていたかもしれなかった。本人も、そのことを考えたことはあるだろう。そうかもしれないという思いを断ち切るために、苦しみもしたはずだ。

「夕陽というのは、なぜ赤いのだろう、と時々考える。中天《ちゅうてん》にかかっている太陽と同じものなのにな。この赤さが、俺には人が戦で流した血の色に思えることがある」

「お嫌《きら》いとは、思いませんでした」

「嫌いではない。むしろ、好きだと言ってもいいだろう。戦で流れる血は、俺にとっては美しいものだ」

夕餉《ゆうげ》を告げる、兵の声があがりはじめた。

調練中の兵糧は粗末なものだが、耶律斜軫から、五十頭の豚《ぶた》が届けられていた。それを解体し、焼くことを許している。宋では羊の方がいい肉だとされているが、遼兵にとっては、豚の方がめずらしいものだった。兵たちは、昼間からそれを愉しみにしていたようだ。

「燕京では、帝や蕭太后《しょうたいこう》に会われるのですか、将軍?」

「拝謁することにはなるだろう。おまえも、妻子に会える」

ほんとうは、耶律斜軫が会いたがっていた。ということは、帝の不例を押してでも、大きな戦を、蕭太后ははじめる気になったのか。

「兵たちのもとに戻れ、石幻果。俺は、もうしばらくここにいる」

「はい。豚の肉に、兵たちがはしゃぎすぎないようにします」

石幻果が、離れていった。

耶律休哥は、地平に消えようとしている太陽を、しばらく立ち尽して見つめていた。

それから丘を降り、『休』の旗がある場所に戻った。

「脂《あぶら》の少ないところを、選んであります、将軍」

麻哩阿吉《まりあきつ》が、豚肉を持ってきた。耶律休哥は、脂の多い豚の肉が好きではなかった。

「明日は、燕京郊外まで進むぞ、麻哩阿吉」

「はい。多分そうなのだろう、と思っていました」

「しばらく駐屯することになる」

「そういう時こそ、軍紀は厳しくいたします」

麻哩阿吉は、副官としては非の打ちどころがなかった。しかし、石幻果には遠く及ばない。もともと持っているものが、違うとしか言いようがなかった。

翌朝は、石幻果が先に出発した。しかし、途中から追われるかたちになっていた。こういうことは、よくある。

耶律休哥は、隊を二つに分けた。石幻果は、四つに分けていた。

燕京にむかいながら、目まぐるしく隊を動かし、ぶつかる。次には、離れている。石幻果とそれをやることで、自分の力も上がったと、耶律休哥には自覚できた。それほど、石幻果の用兵には、油断ができなかった。

燕京に近づいたころ、ようやく石幻果のいる隊を捕捉した。瞬時も、待たなかった。すぐに動いたので、石幻果は、多分目論《もくろ》んでいたであろう横への動きを封じられた。

しかし、退《ひ》かず、こちらへむかってくる。半数しかおらず、他の隊は遠い。ぶつかった瞬間は、とてもこちらが倍とは思えなかった。力を一点に集めてぶつかることが、巧《たく》みなのだ。それは、耶律休哥も舌を巻くほどだった。

なんとか押し包んだ時、ようやく『幻』の旗が伏せられた。

「一隊だけは、近くに置いておくべきだったな、石幻果」

「その余裕が、ありませんでした。それに、将軍が動きはじめるのが、信じられないほど速《はや》かったのです」

きわどいところで、勝った。このところ、三度に一度は、負ける。

行軍をしながら、軍をまとめた。

夕刻には、燕京の郊外に駐屯した。

五百ほどの供回《ともまわ》りで、耶律斜軫がやってきたのは、陽が暮れかかったころだ。

幕舎《ばくしゃ》の前の岩に、腰を降ろした。野営ではなく駐屯を蕭太后に命じられているので、兵たちにも幕舎はある。

「城内の営舎なら、もっと居心地《いごこち》がいいものを」

「俺のやり方は、わかっているだろう、耶律斜軫」

「何度も、宮廷に来て貰《もら》うことになるぞ、耶律休哥」

「つまらぬ用なら、石幻果に行かせよう。その方が、蕭太后も喜ばれるだろう」

「おまえが、直々《じきじき》に呼び出しを受けることも多くなる」

耶律休哥は、闇に沈みかけた燕京の城郭《まち》を見ていた。従者が、馬の乳の酒を運んでくる。耶律斜軫は、それには口がつけられないことを知っているが、構わず出させていた。

「石幻果を、俺の副官に貰えないものか、と考えた」

「総帥《そうすい》が死んだら、総帥の代りをする副官に、やつは無理だろう」

「蕭太后が承知されまいな。しかし、蕭英材が将来の総帥というのは、お心の中にあるはずだ」

「遠い先の話だ」

「そう言うな。要するに俺は、副官を選び直したいのだ」

いま、耶律斜軫の副官をしているのは、軍歴の長い将軍だった。いまは亡き耶律《やりつ》奚低《けいてい》が、将軍に引き上げたのである。やりにくいと感じることが、耶律斜軫にはあるのかもしれない。

「ちょっと思い切ったことなのでな。おまえの意見を聞きたい」

耶律休哥は、耶律斜軫にちょっと眼をくれた。以前は、こんなことを言う男ではなかった。やはり、老いはじめたのか。それとも、視野が広くなったのか。

「姚胡吉《ようこきつ》を知っているか？」

若くして、上級将校に昇ったばかりの男だった。評判は芳《かんば》しくないというが、見事な軍の動かし方を眼にしたことが、数度ある。

「姚胡吉を？」

「おかしいと思うか？」

「いや。これは俺の考えで、決めるのはおまえだが、面白い人選だと思う。あの若者を、副官とはな」

「本人が、考えてもいないことだろう。俺は、姚胡吉が下級将校のころから、ほかの者より気をつけて見ていた。ほかの者と違うと、いつも思ったものだ」

「面白い、と言ったろう」

「将軍に引き上げて、しばらく使えと誰もが言うだろう」

「それでは、ほかと違わんな。違うやつは、違うように使う。俺は言うだけで、総帥の副官となると、大変なことなのだろうが」

「俺は、自分が総師でいいのか、と思った。先年、西で騎馬隊に損害を受けた時」

「無様《ぶざま》なものだったな。わずかな騎馬隊に、いいように振り回され、多くの兵馬を失った。あれは、大将軍の用兵ではない」

「俺は、おまえとの総師の交替を、蕭太后に申し上げたのだが、一笑に付《ふ》されただけだった。こともあろうに、耶律休哥に頼るのかとな」

　耶律休哥は、鼻先で笑った。

「実は、急いでいるのだ。蕭太后から御下問《ごかもん》があったら、自分はいいと思う、と答えてくれぬか」

「俺が答えるのは、総師の副官についてだな、耶律斜軫？」

「そうだ、姚胡吉をだ」

「拝謁した折りに、御下問があったら、そう答えよう」

　耶律斜軫は、少し考える表情をしていた。

「おまえに、一度だけ訊《き》きたい、耶律休哥。おまえにだけは、訊いておきたい。俺は、総師として、ふさわしいと思うか？」

「ふさわしくない」

　耶律斜軫が、じっと見つめてきた。

「そういうことを訊く、おまえはだ」

「おい」

「男は、自分がどうあるか、自分で決めればいい」

「おまえは、自分が総帥としてふさわしいと思っているのではないのか？」

「俺は、俺がどうあるべきか、自分で決めてきた。いまも、決めている」

「蕭太后の御意思にも逆《さか》らって、北の荒地へ追いやられていた男だ。言ったことは、信じよう」

「俺は、軍人としてはおまえより優れている。おまえは、腰抜けのところがあるからな。しかし、総帥としては、適任だ」

「俺は、腰抜けか」

「自分で闘おうとした時の、おまえはな」

「俺に、実戦に出るなと？」

「実戦をやる時は、そばにいる者の言うことにも耳を傾けろ。ひとりで闘っているわけではないのだからな」

「おまえは、ひとりですべてを決め、片手一本の指示で、軍を動かしている」

「俺は、実戦にかけては、おまえよりずっと優れている」

「ならば、俺などいなくても」

「おまえは、戦の全体を見ているだろう。俺には、それはできん」

「戦全体を見て、独立行動権で、効果的に動き回っているのではないのか？」

「桶《おけ》から、水が洩《も》れる。それは見えるので、塞《ふさ》いでいる。しかし、桶の水全体は見えていない」

「俺には、それが見えているというのか？」

「余計な動きをして、小さな戦功《せんこう》を上げようとしていない時のおまえには、見えているはずだ。それが見えないなら、軍人をやめろ」

「軍人をだと？」

「そうだ。おまえは、軍の頂点に立ってしまった。好むと好まざるとに拘《かか》わらずだ。俺のような男を、眼障《めざわ》りと感じる立場ではない」

　耶律斜軫が、しばらく黙りこんだ。口を閉じたまま、馬の乳の酒に手をのばし、器の中身を見つめ、それからひと息で飲んだ。

「いつものおまえより、ずっと喋《しゃべ》ってくれた。そんな気がする。しかし、友であることはできんな」

「当たり前だ。俺は、おまえの部下だ」

「独立行動権を与えられている。それは、俺も認めざるを得ない。失敗すれば、罰する。当たり前のことだが」

「それでいいさ」

耶律休哥も、馬乳酒《ばにゆうしゆ》を呷《あお》った。

外はもう闇で、灯台の明りが揺れ、耶律斜軫の顔も動いているように見える。

「しばらく、燕京の近辺にいることになるぞ、耶律休哥」

「つまり、蕭太后がまた中原を目指されるということだな」

「帝が、回復されつつある。いい医師が見つかったのだ。徐勢温《じよせいおん》という名だが、聞いたことはあるか？」

「いや」

漢族《かんぞく》の医師だろう。もとは徐勢という名だったに違いない。燕雲十六州にいる漢族は、最後に一字付けて、遼風の名にすることをよくやる。

「そうか。帝が、快癒《かいゆ》にむかわれたか」

「医術など、漢族は優れたものを持っている。それを支配して、われらのものにしたい、とも思われているだろう。中原を目指すという蕭太后の御意思には、そういう意味もあるのだぞ」

耶律斜軫の言葉に、耶律休哥は声をあげて笑った。

「なにがおかしい」

「おまえはやはり、総帥にふさわしい。俺は、蕭太后の御意思の底にあるものまで、とても読めん。戦がはじまるのだな、と思っただけだ」

「それは」

「もう、自分を疑う時ではないぞ、耶律斜軫。戦のすべてを考え抜いて、身の細る思いをするのだな」

「どこまでも、気に障る男だ、おまえは」

耶律斜軫は苦笑したようだったが、灯台の明りの中では、ただ顔が歪《ゆが》んだように見えただけだった。

二

二千騎は、縦横《じゅうおう》に動いた。

どう機敏に動こうと、七郎《しちろう》の三千騎に羊の群れのように追いこまれ、谷間に閉じこめられる。単に、兵力の差だけではなかった。一千を相手にした時も、まったく同じ状態だったのだ。

九妹《きゅうまい》は唇を噛み、馬上でうつむいた。

「まだ予備隊だ、おまえは」

七郎が、そばに来て言った。

七郎が認めないかぎり、本隊にはなれないことになっている。つまり、実戦に出られないということだ。

　楊家軍は、八千騎に達していた。その数にまですることに、七郎は反対していたが、帝の強い要望に六郎《りくろう》が従ったという恰好《かっこう》だった。それについて、六郎と七郎の言い争いを、九妹は何度も聞いていた。

　どちらが正しいのか、九妹にはわからない。ただ、自分が間に入らなければ、という気持だけはある。そしてなにか言うと、いつも二人に撥《は》ねのけられた。

「なんだ、予備隊で不足か？」

「七郎兄上に勝てません。だから、不平を言うこともできません」

「それでいい」

「兄上に勝てなければ、いつまでも予備隊なのですか？」

「負け方による」

「馬は揃っていますが、新兵が五百以上いるのです」

　新兵は、徴募に応じてきた者たちだった。二人の兄が厳しく選ばなければ、一万を超えたかもしれない。

　野営地に戻った。

　代州の北である。六郎の三千騎は、国境沿いにいる。楊家軍が展開してから、一度も遼軍の侵攻を許していない。七郎と交替で、ひと月ずつの出動である。

九妹は、その出動に加わりたかったが、後衛《こうえい》の軍としても許されなかった。

「兄上は、八千の楊家軍が、やはり多いと感じておられるのですか？」

「わからなくなった。耶律休哥の軽騎兵が、一万に達しているという。ならば、楊家軍には七、八千は必要かという気もするが」

「私は、何人でもいい、という気がするのです。五千であろうと一万であろうと、たとえ三万でも。一千でもいいと思います。一番の問題は、六郎兄上と七郎兄上が、しばしば言い争いをされることです」

「そうだな。しかし、自分の考えは変えられん。というより、俺は六郎兄上に、反対していた方がいいような気がするのだ」

「なぜ？」

「開封府《かいほうふ》に、引っ張られる。開封府が考えているのは、どう楊家軍を利用するかだけだろう」

「帝に認めていただくのは、大切なことではないのですか？」

「帝が、自身できちんと認めてくれればだ。廷臣は、大抵腐っている。軍人は、腰抜けばかりだ」

「開封府にいるかぎりでは、そんなふうには感じませんでした」

「それは、開封府の空気に、おまえが染まりきっているからだ」

言葉に、棘《とげ》を感じた。それでも、九妹は黙っていた。六郎や七郎が、楊家再興のために苦労をしている時、自分や八娘《はちじょう》は、開封府の館で安穏《あんのん》な暮しをしていたのだ。

「俺は、楊家がこれ以上、大きくなる必要はない、と思っている。大きくなれば、大きく利用される。武門の家として、誇りだけ守り抜けばいい」

「兄上は、廷臣や軍人に利用されるとしか考えないのですか？」

「なんだと」

「いまこそ、宋という国を利用して、楊家は大きくなるべきです。十万の軍を擁すれば、たやすくは潰せません。大きな戦でなければ、利用もされません」

「夢みたいなことを言うな、十万などと」

「十万の楊家軍がいれば、国境のすべてを押さえていられます。遼は侵攻できません。そういう平和を、宋という国に贈ればいいのです。楊家軍十万があるかぎり、宋は平和の中で栄えていくのだと」

「新しい国を作るようなものだ、それは。開封府は、軍閥さえ認めようとしないのだぞ」

「とても大きな、軍閥がひとつある。軍閥と呼ばなくてもいいのです。国境守備軍とでも呼べば。それを帝に認めていただければ」

「よせ、九妹。途方《とほう》もないことは、考えるな。たとえそれができるとしても、どれほどの命が失われると思うのだ？」

「戦場で消える命を、父上は厭《いと》ってこられなかったと思います」

「無駄な死を、父上はなんとしても避けようとされた。そんなことを考えるより、兵の動かし方の工夫でもしろ」

「遼は、侵攻してきます。なんとしても、中原が欲しいのです。それは、帝もよく御存知のことです」

「俺は、父上がどうやって死なれたか、心に刻みこんできた。最後まで、宋の軍人たちは信用しなかったのだ。忠義でさえ、野心と思われた。そんな宋の軍人が、黙って楊家に国境を任せるとは思うな」

「そうですか」

九妹は、いままで漠然《ばくぜん》と考えていたことを、言葉にしただけだった。実際に言葉にしてしまうと、言われた通り途方もないことだ、という気もしてくる。

「兄上、二千騎で一千騎にむかった時、隊を五つに分けられました。あれは、二千騎をどう扱うお積《つも》りだったのですか？」

「なんだ、次は戦の話か」

「私は、兄上の隊だけを押し包もうとしました。でも、追いつけませんでした」

「二百騎に追いつけるものか、二千騎で」

「では、私はどうすればよかったのです？」

「それは、おまえが考えることだ。五隊に分ければ、四百騎が二百騎に対することになる。四百騎なら、二百騎に追いつけるかもしれん。相手が分かれて逃げているなら、一隊ずつを全力で潰す、という方法もある」

「ただ兄上の隊を追った私は、愚直《ぐちょく》すぎたのでしょうか？」

「それがいい時も、またある。戦は生きものだ。躰《からだ》でそれがわかった時、どう動けばいいか自然にわかるし、実戦に出ても大きな間違いはしなくなる」

七郎の軍を相手にし、六郎の軍ともまた調練を重ねる。六郎はいつも、嚙んで含めるような言い方をし、七郎はつき放すもの言いで、戦というものを教えてくれる。

こんなふうに七郎が語ってくれることは、稀《まれ》だった。

「考えてみます。考えて、考え抜いた先に、わかるものがある、という気がしました」

「九妹」

「はい」

七郎が、白い歯を見せて笑った。

「確実に、力はのびているぞ。俺も、気を抜けん」

「ほんとうですか」

一度だけ頷き、七郎は背をむけた。

九妹は、自分の幕舎に戻った。

十二名の、女の兵がいる。開封府から連れてきた者で、それぞれが、得意とする武器を持っていた。その十二名を軍に入れる時、七郎がひとりずつと自ら立ち合った。はじめは小馬鹿《こばか》にした表情だったが、十二名を打ち倒した時、七郎は九妹を見て大きく頷いたのだ。

女を軍に入れるかどうかも、六郎と七郎の間では意見が分かれた。九妹はともかく、十二名は無用だ、と六郎は言った。案外、役に立つと言ったのは、七郎の方だ。

ほんとうに役に立つかどうかは、実戦に出てみなければわからないが、十二名のうち二名は百名の兵を率い、十名は十名の兵を率いている。

「周桂《しゅうけい》」

九妹は、中隊長《ちゅうたいちょう》をしているひとりを呼んだ。開封府にいたころから、ともに育ち、剣の稽古を積んできた者だ。

「御用でしょうか？」

周桂が、そばに来て直立した。

「百名の動きを、考えて貰いたい。相手の意表を衝《つ》く動きをだ。私は、勝てぬまでも、七郎兄上を唸《うな》らせてみたい」

「囮《おとり》」

「百名が、囮になるというのか？」

「あの軍を相手にするには、百名の果敢な兵が死ぬ必要があります」

「死ぬ必要か」

「戦で、兵は死ぬものだと、九妹様も思われることです」

兵の命を大事にした動きをしている、と周桂は言っているようだった。

なにをどうやっても、六郎にも七郎にも勝てない。それは、用兵や兵の質の問題ではなく、指揮する者の、肚《はら》の据《す》え方ではないのか。六郎も七郎も、過酷な戦をいくつも通り抜けてきている。部下の死をその眼で見、父や兄が死んでいくということも、身近で体験している。

それに較べて、九妹は部下が死んだところを見たことさえないのだ。

「おまえは、私が死に怯《おび》えている、というのですね」

「九妹様は、代州に来られてから、自分が死ぬかもしれないことを、しっかりと心に刻みつけられました。しかし、部下の死についての覚悟が、足りなかったのではないでしょうか。剣の届かないところで、立合《たちあい》をする。そのような用兵を、調練ではなされているような気もいたします」

言われたことが、不意に胸に食いこんできた。

「もういい。下がりなさい」

九妹は、自分の幕舎に入って、座りこんだ。六郎や七郎と重ねた調練が、ひとつひとつ蘇《よみがえ》ってくる。あそこをどうして、ここをどうする。それは、くり返しやった。

ここで数百騎を諦めれば、間違いなく勝てる。そういう勝機も、何度も浮かんでくる。死ぬことになるかもしれない部下の顔も、思い出すことができた。

それを、避けようとした。

いま思い返すと、そうだ。すると、六郎の、七郎の隊が、思わぬ動きをしてくる。そして、追いつめられる。

翌朝の調練で、九妹は周桂をそばに置いた。副官の扱いである。副官は、まだ選んでいなかった。二人まで、選び出せる。そのひとりを、周桂と決めた。

「私は、百名の指揮をしていたいのですが、九妹様」

「私は、ひとりの兵として闘いたい」

九妹が言うと、周桂が見つめてきた。どちらかというと、容姿に恵まれていると言われてきた九妹と較べると、男のような容貌《ようぼう》で、躰も大きい。

「自分の望むところに立ってはいられない、というのが軍であろう、周桂」

「わかりました」

「出発しよう。今日こそ、七郎兄上を唸らせてみせる」

調練は、まず遭遇戦からはじまる。九妹は、二千をひとつにまとめて進んだ。

七郎の三千騎は、しばしば三隊とも原野に潜《ひそ》んでいたりする。

二刻（一時間）。百名を率いる中隊長たちには、なにが起きようと、こちらが指示する通りに動くように、事前に言い渡してある。

丘。埋伏《まいふく》がありそうだが、斥候《せっこう》からの報告はなかった。そのまま、斥候を常に出しながら進んだ。二つの丘の間。埋伏があるようだ。しかし、一千。避けるのではなく、九妹はそのまま軍を進めた。

一千が、当然のように逆落《さかお》としをかけてくる。五百騎の部隊だけ、丘の間に残し、千五百は駈け抜けた。次の瞬間、全軍を反転させた。逆落としの勢いは、最初の五百への攻撃でほとんど消えている。千五百で突っこむと、一千は混乱し、すぐに潰走《かいそう》をはじめた。

これを追うと、間違いなくどこかで待伏《まちぶ》せを受ける。七郎の罠《わな》は二重三重で、すべてを見破ったとしても、その確信が持てなければ、さらに罠を警戒することになる。

だから、気にしない。軍を四隊に分け、ひとつにまとまってはいるが、なにかあるとすぐ四方に散れるようにした。

罠。そこも、五百だけ先行させた。罠による攻撃は、常にその五百で受けさせる。そう肚を決めると、こわくなくなった。罠が、罠ではないということがわかる。

さらに四刻（二時間）、原野を駈けた。前方に二千、後方に一千が現われた。七郎の全部隊である。

「二千を」

周桂が言った。

一千を蹴散《けち》らして、なんとか挟撃から逃れる。いままでならそう考えたが、九妹は瞬時に決断し、二千にむかって駈けていた。

ぶつかり合う。七郎の二千が退《さ》がる。二つに割れ、九妹はその間を先頭で駈け抜けた。すぐに反転する。三千が一隊となっている。駈けた。三千にぶつかっていく。また、三千が二つに割れ、そこを駈け抜けた。

反転すると、『七』の旗が伏せられた。調練は終りということだ。

「私は、また駄目だったのですか、兄上？」

駈け寄り、九妹は七郎に訊いた。

「いや。ひとつ抜けたようだ。戦の呼吸を、きちんと摑んでいる。あとは、勝機をどう見るかだが、これは実戦で身につけるしかないのだ」

「では？」

「実戦をやってみる時機が、来ているようだな。そのことは、俺から六郎兄上に伝えておく」

はじめて、認められた。しかし、あっさり認められて、気が抜けたような感じもある。

「おまえが男なら、とうに実戦に出して、そこで鍛えていた。兄上にも俺にも、どこかで女だという気があった。兵の調練を任せておけばいいか、と話し合ったりしていたのだ。今日から、おまえが女なのだとは、思わないことにする」

「そうですか」

「ほんとうに認められるのは、実戦に出てからだということも、忘れるな。野営地に戻っていいぞ。兵には、二日ばかり休みをやれ。ずっと、休みなしで調練をしてきたのだからな」

「戻って、馬の世話、武器や武具の手入れをさせます。それから、二日の休みをやります」

「よく調練に耐えたのだ。労《ねぎら》ってやれよ」

「はい」

七郎は、馬首を巡《めぐ》らし、三千騎を率いて駈け去っていった。

九妹は、並足《なみあし》で野営地へ戻った。

「周桂、編制をやり直す。兵たちには二日休みをやるが、おまえには休みがないと思って欲しい」

「わかりました。兵ひとりひとりを、私なりに見た書きつけがあります。それも、持ってきてよろしいでしょうか？」

「そんなことを、していたのか、おまえは？」

「いつか、九妹様の役に立つ、と思っていました」

周桂は、拾われた子だという。父楊業が、路傍《ろぼう》に捨てられていたのを、不憫《ふびん》に思って拾ってきたのだ。その時のことは、九妹の記憶にはない。八娘が、ぼんやりと憶《おぼ》えていることを、そっと話してくれたのだ。それを聞いても、九妹は周桂を嫌いにはならなかったし、同情もしなかった。

姉妹のように育ったが、男の兄弟のようだと、よく母は言っていた。幼いころから、剣や馬の稽古を一緒にしてきた。父はそれを見て、眼を細めていたものだ。

「楊業様に、言われたことがあります。九妹の眼になり、手足になってやってくれと。みなし児《ご》の私に、頼むような口調で言われました。そのことは、忘れられません」

九妹には、周桂に惨《みじ》めな思いをさせた、という自覚はなかった。喧嘩もした。剣の稽古では、容赦なく打ち据えられたこともある。それでも周桂は、自分の知らないところで、惨めな思いをしてきたのかもしれない、と九妹は思った。

どうであろうと、父の言葉は、周桂の救いだったのだろう。

「私は、姉妹だと思ってきた。これからも、そう思い続けていくだろう。父が言ったのも、姉として見守ってやれ、という意味なのだと思う」

「ありがとうございます。私の力は、不足していると思います。それでも、九妹様のそばにいられるのは幸福ですし、全身全霊《ぜんしんぜんれい》で支えるつもりです」

「わかった。おまえを、私の副官に正式に起用する。七郎兄上には、ようやく認めて貰ったが、まだ未熟なのだ。よろしく頼む」

「力の及ぶかぎり」

周桂が、一度直立した。

兵たちは、馬の世話に余念がない。

三

燕京近郊での駐屯がふた月に及び、それから西へむかうという、耶律休哥の命令が出た。

ふた月の間、石幻果には家族と過すことができる時が、かなりあった。二歳になった英材は、よちよちと歩き回って、石幻果をはらはらさせた。

瓊峨姫は、これがあの瓊峨姫かと思うほど女らしくなり、母親という、石幻果が知らない面も見せた。

宮廷は燕京から動かなかったが、帝は日々元気を取り戻しているという。十三歳である。一度目通りした蕭太后は、心なしか白髪《しらが》が増えたようだった。

明日は西へむかうという日の夜、石幻果は燕京の屋敷に泊ることを許された。

耶律休哥軍は、確かに調練は厳しいが、兵に休日を与えることはしばしばあった。大きな城郭《まち》の近くに野営した時は、五百名ずつ、順番に隊を離れて外出することが許される。家族がいる者もいて、それは近くに行った時に、会いに行っていた。

耶律休哥軍にいるということで、兵に特権はない。しかし、禁軍《きんぐん》にいるというのとはまた別の意味で、兵たちは誇りを持っていたし、外では認められるのだった。

「帝の御本復《ごほんぷく》は、ほんとうにめざましいのですよ。もう、普通の食事を口にしておられます。この間は、馬に乗りたいとも言われました」

「蕭太后の御心労《ごしんろう》は、大変なものだっただろうな」

「一時は、もう駄目だと思ったようです。ある薬草《やくそう》がことのほか効《き》いたようで、瘀《お》血《けつ》がすっかり取れたそうです」

「いずれ、軍の指揮もなさるかもしれんな」

「母上は、帝に武人《ぶじん》の素質は見ておられません。文治、民政の力をつけさせようとしておられます。その分、軍人たちの質が、上がらなければならないと考えています」

「遼軍は、宋軍と較べたら、かなりの精強さを保《たも》っている。大きな戦となれば、兵力では劣《おと》るが、決して負けぬと私は思っている」

「母上は、中原を欲しておられるのです。そうすることによって、遼ははじめて豊かな国になれる、と考えられているのです」

「その話は、耶律休哥将軍からも、聞かされている。なにがなんでも、まず河北《かほく》を奪《と》る。それで、はじめて中原のすべてが、視野に入る。そうお考えのようだ」

「あなたへの期待は、日々大きくなっています。私も、英材のために、あなたの武功を望むようになりました。前は、生きて帰ってくれればいい、とだけ思っていたのですが」

「戦場を駈け回っていたという、おまえがそんなことを考えたのか？」

「妻になれたというだけで、満足でしたから。いまは、母にもなってしまったのだ、と思います」

「母だ、間違いなく。そして、私の妻でもある」

「帝が、英材と会いたい、と言われました。まだ、満足に喋れもしないのに」

「蕭太后は、なんと言われている？」

「いずれは、片腕になるのが英材である、と思われています。軍人の素質がどれほどのものか、まだわかりもしないのに」

こういう会話が、石幻果の気持をどこかで豊かにした。心の中には、いつも戦がある。それで、充実していられる。しかし、豊かという感じではない。

家族といれば、豊かな気持になれる。つまり自分は、満ち足りているのではないのか。生まれ変ってからの人生は、望みようもないほど満たされているのではないのか。

以前、宋軍の将軍だったというころ、どういう生活をしていたのか、考えたことはなかった。当たり前の、軍人の暮しがあったのだろう。

「西へむかわれるのですか？」

「明日、二隊に分かれて進発する。耶律休哥将軍は、早朝に発《た》たれる。私は、半日遅れだ。行軍の道も違う」

「西ですか」

「これまで、遼と宋では小競り合いが続いてきたが、西では負け続けなのだ」

「楊家軍ですね」

「そうだ。八千騎ほどに増えている。以前は歩兵もいたそうだが、いまはすべて騎馬隊だ。馬もいい。数千頭は、遼の牧《まき》から奪ったものだ」

「いやな気がします、西は」

「そんなことを言うな、瓊峨姫」

「楊家軍が相手だからだろう、と思うのですが」

できれば、一緒に行きたい、というような表情を、瓊峨姫はしていた。

「私は、楊家軍と闘ってみたい。西の遼軍は、何度攻めこもうとしても、楊家軍に一蹴《いっしゅう》されている。よほど精強なのだろう」

「いやな予感がしたら、退《ひ》く。それだけは頭に入れておいてください」

予感というものについては、石幻果は信じていた。耶律休哥との調練でも、予感は役に立った。予感を無視した時は、大抵は大きく負けることになった。

「心配するな。予感がどれほど大事か、私は身をもって知っている」

「西へは、母上の命令で？」

「いや、耶律休哥将軍が望まれ、蕭太后が許された。いくら西で負け続けといっても、小さな局地戦にすぎん。耶律休哥軍の出動に反対する意見もあったのだが」

耶律休哥は、楊家軍の力を測っておく必要がある、と感じたのだ。大戦《おおいくさ》を前にしている。その意識は、耶律斜軫にもあり、出動が決まった。

「以前、耶律斜軫は、大軍で楊家軍に敗れたではありませんか。それを、耶律休哥軍だけで闘うというのは、理不尽な気もしますが」

「おいおい、瓊峨姫。耶律休哥軍を甘く見るなよ。騎馬の懸《か》け合《あ》いなら、決して負けん。しかも、楊家軍より多いのだぞ」

「それは、わかっていますが」

「それに、耶律斜軫将軍は、完全に負けたわけではない。騎馬だけ本隊から引き離され、損害を受けた。本隊が闘おうとした時、楊家軍はもういなかった。はじめから、まともな戦をするというより、馬を狙っていたのだ」

「負けではないのですか、馬を奪われたら？」

「小さな負けではあるが、本隊からは逃げたのだ、楊家軍は」

「それにしても」

「耶律斜軫将軍は、確かに軽率《けいそつ》ではあった。しかし、同じような失敗は、もうされまい。禁軍の調練も、あのころとは較べものにならず、将軍自らが、何日も野営を続けたりもしておられる」

「わかりました。つまらないことを、申しあげてしまいました」

「おまえには、おまえの予感があるのだろう。それについても、私は忘れないようにする」

瓊峨姫が頷いた。

すでに、夜である。夕餉《ゆうげ》のあと、英材はすぐに眠った。家人たちも、それぞれの部屋に入ったようで、屋敷は静かだった。

「私は、遼のために闘うことで、はじめてこの国で生きることを許されている、と思っているのだ、瓊峨姫。しかし、それが苦痛ではない。むしろ、充実している、と言っていいであろう」

「あなたのそういうお気持は、前から感じておりますわ」

「ひとつだけ、はっきりと言えることがある。生まれ変り、おまえと出会って、妻にできた。それは、天から与えられた幸運だと、私は思っている。それだけは、失いたくない」

「私も、あなたが死ななかったことに、たとえようもない喜びを感じました。そして生まれ変り、私を愛してくださったことも」

夜は、短かった。

翌朝、駐屯地に戻った時、耶律休哥の軍はもう出発していた。

軍事行動に移った時から、挨拶《あいさつ》など無用なこととされていた。

耶律休哥は西へむかったが、石幻果は一旦南へ下がる。国境付近を西へ進み、途中で何度か交戦する可能性もあった。

「一応、斥候を一隊出してあります」

耶律占《やりつせん》が、そう報告した。敵地ではないが、行軍の鉄則だった。

「東の国境では、一応宋軍を押さえこんでいる。交戦は、少し西へ進んでからだろう」

「俺も、そう思っています」

「国境を行軍するのは、すべての地形を頭に入れるためだ。それを忘れるな」

「はい。各隊の隊長にも、それは伝えてあります」

進発の準備は、すでに整っていた。遼国内を移動するかぎり、どこでも秣《まぐさ》の補給は受けられる。兵糧は、決められた場所で、三日分を受け取り、それぞれ兵に持たせる。輜重《しちょう》などは、行軍の邪魔なのである。そのあたりは、宋より遼の方が、遙かに徹底している。

進発して半日で、野営だった。

翌日は国境に到着し、軍を三つの隊に分けて、西へ方向を変えた。

国境の到るところで、小競り合いが続いていた。大戦にならなかったのは、両国とも国境付近にまとまった軍を展開させなかったからだ。

西へむかって二日目、斥候から宋軍の侵攻の報告があった。三千ほどの隊で、ずっとくり返されてきた侵攻だった。同じぐらいの数が、遼からも進攻している。

「蹴散らそう」

石幻果は言い、先鋒《せんぽう》の耶律占に伝えた。

先鋒が二千、中軍の石幻果が麾下《きか》の一千、後軍が二千である。

こういう戦は、ここ一年以上、飽《あ》きるほど続けてきたことだ。やり方はいくつもあり、そのどれを選ぶかは、隊長たちにひと言伝えるだけでよかった。

駈けながら、石幻果は次々に伝令に指示を出した。

まず、耶律占が攻めかかる。挟撃するように、後軍の二千が攻める。そこに石幻果が突っこみ、勝負を決める。相手が寡兵《かへい》であっても軽く見ず、全軍で打ちかかる。大軍を相手には、無理をしない。兵の犠牲を、出していい時期ではないからだ。

戦闘がはじまった。侵攻してきた宋軍が、さして精強な部隊ではないことは、耶律占の二千に追い立てられたことでわかった。後軍が出て挟撃のかたちをとると、石幻果がぶつかる前に、国境の河にむかって一目散《いちもくさん》に逃げていった。

「行軍に移る。西へむかいながら、隊列を整えろ」

犠牲は一兵も出していなかった。

「この先に、いまのような侵攻を受けているところが二、三カ所、こちらから進攻しているのも二、三カ所あるようです」

耶律占が、うんざりしたような表情で報告に来た。

「行軍の隊伍《たいご》を崩すな。敵に遭遇しても、そのまま進め。攻めかけてきた時に、情況を見て応戦する」

「わかりました。とにかく、国境は酷《ひど》いもんです。野盗《やとう》が争っているようなものとしか思えません」

「大きな戦の緊張がなく、攻めろと命令を受けていれば、こんな状態にならざるを得ないのだろう。戦がこんなものだと兵が思いはじめたら、闘うのは悪いことでしかなくなる。ただ進むだけでいい」

野盗の争いとは言い過ぎにしても、攻められたら攻め返す、という状態がずっと続いているのだ。何度かは、一万数千の軍が国境を越えてきたが、それのほとんどは、石幻果が追い返していた。

行軍する間に、一度宋軍と遭遇した。五千ほどの部隊だったが、闘おうとはせず、陣形を組んだまま、国境へ下がっていった。

四日目に、代州との国境に近づいた。

その地点で留《とど》まるように、と耶律休哥から伝令が来た。

五十騎を率いただけで、石幻果は五里（約二・五キロ）ほど離れた、耶律休哥の陣へ行った。

「八千の楊家軍が、国境近くまで出てきている。俺の軍が来ているという、斥候の報告は入っているのだろう」

「全軍が出てきたのは、はじめてではないのですか？」

「そうらしい。たえず三千騎が、侵攻に備えていたそうだ」

「八千が、渡渉《としょう》してくることはないのでしょうか？」

「あまり、期待はできんな」

できることなら、地の利のあるこちら側に引き出して、闘いたい。しかし、楊家軍も誘いに乗るほど甘くはないだろう。

「楊家軍ですか」

「はじめてだな。まず、おまえの方が懸け合いをしてみるか」

「宋の領内に入るのですな」

「それしか、干戈《かんか》を交《まじ》えることはできまい。俺の軍は、相当に警戒されている」

楊家軍が、全軍で出てきていることでも、それはわかった。

「おまえの五十騎と、俺の五十騎。まずはこちらから渡渉して、どんな軍なのか見ようではないか。楊業が生きていたころと、それほど変らないと思うが、なにしろ騎馬隊だけだからな」

「私だけで、見てきた方がいい、と思うのですが？」

「俺も、見たい。新しい楊家軍を」

「わかりました」

即座に、渡渉することになった。

耶律休哥は、待てない男ではない。必要なら、何日でも同じ場所にじっとしていることもできる。

百騎で探りを入れて、どう動くか見ることに、大きな意味があるとは思えなかった。耶律休哥は、ただ見たいだけなのだろう。

馬を進めた。

百騎が河に近づいてきていることは、すでに斥候が報告しているだろう。こちらからは、斥候は出していない。

河は、ゆっくりと渉《わた》った。

伏勢《ふくせい》の、矢による攻撃を警戒したが、耶律休哥は、意に介したふうもなかった。

矢は、来なかった。渡渉を終えると、耶律休哥は駈けはじめた。森を抜ける道が何本かあり、数十騎ずつに分かれて、そこを走り抜けた。

点々と灌木《かんぼく》が散在する、原野が拡がっていた。

二千騎ほどが、鶴翼《かくよく》に拡がっている。『九』という旗が見えた。百騎が、小さくひとつにかたまった。剣を抜けという指示は出ない。剣を片手に持つだけでも、馬は微妙に遅くなる。全力で疾駆せよ、と耶律休哥は言っているのだろう。

敵が近づいてきた。ない。二千がどう動けば、どう対応するか、瞬時に石幻果の頭では組みあがっていた。いや、躰の反応に任せている、と言っていいだろうか。

小さく、かたまった。ぶつかったが、それほどの衝撃もなく、突っ切っていた。右へ迂回《うかい》した。千騎ほどが現われ、行手《ゆくて》を塞いだ。耶律休哥と、二つに分かれた。敵も、見事に二つに分かれた。そのまま突っこむ。ぶつかる寸前に、方向を変え、耶律休哥と一体になって、割れた敵の間に駈けこんだ。押し包もうとする敵の動きは見事だったが、割れ目が閉じたのは、最後尾の兵が抜けてからだった。

追ってくる。いい馬が揃っている、と石幻果は思った。調練も積んでいる。ほかの宋軍と、まったく違っていた。耶律休哥の軍と調練をしているような気さえして、思わず石幻果は一度ふりむいた。

一千は一丸《いちがん》になっているが、最初に突き破った二千が、機敏《きびん》に回りこみ、国境への退路を塞ごうとしている。

国境とは反対の方向へ、しばらく駈けた。一千は、なんとかついてきている。丘が見えた。三つ、四つと重なっている。

丘と丘の間に入った。石幻果がそうするであろう通りに、耶律休哥は動いていた。丘を縫《ぬ》うように駈け、ひとつの丘に登った。

頂《いただき》に立った。下を駈け抜ける、一千の騎馬隊は、『七』という旗を掲《かか》げている。兄弟が二人いて、六郎と七郎と呼ばれていると聞いたが、一千は七郎の隊なのだろう。

いまは駈け回って攪乱《かくらん》しているだけだが、実際にぶつかり合ったら、相当に手強いと思えた。

一千が、反転した。丘にむかい、じっと動かずにいる。どこから丘を攻めたところで、反対側へ駈け降りるのはたやすかった。軍を二つに割ろうにも、丘の上からはすべてが見えている。

「帰るか。およその力量はわかった」

ちょっと遠乗りをしてきたような口調で、耶律休哥が言った。後方の二千が、動きはじめているのが見えた。

耶律休哥は、丘の下の一千がいないもののように、平然と丘を駈け降り、疾駆しはじめた。石幻果はそれを見てから、違う方向へ駈け降りた。

三千の軍に囲まれるかたちになりながら、五十騎で駈けた。耶律休哥は、近づいてこようとしない。追ってくる一千も、いくつかに分かれようとはしていなかった。

後方の二千。こちらへむかっている。耶律休哥が、左翼《さよく》を突き破った。石幻果は、中央に突っこんだ。二隊が、ぶつかる寸前に一隊になる、という動きを一度見ている。それを予測した動きを二千はしていたので、突き破るのは造作もなかった。

しばらく駈けてから、耶律休哥の隊と合流し、並足に落として河を渉った。

「なかなかでした、耶律休哥将軍。まず、あれほどの騎馬隊は、宋軍にはいないでしょう。調練も積んでいますし、馬の質もかなりのものです」

「わかっていることを、言うな」

「はい」

「あの『七』という旗は、楊七郎延嗣《えんし》だろう。一千を、一度二つに分けた。それは見事だったが、いまごろ悔《く》いているに違いない」

「ひとつにまとまっていれば、それに対するかわし方もできた、と思いますが」

「はじめから、ぶつかるつもりはない。だから、どんなふうにも動ける。実戦で、こちらが五百騎いたとしたら、一千を二つに分けた瞬間に、楊七郎は負けていた」

確かに、そうだった。ひとつが崩されると、戦場は混乱する。すると半分の一隊の力が生きない。突き抜けさせてなるものか、という思いが強すぎた。

戦は、変幻《へんげん》の中にある。そこで大事なのは、相手よりも、自分の姿がどうなのか、いつも見ていることだ。はじめにそれを、耶律休哥に叩きこまれた。

「あの『九』という旗は、誰のものでしょうか？」

「九妹瑛花《えいか》と、思うほかはないな。二千の予備隊が調練を重ねていると、間諜《かんちょう》からの報告が入っている。実戦に馴《な》れていない、というところもあった」

「女ですか。女が戦場に出ることも、自分の妻のことを考えれば、不思議なこととは思えませんが」

「楊業には、娘が二人いる、と聞いたこともある」

野営地にむかった。

石幻果は、自分なりの楊家軍の分析を続けていた。

いまは、大戦に到る情況は、整っていない。両国とも、大軍を集結させていないからだ。楊家軍が単独で、遼へ攻めこんでくることも、考えにくかった。

それでも、耶律休哥は、楊家軍と闘う気でいる。ということは、こちらが相手の領域に入って闘わざるを得ないのだ。地の利は、相手にある。

来たるべき大戦のために、楊家軍の力をできるだけ削《そ》いでおく、というのは決して小さなことではなかった。

今日見たのは、八千のうちの三千で、その中の二千は予備隊ということだ。いや、予備隊もすでに、本隊に組みこまれている、ということかもしれない。耶律休哥が、なぜ相手の領域まで入って闘おうとしているのか。それは、蕭太后の頭にある次の大戦が、遼から宋へ進攻するというものだからだろう。

これまでの大戦は、宋の燕雲十六州奪回のために、遼が侵攻を受けて起きたものだった。これからは、遼が進攻し、中原を目指すものだ。その時、最も厄介な相手が楊家軍であろうという認識は、耶律斜軫にも、そして蕭太后にもあるに違いない。

「八千の騎馬隊のうち、二千ほどは潰しておきたい」

耶律休哥が、野営地に戻ると言った。

「こちらの兵力の方が多いが、相手の領域で闘うことを考えると、五分五分《ごぶごぶ》だろう」

「確かに。以前の楊家軍と較べて、どうなのでしょう?」

「遜色《そんしょく》はあるまい。六郎、七郎がどれほどの指揮官かは、見切っていない。楊業ほどの指揮官が、再び出てくるとは、俺には信じられんことだが」

「楊業の、どこが優れていたのですか?」

「苛烈《かれつ》だった。冷静でもあった。というより、戦に関して、俺はあの男のすべてを把握できなかった。俺が知っている楊業は、一部かもしれんという思いがつきまとったまま、死んだ」

「将軍が、そこまで言われるのは、めずらしいと思います」

「もう、楊業はいない。楊家軍も、変ったであろう」

「われわれが百騎で駈け回った時、楊業ならばどうしたと思われますか？」

「ただ見ていただろう。俺たちは、わずか百騎で敵地を駈け回る、跳《は》ねあがりにしか過ぎなくなったはずだ」

石幻果は、腕を組んだ。自分が楊家軍の指揮官だとして、百騎の侵入をただ見ていることができたか、と考えた。

「実戦が、愉しみになってきました」

「楊家軍を潰すことはできん。無理をすれば、こちらの犠牲も増える。野戦の懸け合いで、どれだけ押せるかだ」

耶律休哥軍一万が進攻すれば、迎撃するのは楊家軍だけではないだろう。ほかの軍が集められたとして、二万から三万。しかし、耶律休哥は、それをまったく気にしていないように思えた。

「自分の軍へ戻ります、将軍」

耶律休哥は、ただ頷いた。

四

三段に構えて、展開した。

地の利はこちらにある。それが、どれほどの力になるか、と六郎は思った。

耶律休哥は、すぐに攻めてくる気配は見せなかった。五千ずつ二つの陣を組み、馬を休ませているという。

「きのうの百騎は、間違いなく耶律休哥自身だったのだな」

すべての備えを終えてから、六郎は、七郎とその副官の張英《ちょうえい》、九妹とその副官の周桂を呼んだ。幕舎の卓には、国境の地図が拡げてある。

「間違いありません、兄上」

七郎が、沈んだ声で言った。

「兜《かぶと》からはみ出している白い髪を、はっきりと見ました」

「七郎の一千と、九妹の二千が、百騎にふり回されたわけか」

七郎も九妹も、うつむいている。

張英が前へ出て、地図に線を引いた。それが、耶律休哥が駈けたあとだった。七郎は、一千だけ率いて九妹のそばにいて、残りの二千は十里（約五キロ）後方だった。六郎は、さらにその後方にいた。報告を受けた時は、耶律休哥はとうに国境のむこうに去っていた。

「この動きを見るかぎり、奇襲の意図はないな」

「われらを、見るためにやってきたのでしょう。そして、存分《ぞんぶん》に見られてしまいました」

「しっかりと陣形を組み、逆にその百騎を見てやる、という方法が最上だったと思う。しかし、『休』の旗が百騎で突っこんでくれば、俺も討とうとしただろう。とっさの判断は、そんなものだ」

「もうひとつ、旗がありました。『幻』と読めました」

「石幻果という男だな」

九妹はうつむき続けている。二千を擁していて、百騎に翻弄されたのが、よほどこたえたのだろう。

「耶律休哥は、父上の宿敵《しゅくてき》であった、と言ってもいい男だ。耶律休哥にとっても、楊家軍は気になったのだろう。自ら、百騎で攪乱を試《こころ》みるほどにだ」

「俺は、一千を二つに割ってしまいました、兄上。じっとしていれば、むこうはただ駈け回る百騎に過ぎなかったものを」

「ぎりぎりまで、見切れなかった。それだけのことだ」

「それだけのことが、俺にはできなかったのです」

「気にするな。実戦のつもりが、耶律休哥にははなからなかったのだからな」

「去ったあと、歯ぎしりをしました。いいように掻き回され、動きを全部見られ、一兵も討つことはできなかったのです」

「もういい、七郎。俺も、同じことをしただろう。忘れなければいい」

「今度、ああいうことをしてきたら」

九妹が、呟《つぶや》くように言った。

「耶律休哥は、同じことは二度やらん。よく心に刻みこんでおけ、九妹。実戦となれば、なおさらだぞ。今度、耶律休哥が百騎でおまえにぶつかってきたら、それはおまえの首を奪《と》るためかもしれんのだ」

「心します」

耶律休哥の一万騎が、代州の国境を侵そうとしていることは、開封府に報告してあった。通常ならば何日もかかるが、父が作りあげた信号塔が、いまも生きている。簡単なことなら、丸一日で開封府に伝えられる。

開封府は、二、三万の兵の出動は命じてくるだろう。しかし、その軍は当てにならない。ただ数がいるというだけだ。いくらか当てになるのは、国境沿いに展開している、八千の軍だけだろう。こちらは、しばしば侵攻してくる遼軍と交戦している。

「まず、こちらからむこうに攻めこむというのは、控《ひか》えよう。できることなら、ここでは耶律休哥軍との交戦も避けたいところだが、むこうが攻めてくれば仕方があるまい」

「なぜ、耶律休哥軍との交戦を避けたいのだ、兄上？」

「大軍の中で、耶律休哥軍とぶつかりたい。その方が、勝機を見出《みいだ》せる、と俺は思う。楊家軍の力が、決して劣るとは思わないが、兵力的にもむこうが上だ」

「わかった。兄上が逃げようと思っていないのなら、それでいいです」

七郎のもの言いは、このところ丁寧《ていねい》になっているが、時として荒っぽい口調《くちょう》も混じる。

「耶律休哥軍がここまで来ている以上、なにもせずに帰るとは思えない。耶律斜軫の、悠長《ゆうちょう》な遠征とは違う。必ず、どこかで侵攻してくるはずだ」

その場にいる全員が、頷いた。

「勝負は、交戦の場所をどこにするかだ。地の利を、充分に生かせる場所でぶつかりたいが、耶律休哥も甘くはないな」

「とにかく、河のこちら側でのぶつかり合いなら、すべて地の利はあると、俺は思います」

「そうだ。地の利を考えると、互角の勝負だと思う」

八千と二万の騎馬隊のぶつかり合いなど、経験は勿論《もちろん》、想定したこともあまりなかった。戦は、最後は歩兵で結着がつくので、敵が五万、十万の場合の、騎馬隊の動きについては、ずいぶんと考えてきた。

「こんなかたちで、耶律休哥とぶつかり合うとは、考えてもいなかった。その点でも、意表を衝く男だな」

「ほかの部隊が来たら、河沿いに展開して貰うのがよい、と俺は思います。たとえ突破されるにしろ、敵の動きはかぎられます」

「河沿いかどうかは別として、われらは本隊の後方で構えたいと思うが、そううまくいくかどうか」

「宋軍の指揮官は、われらを先鋒として使おうとする、ということですね」

「宋軍の軍制に組み入れられている。だから、数万の援軍も出動してくる」

「難しいですね、とても。援軍などいない方がいい、という気もしますが」

「それはそれで、使いようはある。うまく駈けて、楯《たて》に使うぐらいのしたたかさを、俺は持ちたいと思う」

軍議というほどのものではなく、六郎と七郎が意見を出し合っている、というだけのことだった。

「もういい。散会《さんかい》だ。これからは常時、耶律休哥軍の侵攻に備えなければならん。なにかあれば、その都度《つど》、指示を出す」

全員が立ちあがった。

副官たちは幕舎を出ていったが、七郎と九妹は残った。

「なにかあるのか、まだ？」

「例の『幻』の旗ですが」

「石幻果については、まだよくわかっていないのだ、七郎」

「どうも、俺は馬の乗り方が気になって」

「どういうことだ？」

「馬の乗り方など、同じと言えば同じですが、宋と遼の騎馬隊でも、どこか微妙に違う。微妙としか言いようがないのですが」

「それで？」

「石幻果の馬の乗り方は、どうも宋軍に近いという気がするのです。もっと言えば、楊家軍に近い、とさえ俺は思いました」

「石幻果は、かつて宋の軍人だったと言うのか？」

「確信は持てませんが」

「馬の乗り方について、私はよくわかりませんでした。でも、あの石幻果という指揮官については、なにか不思議なものを感じました。前に会ったことがあるというか、懐しいというか」

九妹の眼は、真剣だった。

「俺に、どうしろと言うのだ？」

「兄上が、われわれ二人の感じたことを、頭に入れておいてくだされぱいい。石幻果の軍と交戦した時に、しっかり見えてくるものもあるでしょうから」

「わかった」

つまらぬことを気にしている、という思いがないわけではなかった。しかし、言っているのが、七郎と九妹である。

「もし、かつて宋にいたとしても、敵であることに違いはない。ただ、おまえたちが言ったことは、頭に入れておこう」

「顔は、見えませんでした。兜が隠していましたから」

九妹が言った。

「でも、知っている人間のような気がします。気配というのでしょうか、前に会ったことがある、と思ってしまいそうだったのです」

「ぶつかり合ったら、首を飛ばす前に、九妹が言ったことを、思い出すようにしよう」

「腕は立つと思います、兄上」

剣は抜かなくても、やはりそれは、気配でわかる。

二人が、幕舎を出ていった。

「耶律休哥の部下に、宋軍の指揮官だと」

ひとりになると、六郎は声に出して呟いた。

宋軍の元将校が、遼軍にいたとしても、おかしくはない。しかし、耶律休哥が、それを部下にするだろうか。軍の半数も、預けているのだ。

それから十日経っても、耶律休哥軍に動きはなかった。膠着《こうちゃく》とも言えない、奇妙な情況である。

耶律休哥軍が動いたという報告が入ったのは、十四日目だった。

楊家軍は先鋒に出されていたが、それを避けるように、騎馬隊は歩兵の方を襲った。歩兵が混乱している間に、耶律休哥軍は全軍の後方に回り、攻撃の構えをとっていた。

耶律休哥軍が、楊家軍を避けたという恰好だった。いきなり一万騎に踏み荒らされた歩兵は、大損害を出しているようだ。

六郎は、七郎、九妹を従えて、歩兵を迂回した。

原野に、騎馬隊が二隊いた。楊家軍を待っていた、としか思えなかった。

七郎を右翼、九妹を左翼に置いた。敵が二つに構えているように、それはまず構えたということで、これから先はどうにでも変化する。

六郎は、耶律休哥軍を見つめた。右が『休』で左が『幻』。隙《すき》がないのは当然として、次の動きをまったく読ませない構えだった。

どちらが、先に動くことになるのか。そう考えた時に、まず『幻』の旗が動いた。それから『休』の旗が動く。かつては赤騎兵《せっきへい》と呼ばれる赤備《あかぞな》えの一隊がいたが、いまは見当たらない。全隊が、同じ具足である。

六郎は、まだ動かなかった。『幻』と『休』の動きを、じっと見据えた。

二隊が、そのまま駈けはじめた。六郎は前に出、右翼も左翼も合流するように合図を送った。

ひと塊《かたまり》になった八千に、五千の騎馬隊が二方向から襲いかかる、という恰好になった。六郎は、疾駆した。二隊の間を、抜けられるかどうか。そうすれば、後方の歩兵と挟撃のかたちをとれる。

しかし六郎は、そう考えて疾駆している、と見せかけただけだった。

いきなり、右へ方向を変えた。『休』の旗。ぶつかる寸前で、それは二つに割れ、楊家軍は駈け抜けていた。後方から、『幻』の旗が追ってきている。見事な連携で、最後尾はつかまりそうだった。

六郎は、左へ回った。左手の合図を、二度出した。七郎の隊、九妹の隊が、それぞれ違う方向にむかう。六郎の前には、『幻』の旗があった。側面を衝く恰好だった。しかし『幻』は、馬首をすべてこちらへむけた。なにか、不思議なものでも見る感じだった。横へ回った。また縦列《じゅうれつ》になり、『幻』の旗がそれを分断しようとしてくる。渦《うず》を巻くように、六郎は回った。

ぶつかり合う。『幻』の隊は五つに分かれていて、それぞれが車のように回っていた。大きな車ひとつに、小さな車が五つ、それぞれが回りながらぶつかる、というかたちだ。四、五十騎が、撥《は》ね飛ばされた。こちらは、せいぜい二十騎を倒したぐらいだろう。

回っていた隊を、縦列にし、ひとつの隊に突っこんだ。『幻』の旗があるところだ。また激しくぶつかった。四、五十騎は倒された。こちらは、せいぜい十騎。

かっと熱いものが、六郎の全身を駈け回った。反転した。『幻』の旗。間近にある。そこにむかった。四、五十騎を倒した。

指揮官とぶつかるかたちだ。六郎は、剣を横に構えた。石幻果。構えは低い。馳《は》せ違った。剣は、首筋を掠《かす》めただけだ。六郎の剣も、相手のどこかを掠めた。

反転した。部下はついてきている。敵は、すでにこちらへむかっていた。とっさに、六郎は横に駈け、それから再び回った。敵は、今度は車を作らず、まとまってぶつかってきた。離脱の合図を、六郎は出した。執拗に敵はついてくる。前方の一千を、自ら指揮して反転させた。

石幻果と、まともにぶつかった。石幻果の剣。一度振られたものが、見事に撥ね返ってくる。

隊を、ひとつにまとめた。それから、駈けた。七郎と九妹のことを、その時はじめて考えた。『休』の旗と渡り合っている。耶律休哥自身が、一千を率い、突進と反転をくり返していた。七郎の隊が、犠牲を出している。九妹は、果敢に耶律休哥を側面から衝こうとしていた。しかし、二隊がそれを遮《さえぎ》っている。

追ってくる『幻』を、六郎は振り切れなかった。さすがに、いい馬を揃えている。下手《へた》をすると、追いつかれる。戦場を、大きく回るように駈け、耶律休哥の隊を衝く隙を窺《うかが》った。

不意に、『休』と『幻』の旗の動きが違うものになった。二隊がひとつになり、河にむかって疾駆していく。追う余裕はなかった。

耶律休哥軍が引き揚げたのは、歩兵が二万ほど、まとまって出てきたからだった。

耶律休哥軍が、河を渉って遼へ戻った、と斥候から報告が入った。

烈風が、通り過ぎたようなもので、戦場は静かになった。

「兵をまとめろ。森の手前に布陣《ふじん》する」

七郎と九妹が、素速く動いた。陣形は、すぐにできあがった。

「犠牲二百二十。いま、乗り手を失った馬を集めさせています」

七郎が報告してきた。九妹の犠牲はやはり二百近く。六郎の犠牲は百十八だった。兵が突き落とされただけというのが多いので、馬はほとんど失っていない。

耶律休哥軍の犠牲は、百ほどだ。息のある兵のほとんどは、自ら命を断っている。

「息のある者を、死なせるな。味方は勿論、敵もだ。敵は、捕えたら連れてこい」

六郎は、そう命令を出した。

歩兵はまとまって陣を組んでいるが、犠牲は三千に達したようだ。

四人、息のある敵兵が連れてこられた。ひとりは、もう喋ることもできない重傷だった。短刀で胸を刺し、殺した。

「三人の、傷の手当てをしろ。手は縛《しば》り、枚《ばい》を嚙《か》ませろ。自ら死なせてはならん。大事な捕虜だ。見張《みはり》もつけろ」

それだけ言い、陣を一度見回ってから、七郎と九妹を呼んだ。

「済まん、兄上。手も足も出なかった。犠牲を出してしまった」

「それはいい。仕方のないことだ」

六郎は、二人を見つめた。

しばらくは、なにを言っていいかわからなかった。

「幻を見たのか、俺は」

「なにを言ってるんだ、兄上は？」

「信じられんのだ、見た俺が」

「だから、なにを見たんです？」

「楊四郎延朗《しろうえんろう》」

九妹が、息を呑んだ。

「石幻果が、俺には四郎兄上に見えたのだ」

「顔を見たのか、兄上？」

「いや、兜が隠していた。しかし、あの剣の捌《さば》き。一度斬りこんで、撥ね返ってくる剣は、間違いなく四郎兄上のものだ」

「俺たちが、あんなことを言ったから」

「いや、あの時は、戦の中でほかのことを考える余裕はなかった。あの剣の捌きを見て、なんだ、四郎兄上みたいではないか、と一瞬思った。それから、おまえたちが言ったことを、思い出した」

「俺が見た、馬の乗り方。九妹が感じた、懐しさ」

「しかし、信じられん」

四郎は、楊家軍から離れて北平寨《ほくへいさい》で三千を率い、耶律休哥とぶつかって死んだ、と信じられていた。北平寨の三千は、一応まとまりはしたが崩され、敗戦とともに散らばった。あのころの北平寨の将校で、いま楊家軍には方礼《ほうれい》がいる。

「いまのところ、この三人の間だけの話にしておけ。いいな？」

二人が頷いた。

「代州へ戻る」

「しかし、それでは」

「いいのだ、七郎。耶律休哥は、楊家軍と手合わせに来た。それが代州に戻れば、闘う相手はいなくなる。引き揚げると思う」

歩兵を蹴散らしたり、小さな城郭《まち》を襲ったりというのは、耶律休哥のやり方ではない、と六郎は思った。

楊家軍が代州へ戻って五日目に、耶律休哥も燕京へむかって引き揚げた。

生き残った三名の捕虜からは、石幻果が瓊峨姫の婿《むこ》なのだ、ということしかわからなかった。軍歴についても、知らなかった。

瓊峨姫は蕭太后の娘で、現帝の叔母に当たる。四郎が、そういう女と結婚するとは、あり得ないことと言うしかなかった。

しかし、あの剣の動きは、六郎の頭に焼きついて離れない。天を呪《のろ》うようなことが、起きているのか。それとも、なにかの間違いか。

六郎は、悶々《もんもん》とし続けた。

第五章　剣の風

一

軍は整い、季節も春になった。

姚胡吉《ようこきつ》を副官に登用した耶律斜軫《やりつしゃしん》に対して、歴戦の将軍たちの批判は強かった。それも、調練を重ねることで、少しずつ減っていった。姚胡吉は、巧妙に立ち回り、それぞれの将軍たちの顔を立てた。耶律斜軫がやりたくても、できないことだ。それに、総帥《そうすい》である自分の副官であるが、格としてはほかの将軍たちの末席に置いた。それは、姚胡吉自身がそう望んだことで、保身という意味においても、耶律斜軫が見抜けなかった才を持っている。

「軍の展開を、そろそろ臨戦に近いものにしたい」

幕舎《ばくしゃ》に、姚胡吉を呼び、耶律斜軫は言った。

「私の考えを、申し述べてもよろしいのでしょうか?」

「聞きたくて、呼んだ」

「耶律陀材《やりつだざい》将軍が、東の前衛、耶律屯《やりつとん》将軍が西の前衛。その下に、それぞれ将軍を三名ずつ付ける、というのはいかがでしょうか。耶律斜軫将軍は、中央におられて六名の将軍を下に置かれます」

「国境全域で、戦《いくさ》をやるわけではない」

「わかっております。将軍の位置は、易州《えきしゅう》、東が永清《えいせい》で、西が応州《おうしゅう》。燕京《えんけい》（現北《ペ》京《キン》）付近に、予備隊が三万です」

東西に三万ずつ配し、中央に六万、後方に三万、そして耶律休哥《やりつきゅうか》が一万。十六万で、ほぼ遼《りょう》の全軍だった。あとは西夏《せいか》との国境沿いに、一万が点々と駐屯している。

「若い耶律希朴《やりつきぼく》が、後方か」

本来なら、四番手の将軍である耶律希朴が、最前衛に出るべきだった。

「一応、わかった。考えを、すべて言ってみろ」

姚胡吉は、それぞれの将軍の下にいる部隊を、挙《あ》げていった。東西の前衛は、経験を積んではいるものの、若さに欠けた。自分の下には確かに精鋭を集めてあるが、耶律希朴の下の三名の将軍は、みんな若かった。そして、実戦で力を出す、と耶律斜軫が評価している者たちだった。

「陀材、屯の両将軍は、前衛にいることで、戦になれば奮《ふる》い立たれるでしょう。希朴将軍の軍は、みんなまだ若い、と将軍の口からおっしゃるのです。しかし、実際に進攻する時は、希朴将軍が速《すみ》やかに先鋒《せんぽう》となります」

「永清、応州から進攻することは、まずないと考えているのだな？」

「はい。この展開は、先鋒たるべき軍が、後方に位置している、ということになります。ただ、宋軍《そうぐん》はそうは見ないでしょう。実戦の経験が少ない軍が、予備部隊として後方にいる、というふうに見ると思います。宋の間諜《かんちょう》も、そのように報告するでしょうし」

確かに、巧妙な布陣《ふじん》だった。耶律陀材、耶律屯が前衛に出てきているとなると、宋もそれに備えないわけにはいかない。

「おまえは、宋への進攻を、どこからだと想定している？」

「新城《しんじょう》から、雄州《ゆうしゅう》へ。まずは、国境沿いに河北《かほく》を侵します。そのあたりの占領となると、兵站《へいたん》の心配がありません」

蕭太后《しょうたいこう》の考えと、同じだった。宋軍は、侵攻を受けるのなら、兵糧《ひょうろう》の蓄えは各地にある。しかし、進攻するのだ。後退する時に兵糧を残しておくことなど、まずやらないだろう。兵站線が伸びるのは、禁物《きんもつ》なのだ。

「少しずつ、南へ版図《はんと》を拡げていく。それが堅実《けんじつ》な作戦かと存じます」

「実は、蕭太后もそうお考えだ。私も、急な進攻は、よほど機会を選ばなければならない、と思っている」

「将軍は、どういう布陣を考えておられるのですか？」

「まだ、決めてはおらん。耶律休哥の意見を聞いてみたい。ただ、先鋒を後方に置くというおまえの考えは、緒戦《しょせん》では生きるかもしれん」

「そうですね。緒戦での、小手先《こてさき》の策に過ぎないかもしれません」

「緒戦で勝ちを取るというのは、戦では大事なことであろう。それを考えると、悪くはない策だ」

「耶律休哥将軍についてなのですが」

姚胡吉が、一歩退《さ》がって姿勢を正した。

「独立行動権を、いつまで持ち続けられるのでしょうか？」

「ずっとだ。多分、耶律休哥が将軍でいるかぎり」

「軍として、歪《ゆが》んだ姿だと思うのですが」

「宋は、常に二つの軍と闘うことになる。俺の率いる遼軍と、耶律休哥軍だ。二つの軍は性格も違えば、動きも違う。俺と耶律休哥が違うようにだ。それは、宋軍にとっては、厄介きわまりないことだ。ひとつの作戦を読んでも、まるで違う動きをする軍が、別にいるのだからな」

「耶律休哥将軍の作戦を、軍できちんと聞き入れるというかたちにすれば、歪みはなくなると思うのですが」

「耶律休哥は、戦の情況を見て、その場で作戦を決定する。機に応じるというのが、耶律休哥の戦であり、独立行動権の由来なのだ。それを、よく頭に入れておけ」

「しかし、軍が二つあるということは、どう考えてもおかしいと思います。いまの状態なら、耶律休哥将軍は、遼軍と闘うこともできるのですから」

「そうなった時は、遼が滅びればいい。耶律休哥は、この国の命運をも託されている」

「わかりません」

「無理に、骨のあるところを見せようとするな、姚胡吉。耶律休哥は、遼軍の総帥として俺よりふさわしい男なのだ。遼、宋を通じて、最も精強な部隊を率いてもいる。二度と、耶律休哥の独立行動権について言及することは、禁じる。おまえにとって耶律休哥は、俺と同等の存在だ。それを忘れるな」

「はい」

姚胡吉が、遼軍のことを考えているのだということは、よくわかった。それは悪いことではないが、戦のために眼をつぶる必要もあるのだ。

遼軍の展開についての姚胡吉の意見は、面白いところがあった。しかし、想定にどこか柔軟《じゅうなん》なところがない。こちらから進攻するだけではなく、宋軍が侵攻してくることも、頭に入れておかなければならない。宋主は、燕雲十六州《えんうんじゅうろくしゅう》を諦めるはずがないのだ。その気になれば、宋は三十万の大軍を出動させることも、不可能ではないだろう。兵力としては、こちらの二倍である。

先の大戦《おおいくさ》では、宋主の軽挙《けいきょ》が、こちらの勝利を呼んだ。同じことを、宋主はしようとしないだろう。

そこで気になるのが、再興された楊家軍《ようかぐん》である。先の大戦で、楊業《ようぎょう》が耶律休哥のように独立行動権を持っていて、宋主が自ら親征を企《くわだ》てるということがなければ、遼の勝利は覚束《おぼつか》ないものだった。

ひとりになると、耶律斜軫は、宋との国境線の地図に見入った。

蕭太后の野望は、中原《ちゅうげん》を制することにある。しかし、宋を倒してしまうつもりがあるのかどうか、定かではない。蕭太后の心の底になにがあるかは、まだ探り続けなければならなかった。

帝《みかど》の病《やまい》が、快癒《かいゆ》した。それは、漢族《かんぞく》の医術によるものだった、と言ってもいい。医術だけでなく、すべてのことで、宋は遼よりも優《すぐ》れたものを持っている。蕭太后は、その優れたところだけを、遼に取り入れたい、と考えているのかもしれない。

朝廷はまた、北に移っていた。そういう移動が、帝にもできるようになっているのだ。

遼と宋では、民《たみ》の気質から、朝廷のありようまで、すべてが違っている。それを最もよくわかっているのは、蕭太后だろう。

雑念《ざつねん》を捨て、耶律斜軫は、宋の兵力の分析をはじめた。

総帥は、曹彬《そうひん》が退き、若い柴礼《さいれい》という将軍になっている。しかし宋軍の総帥は、ただ一番手にいる将軍ということで、戦については朝廷がかなり細かいところまで決めているようだ。帝の意思は、そこで大きく働くことになるのだ。柴礼や他の将軍たちは、帝の意思通りの戦を遂行《すいこう》するのが、使命なのだった。

ただ、戦場ではさまざまなことが起きる。その場その場の判断は、柴礼を筆頭《ひっとう》とする将軍たちに委《ゆだ》ねられるのだ。

柴礼は、四十歳だという。自分が四十歳の時は、戦死した耶律奚低《やりつけいてい》から総帥を継ぎ、大戦で傷ついた軍の建て直しをはじめた時だった。どういう戦をするかより、どう軍を整えるかだったのだ。

その軍は、整った。ほぼ自分の思う通りで、それは蕭太后にも報告してある。いつでも、どういう戦でもできる、と伝えたのだ。

宋軍の動向で気になるのは、柴礼が楊家軍をどう使うか、ということだった。

楊家軍は、急激に膨《ふく》れあがった。そこには、軍というより、宋主の意思が強く働いたのだろう。すべて騎馬隊というのも、楊業のころとは違う。動きは速い。わざわざ手合わせに行った耶律休哥によると、相当の精兵で、しかも実戦で伸びる余地が大きいという。

考えることは、あれこれとあった。

朝廷に呼び出されたのは、翌々日だった。

百騎で、北へむけて駈《か》けた。燕京の北、百里（約五十キロ）ほどのところに、朝廷は移っている。

蕭太后は、すぐに出座《しゅつざ》してきた。

「そろそろ、本気で戦をしなければならない時だ、と思っています」

「御意《ぎょい》」

蕭太后の眼の光に、耶律斜軫はたじろぎを覚えた。

「すべての準備が整っている、と報告を受けています」

「兵糧を除いて、すべて整い、いつでも全軍を国境に展開できます」

「兵糧はよい。先年、宋から奪ってきた、厖大《ぼうだい》なものが蓄えとしてあります。それに加えて、営々《えいえい》として積み上げてきたものが、およそ三倍はあるのです。三年、四年の戦には耐えられるでしょう」

蕭太后は、何歳になっているのか。髪に白いものが混じりはじめているが、強い眼の光が、以前より妖《あや》しさを増して感じさせた。豊満である。それが、耶律斜軫には眩《まぶ》しかった。胸もとの肌を見ていると、吸いこまれるような気がするほどだ。

「今年、一度対してみたい」

「御意」

「幸い、帝の御不例《ごふれい》も、快癒に到った。朝廷は、ここよりまた、燕京へ戻します」

「上京《じょうけい》には、行かれないのでしょうか？」

夏の都は、もっと北の上京臨潢府《りんこうふ》である。そこには、宮殿もあるが、戦の間は、最も国境に近いところにいる、ということだろう。つまり蕭太后は、戦の報告を、逐一《ちくいち》、即時に求めていると考えなければならない。

「おまえは、進攻の構想をすでに立てていますね」

「はい。御下命《ごかめい》があれば、ここで申しあげられます」

「言いなさい」

「まず、新城に耶律陀材の五万、易州に耶律屯の五万、涿州《たくしゅう》に私の二万、燕京の南に耶律希朴の三万。そのような構えから、はじめたいと思います」

「狙いは、雄州近辺ですか？」

「はい。まずは雄州から東を制するのが、その後の戦にとってはよろしいかと」

「しかし、兵力が集中しすぎてはいませんか？」

「集中させます。それで、宋軍の動きをまず見きわめます」

「こちらが十五万なら、宋は二十万、二十五万の動員をしてくるであろうな」

「恐らくは。しかも、宋の領土での戦となることが、これまでとは違います」

「その大軍を、突き破ろうと言うのですか？」

「大軍にまともにぶつかれば、犠牲は増えます。まともにぶつかる戦は、避けようと思っております」

「ふむ」

蕭太后の眼の光が、さらに強くなった。

「宋軍の展開を見きわめたら、耶律陀材は東へ、耶律屯は西へ走らせます。宋軍が動かなければそれでよく、二軍は東と西から進攻し、宋軍本隊の挟撃のかたちをとります」

蕭太后が、卓に拡げられた国境の地図に眼をやった。耶律斜軫は、しばらく待ち、蕭太后が眼をあげてから続けた。

「宋軍が、ひとつにまとまって動かなければ、難しい戦になります。戦をやろうとすればです」

「宋軍が動かなければ、戦はしないのか？」

「本隊と本隊がぶつかるような戦は、最後の最後に考えるべきことだと思います。二軍が挟撃のかたちをとりますが、それで陽動《ようどう》し、正面から突っかけてみせる程度のことしか、できません」

「それで？」

「進攻した軍も戻し、展開を組み直すということになります」

「宋軍は、そのままか？」

「恐らく、兵站が切られるだろう、と私は思っています」

あえて、誰が切るかと耶律斜軫は言わず、蕭太后も訊《き》かなかった。耶律休哥軍一万騎は、必ずなんらかの動きを見せる。

「なるほど。兵站が切れたところで、再び渡渉《としょう》し、殲滅《せんめつ》させるということですね」

「そうはならない、という気がしております。宋軍は、耶律休哥の動きを注視しているでありましょうし」

「ならば、東西に走った二軍の進攻に、対応してくる、と考えているのですね？」

「はい。しかし、進攻の中心は雄州で、東西は牽制《けんせい》です」

「おまえと、耶律希朴の五万が」

「真の進攻軍となります。東西からの進攻は、あくまで陽動です。この作戦の主眼を端的《たんてき》に申しあげれば、先鋒の勝負ということです。先鋒は、後方にいる耶律希朴と考えております」

蕭太后は、しばらく考えこんでいた。

戦については、自分などより鋭いものを持っている。考え尽した策を上奏《じょうそう》すれば、あとは蕭太后が決断するかどうかなのだ。

しばらく、沈黙が続いた。いるのは侍臣《じしん》が二名と、文官の蕭陀頼《しょうだらい》だけである。

「いいでしょう。耶律希朴を後方に退《さ》げておくというのは、緒戦の作戦として悪くありません」

「姚胡吉の献策《けんさく》であります」

「おまえの軍が二万と少ないのも、わかる気がします。総帥が、後衛を三万従えて、戦の帰趨《きすう》を見守っている。そのかたちが見事にできています」

「気がかりが、ないわけではありません。楊家軍が八千騎に達し、さらに二千を調練中だという情報があります」

「楊家軍のうるささは、宋にとっての耶律休哥の軍のようなものであろうな。昨年、手合わせをして戻ってきたが」

「相当に、精強であるようです。実戦で伸びる余地も、充分に持っているそうです」

「耶律休哥は、いまこちらにむかっています。一応はこの近辺に駐屯させ、開戦を待たせるつもりです」

「一度、話をしておこうと思います」

「耶律休哥の独立行動権は、尊重しなさい」

「しております。私は、自分の作戦を語るだけにいたします。なにか、言ってくれるかもしれませんが」

「いないもの、と思って戦に臨むのです。遼軍十五万で、宋軍を撃破《げきは》するつもりで」

「もとより、耶律休哥は、私にとっては幻《まぼろし》にしか見えません。幻に助けられて、勝とうとも思っておりません」

蕭太后が、かすかに頷いたようだった。

「開戦は、いつごろとお考えでしょうか？」

「麦秋《ばくしゅう》のころには」

「承知いたしました」

まだ、ふた月の余裕はあった。兵糧などを先に運んで、一夜のうちに大軍が集結した、と思わせる仕掛けもできる。

蕭太后との話が終ってから、帝に拝謁した。血色《けつしょく》もよく、言葉もはっきりしていた。

「耶律斜軫、遼軍の総帥として、今後も精励《せいれい》いたします」

軍の現状の報告をしてから、耶律斜軫はそう言った。帝からは、型通りの労《ねぎら》いの言葉が返ってきた。

退出すると、すぐ南へむかった。

主力は、燕京の近辺にいる。すぐに本営を設け、将軍たちを召集するつもりだった。

二

燕京の屋敷である。

軍を離れることには、いささかのためらいはあったが、蕭太后の命だった。

久しぶりに、石幻果《せきげんか》は、瓊峨姫《けいがき》と蕭英材《しようえいざい》との静かな暮しの中にいた。

英材は、三歳になっている。よく、歩き回る。喋《しやべ》るのは、驚きを表現する時ぐらいだが、父を呼び、母を呼ぶ。その成長が、石幻果には不思議なものとしか思えない。瓊峨姫に呼ばれるまで、じっと見つめ続けていたりした。

帝は、蕭太后とともに、燕京にあった。

英材も帝に拝謁し、親しく言葉を賜《たまわ》っていた。ふだんは、屋敷にいるより、宮殿にいる方が多いのだと、家令《かれい》の蕭広材《しようこうざい》は言っていた。毎日のように、蕭太后に呼び出されていたらしい。

石幻果がいる時は、さすがに蕭太后の呼び出しもなかった。

親子三人で、外出することもあった。無論供《とも》が付き、城外に出る時にはそれが三十名にも達するが、仕方がないことだった。親子三人と、思い定めればそれでいい。

部下のことは気になったが、毎日、決まった時刻に、耶律占《やりつせん》からの報告の使者が来る。調練で、耶律休哥の軍に、散々《さんざん》に追い散らされたりしていた。聞くたびに石幻果は口惜《くや》しい思いをしたが、三度負けが続いた時、使者に作戦を書いた紙を渡した。翌日の調練は、勝つところまでは行かなかったものの、五分《ごぶ》で闘えたという。

朝起きて、夜眠るということ以外、屋敷での暮しは、軍の暮しとはまるで違っていた。軍袍《ぐんぼう》を脱《ぬ》ぐと、躰《からだ》がひどく無防備になった気もする。

石幻果の外出には、用事がもうひとつあった。

西方から取り寄せた、腰が強いと言われる鉄を、鍛冶屋《かじや》に鍛《きた》えさせていた。その剣ができあがり、研《と》ぎに出しているのだ。燕京には、腕のいい鍛冶屋がいたが、その男が、これほど苦労したことはない、としみじみと言うほど、頑固な鉄だったようだ。

打ちあがったものを見た時、これこそ望んでいたものだ、と石幻果は思った。形といい重さといい、生きているもののようで、鍛冶屋がこの男に頼んでくれと言った若者に、研ぎを任せたのだ。拵《こしら》えも、その若者がやるということになった。

はじめは、いくらか危《あや》ぶんでいたが、猛々《たけだけ》しく研ぎあがっていた。若者は、蕭《しょう》逸理《いつり》といった。戦に行って、自分の研いだ武器がどれほどか、試《ため》したがっていた。

完成するという日、石幻果は三人の供を連れて、蕭逸理のもとへ行った。

剣は研ぎあがり、拵えも完成していた。両手でも握れるように、やや長い柄《つか》が付いている。鞘《さや》も、派手《はで》ではないがしっかり仕上がっていた。

蕭逸理は、石幻果が払った銀を奥へ持っていき、別の剣を背負って出てきた。

「なんの恰好《かっこう》だ、それは？」

「俺は、石幻果様の軍に入ります。両親も、それがいいだろう、と言っています」

「私は、許していない」

「その剣は、遣い方さえよければ、滅多《めった》なことで刃こぼれなどしません。しかし、いずれ研ぎは必要になります」

「その時は、ここへ持ってくる」

「遼の戦場にいてもですか？」

「代りの剣は、あるのだ」

「その剣に代るものなど、ありませんよ。吸葉剣《きゅうようけん》と鍛冶屋の親父《おやじ》が名付けました。抜くと、落ち葉が吸い寄せられ、葉だけの重みで二つになります」

「それほどか」

「はい。これを遣ったら、ほかの剣は棒《ぼう》のようなものですよ」

「しかしな」

「俺は、十六の時から四年間、軍に入れられました。そこでは、来る日も来る日も、武器を研がされていました。幼《おさな》いころから、研ぎの技《わざ》だけは、父親に仕込まれていましたのでね。軍役《ぐんえき》が終っても、あの日々が懐しいのですよ。おまけに、吸葉剣がある」

「そうか。軍にもいたか。私は、これから軍役なのかと思っていた」

「また、大きな戦では、駆り出されるでしょう。その前に、石幻果様の軍に入れていただきたいのです。馬を操《あやつ》る技は、並みの兵以上にできますし、俺の剣でも人を斬ってみたいのです」

「その、背負った剣だな。あの鍛冶屋が打ったのか？」

「鉄の質が、石幻果様のものに及びません。しかし、そこらの剣とは較べものにならないほど、斬れます」

「馬にも、乗れるか」

「はい。両手を放して、武器を遣いながら、駈けることもできます」

　戦で兵の損耗《そんもう》が激しくなれば、蕭逸理が言うように、否応《いやおう》なく駆り出される。ならば自分のもとで、という気分にも石幻果はなった。剣を研いだのも、縁《えにし》のようなものだろう。

「すぐに、入隊を許すわけではない。はじめは、私の従者からだ。そこで私の軍に適さないと判断すれば、すぐに追い出すぞ」

「一緒に、戦に行けるのですね」

　蕭逸理の顔が綻《ほころ》び、白い歯が見えた。ひどく緊張していたらしいことが、ようやくわかった。

「そのまま、来るのか？」

「はい。駄目だと言われても、付いていくつもりでしたから」

　蕭逸理が、一度跳《と》びはねた。いままでそういう眼で見てこなかったが、いい身のこなしをしている。

「行くぞ」

　言って、石幻果は歩きはじめた。蕭逸理は、先導するように歩いていく。

　しばらく歩いた時、蕭逸理が石幻果と肩を並べてきた。

「従者として、最初の仕事をしてもよいでしょうか。石幻果様は、尾行《つけ》られています」

「わかっている。余計なことはするな」

燕京に入ってから、ずっとだった。城外に出かけた時も、尾行てきた。あまりにしつこすぎる、と感じていたところだったのだ。

もしかすると、蕭太后か、あるいは廷臣の誰かが、自分の挙動《きょどう》を見張らせているのかもしれない、とも一時は石幻果は考えた。いくら一軍を率いていると言っても、石幻果は漢族である。そして、燕雲十六州は、漢族が多い土地だった。

しかし、これまで燕京にいても、尾行られたことなどなかった。あまりに執拗でもある。石幻果は、肚《はら》を決めた。

「先に、帰っていろ」

三人の供に、そう言った。斬り合いなどになったら、剣を遣うこともできない者たちだ。ふだんは、蕭広材の下で働いている。

三人が、屋敷の方へむかうと、石幻果は道筋を変えた。

人通りの少ない、倉《くら》が並んだ場所に来た時、石幻果は駈けた。蕭逸理は、機敏についてきた。路地を二つ曲がったところで、立ち止まった。

追ってきたのは、三名だった。

「石幻果と知って、尾行《つけ》回していたようだな、おまえたち?」

「俺は」

ひとりが、切迫したような口調で言った。蕭逸理が、背中の剣を抜き放った。それに反応するように、言葉を発した男が、剣を抜く。殺気《さっき》はない。あるいは、内に秘めているのか。手練《てだ》れだった。

「楊家軍の、方礼《ほうれい》と言います」

そう聞いて、殺気を放ったのは、蕭逸理だった。方礼という男の剣が、殺気に反応したように動いた。

自然に、躰が前に出ていた。次の瞬間、抜き放った剣で、方礼という男を脇から斬りあげていた。手応《てごた》えは、ほとんど感じなかった。

「この方礼を、四郎《しろう》殿が斬るのですか」

呻《うめ》くように言い、それから血を噴《ふ》きあげて、方礼は倒れた。残った二人が、駈け去っていく。

「追わなくてもよい、蕭逸理」

「斬れます。吸葉剣は、思った通りに、斬れます」

「そうだな。斬ったという感じもしなかった。それでも、骨まで断っている」

方礼という男は、もう息がない。脇から首までが、きれいに割れ、躰は二つになりかかっていた。

「楊家軍と言いやがった」

蕭逸理が言った。

ほんとうかどうかは、わからない。楊家軍のゆかりの者が、なぜ自分を尾行続けたのかもわからない。

誰かが見ていて知らせたのか、役人が駈けつけてきた。斬り口を見て、息を呑んでいる。

「耶律休哥軍の、石幻果である。尾行てくるので咎《とが》めたら、剣を抜いた。それで、斬るしかなかった」

役人は、石幻果の名を、よく知っているようだった。直立して、指示を待っている。

「屍体《したい》の持物を検分して、なにかあったら、報告をくれ。なにもなかったら、屍体を片付けるだけでいい」

役人は、五人に増えていた。

石幻果は、屋敷の方にむかって歩きはじめた。

「ほんとうに、よく斬れる、吸葉剣は。鍛冶屋は、三月《みつき》もこれを打ち続け、俺は十日かけて研いだ。この世に、二振《ふたふ》りとない剣だ、これは」

蕭逸理が、歩きながら呟《つぶや》いていた。

「おまえ、背中の剣を見事に抜くのだな」

「俺の剣は、ちょっと長いのですよ、石幻果様。だから腰に佩《は》くと、邪魔になるのです。この剣の遣い方には、いくらか自信があります」

この剣でなら百人とも闘える、などと言わないところがよかった。石幻果は、腰の剣に手をやった。なにか、生きもののような気がした。

屋敷に戻り自室に入ると、剣を抜き、刃に見入った。瓊峨姫と英材は、蕭太后の急な呼び出しとかで、留守をしていた。

夕食も、蕭広材が運んできた。下女《げじょ》などが接することを、瓊峨姫は好まないのだ。

「あの蕭逸理という若者は、なかなかですな。礼儀正しく、しかも闊達《かったつ》です」

「十六歳から四年間、軍役に行ったそうだ。決して悪い経験ではなかったのだろうな」

「厨房《ちゅうぼう》の庖丁《ほうちょう》を、全部研いだのです。厨房の者たちは、大喜びしています」

人とうまくやっていく方法も、身につけているのだろう、と石幻果は思った。

瓊峨姫と英材が戻ってきたのは、翌日、陽《ひ》が高くなってからだった。

「父上、剣です」

英材がそばに来て、得意そうに言った。剣を模《も》して木で作ってあることは、見てすぐにわかった。飾《かざ》りは立派であり、蕭太后に与えられたものだ、ということがわかった。

庭に出た。瓊峨姫が、遠くで見ている。石幻果は、自分の剣を鞘ごと構えた。打ちこませる。三度かわし、四度目は打たれてやった。五度目に、石幻果は英材の腕をぴしりと打った。英材は剣を落とし、腕を押さえて、眼に涙を浮かべた。

「痛いか、英材?」

英材は涙を流したが、泣き声はあげなかった。

「これから、おまえは剣の稽古もするだろう。家人《かじん》の中では、打たれてくれる者もいるかもしれん。しかしな、打たれると痛いのだ。人を打つ時は、痛いのだという思いは忘れてはならん」

英材がわかったかどうかは、どうでもよかった。言い続ければいい。そして、誰かが打ち据えることを忘れないことだ。

英材を抱き寄せ、打った場所に掌《てのひら》を当てた。しばらくそうしていると、英材の涙は止まった。

「あなたが、打たれ続けているだけだったら、どうしようと思いましたわ。英材をお打ちになった時、ああ立派な父親にもなられたのだ、と思いました」

英材が駈け回りはじめると、瓊峨姫がそばに立って言った。

「これからも、英材を打つ者はあまりおるまい。おまえが打ってやれ」

「いいのですか、私が剣の稽古をつけても」

「駄目だと言っても、やるであろう。しかし、英材はすぐに強くなるぞ」

「あの子が、私の背丈《せたけ》を超えるまでは、決して負けませんわ」

瓊峨姫が笑った。落ち着いた、大人の女の色香が漂いはじめている、と石幻果は思った。眼《まな》ざしは、やはり蕭太后に似ている。

二日後に、軍に帰任するように、という耶律休哥の命令が届いた。

馬で、六刻（三時間）駈ければ到着する場所に、部下たちはいた。調練では、耶律休哥に散々に蹴《け》散《ち》らされることは、あまりなくなったようだ。それに部下たちは交替で、丸一日の休みが与えられていた。ほとんどが、燕京に遊びに来たのだろう。

遠慮して、石幻果の屋敷を訪《おとな》ってくる者はいなかったが、石幻果軍の兵と名乗る者たちが、酒場や妓楼《ぎろう》で騒《さわ》いでいるのを、家人たちが見て、報告してきた。大騒ぎはするものの、無法《むほう》なことはしていないようだった。

「どうなさいました、あなた？」

亭《あずまや》で、庭に来る鳥を見ていた。

瓊峨姫が近づいてきたのさえ、気づかなかった。

「鳥は面白い、と思って見ていた」

ほんとうは、違った。

数日前に斬ったあの男。方礼という名だった。この方礼を、四郎殿が斬るのですか。そう言って、死んだ。

四郎という名が、どうしても頭にこびりついて離れなかった。

あの四郎というのが、自分の名なのか。四郎というのは、ただ四男という意味だろう。宋にいたころは、そう呼ばれていたということなのか。

たとえそう呼ばれていたとして、それがなんだというのだ。過去は、たとえ思い出したとしても、夢のようなものに過ぎない。生まれ変ったのだ。夢ではないものは、この遼での暮しではないか。

そばに、瓊峨姫がいる。英材という子も産んでくれた。

そして軍に戻れば、戦で死ぬかもしれない部下たちがいる。

「軍に戻れば、鳥を眺めることなどない」

「そうですね。大きな戦が迫っているようですし」

「これまで、耶律休哥将軍が、いつも勝敗の鍵を握ってきた。私も、それなりの働きをしなければならんのだ」

「花もお好きですよね、あなた？」

「二人で遠乗りをした時など、よく野の花を摘《つ》んだな」

「私は、庭の真中に花を咲かせようと思うのです。春、夏、秋と。冬は、ちょっと無理でしょうが」

「いいな、それは」

「宮廷は北へ動くでしょうから、私がいつも世話をしてやる、というわけにはいきませんが。留守居《るすい》の者たちに、決して手を抜かないように世話をさせます」

「ここへ戻ってくると、花が見られるのか」

「悪いものではありませんわ。毎年、同じ色の花を、育てます」

その光景を、石幻果は束《つか》の間《ま》、想像した。懐しいような気分が、こみあげてくる。

英材が、二人の姿を見て、駈け寄ってきた。腰には、剣をぶらさげている。石幻果の腿《もも》に、這《は》い登ってきた。一度落ち、自分で笑い転げている。

「父が軍に行っている時は、おまえが母上を守るのだぞ、英材。太后様も、そのためにおまえに剣をくだされたのだ」

「父上は、強い。強い。強い」

英材は、また石幻果の膝に這い登ってきた。

軍へ戻る日は、部下が二十騎で迎えに来た。

特に、蕭太后への挨拶はしない。召し出された時以外、よほどのことがなければ宮殿には行かなかった。将軍たちはみんなそうで、石幻果もその節度《せつど》は保つべきだ、と考えている。

蕭逸理が、嬉々《きき》としていた。

大袈裟《おおげさ》な別れはせず、瓊峨姫と英材に、行ってくる、と伝えただけだ。

駐屯地まで、四刻（二時間）で駈けた。蕭逸理も、よく付いてきた。

耶律占が、出迎え、現状を報告した。

石幻果はすぐに、五里（約二・五キロ）離れた耶律休哥の駐屯地に出頭《しゅっとう》した。

「これからは、情況に応じて動く。ひとつ言っておこう。おまえも、俺からの独立行動権を持っている。そう思っていていい。それでお互いに力を強められるはずだ」

「はい」

遼軍の展開は、はじまっていた。

新城に耶律陀材、易州に耶律屯、そして涿州に耶律斜軫の本営。後方に耶律希朴が入るようだ。新城と易州は、すでに展開が終っているという。

この展開で、そのまま戦がはじまると、石幻果は思っていなかった。これから各軍がどう動くか。どこまで見きわめて、耶律休哥は動きはじめるのか。

「今回は、宋軍の動きもいいな。すでに、雄州に兵力を集中させつつある」

お互いの動きを、間諜が探っている。

石幻果は、また方礼の名を思い浮かべた。楊家軍とゆかりがある、というようなことを言っていた。四郎という名は、頭にこびりついて離れない。

「楊家軍は、どの位置なのでしょうか？」

「移動中だそうだ。それ以上のことは、わからん」

思いがけずの遭遇《そうぐう》というのは、避けたかった。それは、むこうも同じだろう。

「開戦は、まだ先ですな」

「耶律斜軫も、なかなかの軍略を考えるようになった。それに、自分の麾下《きか》にわずか二万とはな。これまでなら、少なくとも六、七万は置いたろう」

今度の戦は、全軍による進攻である。敵中深く攻め入るのか、それともじわじわと攻めこんでいくのか、いまの軍の展開ではよく読めなかった。

耶律休哥軍は、そういうものを読み切る必要はない。機に応じて、動くだけなのだ。

「愉しみだな、楊家軍と闘うのが」

無表情のまま、耶律休哥が言った。

「自分の息子たちと、闘うような気さえしている」

耶律休哥の白い髪が、心なしか逆立《さかだ》ったような気がした。

三

報告を受けたのは、行軍をはじめてからだった。

六郎《りくろう》は、考えこんでいた。行軍しながら二日考え、三日目の野営地で、七郎《しちろう》と九妹《きゅうまい》を呼んだ。

「斬り倒されたそうだ。剣を抜き、次の瞬間には、もう斬られていた」

石幻果が、楊四郎であるのかどうかを、方礼をやって調べさせていた。北平寨《ほくへいさい》の楊家軍にいた二名の兵も、付けてやった。報告してきたのは、その二名である。

石幻果が楊四郎なら、なぜ遼にいることになったかまで、調べてくるように言った。それは、石幻果に訊いてみなければ、ほんとうはわからないことだ。

行軍中の軍などには近づけないので、ふた月かけても、芳《かんば》しい報告は届かなかった。それから、石幻果が、燕京の屋敷で暮しはじめた、という知らせが入った。

次の知らせは、方礼の死である。

「二人の眼からは、石幻果は四郎兄上にしか見えなかったそうだ。方礼も、そう言っていたという。しかし、暮しぶりなどは、遼の王家に連《つら》なる者としか思えない。それが、一致した三人の見方だ。もう少し詳しく知ろうとして尾行を続けているうちに、むこうが咎《とが》めてきた」

「そして方礼は、抗《あらが》う暇《ひま》もなく、斬り倒された。方礼を、それほどたやすく斬り倒せる人間が、そういるとは思えないんですが、兄上」

「石幻果の従者の方が剣を抜いていたので、方礼も剣を抜いたらしい。つまり、不意を討たれたなどということではない。石幻果は、一歩踏み出しながら剣を抜き、二歩目には斬り倒していたそうだ」

「方礼は、名乗ったのですか？」

「ああ。楊家軍の名も出し、斬られた時には四郎殿と呼びかけもしたそうだ」

「それでも、なんのためらいもなく、斬り倒したのですか。私には、信じられない」

九妹が、うつむいたまま言った。

「四郎兄上だとしたら、やはり俺も信じられん。七郎もそうだろう。ならば、瓜《うり》二つの人間が、遼にいたということになるのだろうか、と俺は考え続けてきた」

「六郎兄上が見た、あの剣の捌《さば》きはどうなのです。あれまで同じとは、考えられない。楊家の男は、それぞれの得物《えもの》で、誰にも負けないというところまで、鍛えあげてきたのです。瓜二つだからといって、四郎兄上のあの技《わざ》まで身につけられますか。楊家軍の兵のように、馬に乗れますか？」

「俺も、そう思っているよ、七郎」

「顔が似ているのではない。あれは四郎兄上だと」

「しかし、方礼をなんの容赦もなく斬り殺すというのも、四郎兄上ではない。報告に戻った二人に言わせると、石幻果は、方礼を知っているようには、まるで見えなかったそうなのだ。二人も、あれが四郎兄上なら、自分たちがわかったはずだ、と言っている」

「では、兄上ではないと」

九妹は、まだ顔を伏せたままだった。

「紛れもなく、楊四郎に見えるが、ならば自分たち三名がわからないはずはない、とも言っている。それは、俺も感じていることだ」

「で、どうするのです、兄上？」

「慌てるな、七郎。俺も途方に暮れているから、おまえたちに相談しているのだ。これは、戦の判断などではないのだからな」

七郎も九妹も、うなだれた。

北平寨にいた四郎は、耶律休哥の軍と遂城《すいじょう》近辺の戦場でぶつかり、潰走《かいそう》した。四郎は、自身が囮《おとり》になって耶律休哥を丘に引きつけ、突き落とされ、岩に叩きつけられて死んだ。そこまで見ていた部下は、何人もいるのだ。生きているなどと言った北平寨の兵は、ひとりもいなかった。

　石幻果が四郎なら、その時、死ななかったということだ。しかし、たとえ虜《とりこ》になったとしても、こともあろうに耶律休哥と同数の騎馬隊を率いる将軍に、なぜなれるのか。王家の流れを汲《く》む瓊峨姫と、なぜ結婚ができるのか。

　否定する方から見れば、いくらでも否定できる。肯定する方からは石幻果は四郎という答しか出てこない。

「死んだのだ、四郎兄上は」

　かなりの時が経ってから、六郎は言った。

「そう、思い定めようではないか。楊家軍と闘うのに躊躇《ちゅうちょ》はなく、かつて北平寨の将校であった方礼をも、容赦なく斬り殺せる。これが、四郎兄上であるはずはない」

　二人は黙ったまま、なにも言わなかった。

　六郎は、眼を閉じた。

「そして、敵将の石幻果は、俺が斬る」

　弾《はじ》かれたように、九妹が顔をあげた。俺が斬る、と六郎はもう一度呟いた。

　それ以上の話には、ならなかった。石幻果が四郎かどうか確かめるのは、方礼が最も適任だった。だから、もう一度確かめるために人をやる、という話にもならなかった。

東にむかって行軍は続いたが、楊家軍にとっては余裕のありすぎるものだった。宋軍本隊の、歩兵の動きと合わせなければならないからだ。

途中で、調練なども加えた。

六郎は、秣《まぐさ》と兵糧を隠匿《いんとく》した場所を、密《ひそ》かに確認して回った。一カ所に、せいぜい三日分である。宋軍の給付物資ではなく、楊家に蓄えられていた銀の一部で、それらを買った。

二十数カ所に及び、ほとんどが富農で、楊家とかつて関係があった者たちだ。

六郎は、宋軍の補給を信用していなかった。肝心な時に兵糧が届かないことなど、充分に考えられるのだ。特に楊家軍はそうだった。まだ、異端視《いたんし》している将軍が多い。

軍の中枢《ちゅうすう》ですべてを見る立場にあった曹彬は、表向き、老齢を理由に引退させられた。柴礼という若い将軍に替ってから、細かいところにも眼が届いてくるようになった。しかし、戦になったらわからないのだ。

今度の、国境線への遼軍の展開は、実に素速いものだった。それに対し、宋軍もいつになく速やかに動いた。出動の命令のあと、帝や廷臣の同意をとりつけたのだ。そのことで、柴礼はいろいろと言われていたが、奇襲に近い遼軍の大侵攻を、止めたことは確かだった。それを帝が評価したので、廷臣も口を噤《つぐ》まざるを得なくなった。

宋が、対応の速やかさにおいて、いつも遼より劣《おと》るのは、廷臣の考えが重視されるからだ。だから、軍の中枢にいる者にとっては、廷臣とどう意思の疎通《そつう》をはかっておくかが、重要なこととなる。

戦に関して最も速やかに決定できるのは、親征ということになるが、帝にはもう戦場に出る気はないようだった。

六郎も、それがいいと思っている。戦について、帝に優れた資質はない。親征は、遼につけこまれる結果しか、招かないだろう。

文官で戦場にいて判断するという考えもあるが、かたちだけのものになるか、軍学を無視した判断がなされるという危惧《きぐ》もあるのだ。それでも柴礼は、寇準《こうじゅん》に本営に留《とど》まるよう話をしているという。

寇準は、宰相《さいしょう》の呂端《りょたん》の次に位置する文官である。軍については理解があるが、所詮《しょせん》は文官だった。戦場が死ぬべき場所、という思い切りがない。宰相の呂端ほど、老いていないのが救いだという程度だ。

宋という国は、文官の国だった。帝も、武人の傾向より、民政の人である。そのくせ親征に乗り出したりしたので、手痛い敗北を蒙《こうむ》ることになった。

文官の国が、悪いわけではない。戦がなければ、国は驚くほど富み、豊かになっていく。まずすべてで生産をあげること、という考えもしっかりしている。生産されたものがうまく動くようにし、そこでもまた富が生まれてくる。戦など、その富を食い尽す悪でしかないのだ。

燕雲十六州の回復は、帝が帝たるがゆえに抱いている悲願《ひがん》であり、文官の考え方は、放っておけばいい、というものだろう。

今回は、侵攻の危機に晒《さら》されている。こういう時のために軍はあるのだと、文官たちは心の底では考えているだろう。負けるという考えはなく、それは倍する兵力があるからだ。そして、国境のこちら側で闘うからだ。敗北という事態は、敵地に入った時に起きることだと、楽観しているところがある。

数日かけて、楊家軍はようやく宋軍の本営に到着した。宋軍は、すでに十五万を超え、二十万に近づきつつあった。

騎馬隊のみということで、すぐに動けるように、本隊から少し離れて野営地を作った。いまのところ、宋軍の統制はとれているように見える。

補給などについては、王志《おうし》がすべて交渉してきた。兵糧が不足気味らしいが、数日で解決するという。新しく到着する部隊が、各地に蓄えられた兵糧を運んでくるという、非常の手段をとっているようだ。

柴礼に呼び出されたのは、到着した三日後だった。

本営の幕舎は大きく、その脇にある小さな幕舎を、柴礼は自分用にしているようだ。そちらの方へ、請《しょう》じ入れられた。

柴礼は、小さな卓にむかって、なにか書きものをしていた。

「掛けてくれ、楊六郎」

直立した六郎に、柴礼は砕《くだ》けた口調で言った。六郎は、黙って胡床《こしょう》に腰を降ろした。

「敵を、どう見る?」

いきなりの質問だった。六郎は、柴礼について、ほとんどなにも知らない。警戒心は働いていた。

「本気で、攻めようとしている、と思います。四段に構えている、と見ることもできますし。どの軍から出てくるか、でしょうが」

「楊六郎」

柴礼が、冷たい眼で見つめてきた。

「俺は、つまらない意見は聞きたくない。かつての楊家軍の闘い方は、いやになるほど分析した。その上で、いまの楊家軍を率いるおまえに訊いているのだ」

「柴礼将軍は、なにをお知りになりたいのですか。眼前に、強力な敵がいる、ということではいけないのですか？」

「戦場に出てきて敵を見たおまえには、おまえなりの見方があるだろう。それを聞きたい。再興されてからの楊家軍の代州《だいしゅう》での戦も、詳しく調べた。凡庸な戦をした、とは思えないのだがな」

「楊家軍も、騎馬隊であることを陛下に許されたとはいえ、宋軍の一部に過ぎません。上からの命令を遂行する。やらなければならないのは、それだけです」

「大いに失望したな。それに、楊家軍に命令を出す気など、いまのところ俺にはない」

「八千の騎馬隊を、無駄にされるということですか？」

「凡庸な者が率いる、凡庸な騎馬隊なら、いない方がいい」

「命令さえいただければ、凡庸ではない戦をしてみせるつもりです」

「ならばいますぐに、遼軍のすべてを殲滅《せんめつ》させてこい。それができてこそ、非凡という。違うかな？」

「できれば、文書で命令をお受けしたいと思います」

柴礼は、挑発《ちょうはつ》している。それに乗るまいと思いながら、六郎は半分乗りかかっていた。

「なあ、楊六郎」

柴礼の眼が、ふっと和《なご》んだ。

「もっと、俺に肚を割れ。俺は、楊家軍をできるかぎり効果的に使いたい。だから命令も、漠然としたものにとどめて、現場でのおまえの判断に期待したいのだ。それは、俺の狡《ずる》さではあるだろう。楊業殿の死まで考えると、おまえがその狡さを警戒することはよくわかる。しかし、頑《かたくな》になるな」

「私は、怯懦《きょうだ》に駆られてはおりません」

「そんなことは、わかっているよ」

「では、私になにを？」

「つまりは、どういう戦になるにしろ、おまえの見方は知っておきたいのだ。そういう人間は、昔からの俺の部下にも、数人しかいない」

六郎は、柴礼という男に、かすかに好感に似たものを感じはじめていることに気づいた。それは、これまで宋の将軍に抱いたことのない感情で、六郎を戸惑《とまど》わせた。

ただ、柴礼の言う通り、頑になる必要はないのだ。

「いまの構えは、意図を見せないためではないか、という気がします。四段で攻めるつもりはないでしょう」

「それで？」

柴礼の眼が、冷たく光った。この冷たさは、ある種の武人のものだ。豪傑《ごうけつ》ではないが、智将《ちしょう》の類《たぐ》いの軍人だろう、と六郎は思った。

「それ以上は、難しいのです。仮定の話にしかなりませんが、両翼《りょうよく》の五万が、それぞれ東西に動いたら、どういうことになるのか、と考えました」

「当然、こちらも同等以上の兵力で、それに対応するということになる」

「とすると、正面は耶律斜軫の本隊二万と、耶律希朴の後衛三万。後衛の三万が、実は先鋒だという見方もできます」

「それだ」

柴礼の声が、大きくなった。

「俺は、遼軍の構えが、どうしても納得がいかなかった。耶律斜軫も、ひとかどの武将だろう。はじめから膠着《こうちゃく》に入る戦をするだろうか、と思ってな。後衛が、実は先鋒だと考えると、肌に粟《あわ》が立つ」

「あくまで、私の見方に過ぎません」

「大軍で陣を組み、動かぬのが得策か。東西に分れて侵攻してきた軍には、せいぜい一万でひっ掻き回させる」

「危険です」

「なぜ?」

「やはり、膠着を生むからです。次に耶律斜軫がやるのは、兵站の切断でしょう」

「なるほど」

「遼軍には、耶律休哥がいます」

「では、方策はあるか？」

「必ず、あるはずです。しかし、遼軍が実際に動いてくるまで、どれがいいとは申しあげられません。そして、動くのは遼軍からということにしかなりませんから」

「こちらから、攻めこんだらどうか、と言っているのか？」

「遼軍の意表を衝《つ》くことにはなる、と私は思います」

　国境のそばにいるのだ。国境を越えて攻めたとしても、国境のこちら側で闘うのと大差はない。深く攻め入らず、ひとつ打撃を与えたら、すぐに返すのだ。それで、緒戦はものにできる。

「無理だな。いまの宋軍に、それほどの機敏さはない」

「楊家軍がおります。奇襲には、うって付けの部隊です」

「確かにな。考えておこう。しかし、奇襲という度胸は、俺には出そうもない」

「こだわられることは、ありません。むしろ、むこうの方法です」

「そうだな」

「耶律休哥の動きだけには、気をつけられることです」

「わかっている。陛下も、それを気にしておられた。耶律休哥に楊家軍を当てろという意見もあるが、無駄なことだという気もしている。耶律休哥を、本隊で防ぎ、楊家軍は最も効果的な局面に投入する。その方が、正攻法な戦になる、と俺は思う。大軍は、正攻法を採るべきだろう」

「私が申しあげることは、これ以上はありません」

「いろいろと、考える材料を提供してくれた。行っていいぞ、もう」

六郎は立ちあがり、直立してから幕舎を出た。

宋軍は増え続け、二十万を超えた。あと三日もすると、二十五万に達するという。

大軍を組織しての遠征《えんせい》、というわけではない。迎撃なのだ。それでこれほどの兵力が集まることに驚いているのは、むしろ遼軍の方だろう。

宋軍が二十五万に達したころ、遼からの奇襲がはじまった。これ以上、宋軍は増えないと、見きわめたのだろう。

奇襲の部隊は、一万前後である。その中に、石幻果の五千騎もいて、兵站を切るという活動を活発にはじめた。

柴礼との話で、ひとつだけ出さなかったことがある。

遼軍を、宋の領土深くに誘《さそ》いこむという作戦である。然《しか》るのちに、まず兵站を切り、じわじわと絞《し》めつける。それがうまくいけば、実は犠牲は最も少ない。ひとつ間違えれば、負けたふりが、ほんとうの負けになる。

全軍待機の命令が出た。

遼軍の両翼が、それぞれ東西に移動をはじめたのだ。七万ずつ、計十四万の軍が、その対応にあてられ、移動を開始した。

「俺は、じっとしていた方がいい、と思うのだがな、兄上。どうも、あの動きは臭《くさ》い」

「しかし放置すれば、東西に侵攻を受け、その後は挟撃のかたちをとられるぞ」

「そうやって、引きこんでやればいいのだ。俺はそう思いますよ」

柴礼が、帝から受けた命令は、侵攻を一歩も許すなということだろう。たとえ策であっても、侵攻を許したという事実は、後に文官の非難の対象になる。

そう思ったから、領土内に引きこむという策を、六郎は柴礼に出さなかった。

六郎が、本営に呼ばれた。

将軍が、五人並んでいた。中央は柴礼である。

「正面の敵は、もっか五万に過ぎん」

本営の幕舎の大きな卓の上に、地図が拡げられていた。

「燕京の南にいた、耶律希朴という者の軍三万が、かなり南下してきた。耶律斜軫ひとりの将軍が、長く細い棒で、地図の一点を指した。

「これがさらに南下するようなら、渡渉《としょう》をして叩いておく必要がある。その時、邪魔になるのが、耶律休哥軍だ。石幻果軍も、いまは耶律休哥と一体になっている」

「楊家軍に、耶律休哥軍を止めろと？」

「そうだ」

六郎は、柴礼の方を見た。

柴礼は、じっと地図に眼をやっていた。負けたのだ、と六郎は思った。闘う前に、軍議で押し切られた。

「楊家軍が、その三万を叩く、という役割は担《にな》えないのでしょうか？」

「耶律休哥とぶつかりたくないのか、楊六郎？」

「そういうわけではありません。ただ楊家軍が耶律休哥の動きを封じても」

「これは、軍議で決定した。軍議の記録は、陛下に届けられる。おまえがそう言ったということも、付記しておこう。本営の命令は、耶律休哥を止めろ。そういうことだ」

「わかりました」

「出動の命令が出たら、すぐに動けるようにしておけ」

「いますぐにでも」

「もうよい。帰れ」

手で追い払われ、六郎は本営の幕舎を出た。全軍の指揮官である柴礼の意思より、軍議の決定の方が優先される。当然のようであっても、理不尽なのだ。合議で生むのは、当たり前の考えでしかない。

「七郎、九妹。今度は、俺たちが耶律休哥を引き回し、封じこめるぞ」

「そういう命令だったのですか、兄上？」

「軍議の決定だ」

楊家軍を耶律休哥軍に当てるというのは、誰もが考えることだろう。恐らく、耶律斜軫の頭にも、それがある。

「やっぱり、なにか臭《にお》うな。兄上は、黙って命令を受けたのですか？」

「俺は、耶律希朴が前へ出てきた時、それを叩かせてくれ、と言った」

「それで？」

「耶律休哥とぶつかるのがこわいのか、という口調だったな」

「軍議など、たわけたことだ。戦を知りもしないやつらが、緒戦の大事なところで、利《き》いたふうな口を」

「七郎、楊家軍は、宋軍の一部だ」

「わかっています。しかし、宋軍の軍議決定が、これほど馬鹿げているなら、この戦は負けです」

「はじめから、決めつけるな、七郎」

「そうですね」

「石幻果の軍とも、ぶつかるのですね？」

「そうだ、九妹。石幻果は、ずいぶんと宋軍の兵站を切り、兵糧を焼いたようだが、いまは耶律休哥と合流しているそうだ」

「石幻果は、先頭で闘おうとしてくる、と私は思います」

「石幻果は、俺が引き受けよう。この戦は、耶律休哥軍の動きを封じることにある。勝ちを求めているわけではない。それを、よく頭に入れておけ」

まともなぶつかり合いを避けながら、どれほどの時を稼げばいいのか。

それほど長くはない、と六郎は考えていた。

四

耶律希朴が耶律斜軫の前方に出たという報告が入ったらしく、五万の軍が渡渉をはじめた。少し遅れて、楊家軍にも出動の命令が届いた。

国境に急行し、五万が半数も渡渉しない間に、楊家軍は渡渉を終え、すぐに耶律休哥軍を発見した。石幻果も一緒にいる。

「七郎と九妹は、耶律休哥に当たれ。俺は、石幻果を討つ」

四郎かもしれないという考えは、頭の中から消し去った。

耶律休哥軍は、地平まで生《お》い茂る灌木《かんぼく》のように見えた。隊形は整えていないのだ。

六郎は、三千騎を率いて駈けた。

灌木が動いた。ひとつの大きな塊《かたまり》になり、それが見事に二つに割れ、片方が六郎の正面に回ってきた。

六郎は、隊を割らなかった。

正面の敵とぶつかりそうになったが、寸前で敵はさらに二つに割れた。

石幻果の旗は、側面の一隊にある。

迷わず、六郎はその旗にむかった。『幻』の旗も、こちらにむかってくる。ぶつからず、石幻果は縦列《じゆうれつ》の隊で六郎を囲むように駈けた。六郎も、縦列で囲み返そうとした。巨大な二匹の蛇《へび》が、絡《から》み合っているように見えるだろう。しかし、絡み合いはすぐに解《と》け、二匹は再びひとつの塊になった。

駈けながら、ぶつかり合う間合《まあい》を計る。勝敗の機を見る。野戦では、計りきれず、見えないままでぶつかることが、しばしばである。それは、相手も同じことなのだ。

懸《か》け合《あ》いが続く。六郎は、『幻』の旗から眼を離さなかった。惚《ほ》れ惚《ぼ》れするほどの、指揮ぶりだった。五隊に分れる。花が開いたような気がするほどだ。六郎は、『幻』の旗だけを追った。そうすることで、いまはひとつにかたまっている強味を、充分に生かせる。しかしこのままでは、いずれ逆手《さかて》を取られる。

どこで、やり方を変えるか。六郎は、それも計りはじめていた。

二隊、二千騎。前方を遮《さえぎ》り、正面からむかってきた。ぶつかり合いを、六郎は辞さなかった。

ぶつかり合うことで、やり方を変えられる。

ぶつかった。『幻』の旗。出てくる。全体では押しているのに、退《さ》がりはしない。近づいてくる旗を、六郎は見つめ続けていた。

こちらの押しに抗《あらが》い難《がた》いと判断したのか、敵が二つに割れた。

六郎は、三千を三つに分けた。自分の率いる一千で、『幻』の旗にぶつかり、迫った。同数による、真っ向からのぶつかり合いだ。

押し合った。武器を遣う余裕もないほど、全力で押し合った。それから、弾《はじ》けるように離れた。これ以上押し続けると、犠牲が多くなる。同時に、そう判断したようだ。

　駈けながら、六郎は隊を縦列にした。

　耶律休哥は、変幻だった。

　こう動くだろうという予測を、七郎はことごとくはずされた。九妹の方が、むしろ接近し、ぶつかっている。九妹は、予測して動こうとしていない。よく見ていると、そうだ。耶律休哥がいる場所に、愚直にむかっていっている。それが、耶律休哥の意表を衝いているのだろう。

　自分は、予測して動くしかない、と七郎は思った。九妹の愚直さをかわそうとした時、耶律休哥の動きは七郎の予測通りのものになるはずだ。

　九妹が、またぶつかりかかった。七郎は、耶律休哥の動きを予測し、三千騎をそちらにむけた。『休《と》』の旗が、視界に入った。次の瞬間、ぶつかった。

　耶律休哥の首を奪る。七郎が考えているのは、それだけだった。旗にむかって、槍《やり》になったつもりで突っこんでいく。

　しかし、遮るものがなくなった。耶律休哥の軍は、信じられないような素速さで縦隊になり、七郎の脇を駈け抜けていった。

　反転し、追った。

九妹が、どこかで遮ってくれれば、追いつける。しかし縦列の耶律休哥軍は、見る間に五隊、十隊と分れ、旗にむかおうとしている七郎の後方に、一部が回りこんできた。

九妹が、突っこんでくる。しかしその時、耶律休哥はもうそこにはおらず、離れたところで一千騎をまとめていた。

舌打ちをし、七郎は眼前の一千騎に襲いかかった。いつの間にか、また五隊になっているのだ。二、三百をまず倒す。そう思ったが、一千騎は反転して駈け、追うように、耶律休哥に読まれた。このままでは、側面を衝かれることになる。反対側の側面からも、一千騎が近づいてくる。

一瞬のうちに、七郎は肚を決めた。縦列で、耶律休哥にむかう。まともにぶつかれば、三千騎と一千騎だ。しかし耶律休哥は、無理をしようとしなかった。きれいに横にかわし、七郎はただ原野にむかって駈ける、という恰好になった。

全身の血が、熱くなった。翻弄《ほんろう》されている。この自分が、まるで子供のように扱われている。

耶律休哥は、すでに三千騎をまとめていた。残りの二千騎は、九妹との懸け合いを続けている。それを振り切らないかぎり、九妹が耶律休哥にむかうことはない。

七郎は、『休』の旗を見据《みす》えた。手を挙げ、全軍を一度止めた。それから、並足《なみあし》で『休』の旗にむかった。策などはいらない。ここは、正面から耶律休哥にむかっていくところだ。

耶律休哥は、動かなかった。

待っているのだ、と七郎は思った。いつまでも、待たせはしない。

「楔《くさび》」

七郎は低い声で呟き、手で合図を出した。楔のようなかたちで、敵に突っこむ。七郎の軍が、最も力を出す隊形だった。

気になるのは、楊家軍の動きだった。

渡渉してきた五万は、なにほどのこともない。耶律希朴の三万を叩くだけだ、と思っているのだろう。すぐにでも、打ち払える。

耶律斜軫は、五万の陣形を頭に入れた。楊家軍が、襲ってくる気配はない。耶律休哥が、しっかり止めているのだろう。

次々に、斥候《せっこう》の報告が入ってくる。

敵の渡渉に合わせて、耶律希朴は前進をはじめ、すでに四里（約二キロ）と距離を縮めている。その分、本営の耶律斜軫とは開いていた。

「前進」

耶律斜軫は、声をあげた。

騎馬隊を両翼にして、二万が駈けはじめる。

自分で戦をやるということが、総師として正しいのかどうか、もう考えなかった。敵は、大軍なのだ。総師が、後方で構えている余裕はない。

「渡渉の心づもりでいろ、姚胡吉《ようこきつ》」

「はい」

緊張した声が返ってきた。

前の実戦は代州の国境で、楊家軍にいいように振り回された。そして、騎馬隊に大きな損害を受けた。総師の資格など、ほんとうは自分にはないのだ。

「このまま、敵の本営まで押し続けるぞ。歩兵を、あまり拡げるな。先鋒は耶律希朴ではなく、自分だと思え」

「必ず」

耶律希朴は、押させれば強い。まずは耶律希朴が、五万にぶつかることになる。その情況次第では、耶律斜軫はすぐに渡渉するつもりだった。

前方から、ぶつかり合いの気配が伝わってきた。

「騎馬隊、駈けるぞ。『斜』の旗を出せ。耶律斜軫が出てきていることを、敵にしっかり教えてやれ」

戦場の土煙《つちけむり》にむかって、耶律斜軫は疾駆した。

思った通り、耶律希朴は、五万をかなり押しこんでいた。しかし、敵の陣形はまだ崩れていない。耶律斜軫は、三千騎で敵の側面に突っこんだ。陣形が動揺するのが、はっきりとわかった。耶律希朴が、さらに押しこんでいく。

二度、三度と耶律斜軫は敵の側面に突っこみ、陣形を崩していった。一万七千の歩兵が到着し攻めかかると、敵は崩れはじめた。

耶律斜軫は、河にむかい、すぐに渡渉にかかった。それを見た敵が、慌てはじめる。潰走は、両翼からはじまった。渡渉を終え、対岸から耶律斜軫はそれを見ていた。

潰走した敵が、水飛沫《みずしぶき》をあげながら、河を渉ってくる。渉り終えたところで、兵はまとまろうとしていた。それを、耶律斜軫は突き崩していった。宋軍の本営にむかって、兵たちは駈けている。やがて潰走が本格的になり、河は宋軍の兵で満ちた。まとまろうとする兵を、耶律斜軫は突き崩し続けた。

耶律希朴と姚胡吉が、並ぶようにして渡渉をはじめた。

これからが、勝負だった。

耶律斜軫は、敵のまとまりかけた部分を突き崩しながら、宋軍の本営にむかって駈けた。すでに、耶律希朴も姚胡吉も、追撃に入っていた。

耶律斜軫は、耶律希朴の騎馬隊が合流してくるのを待ち、再び宋軍の本営にむかって疾駆した。七千五百騎である。

宋軍の本営が見えてきた。

耶律斜軫は、大きく敵の右翼へ迂回《うかい》した。六万の本営は、しっかりと陣形を組んでいる。攻めの形はまったく見えず、ひたすら守ろうとしているように思えた。

潰走してきた宋軍の兵が、本営の陣に飛びこみはじめた。はじめは素速く受け入れていたが、三千、四千とまとまってくると、次第に陣形が混乱しはじめた。五万の兵が、潰走してくるのだ。すぐに受け入れられなくなり、陣形は崩れる。

潰走してくる味方を、別の方向に誘導してまとめようという余裕は、宋軍の本営にはなかったようだ。

水が器から溢《あふ》れるように、潰走してきた兵が、陣形から溢れはじめた。

耶律希朴と姚胡吉が、追撃の勢いのまま突っこんできた。宋軍の前衛が、なんとかその勢いを止めた時、耶律斜軫は側面に突っこんだ。崩れるのに、大した時はかからなかった。反転しては突っこむということを三度くり返した時、宋軍は雪崩《なだれ》を打って潰走しはじめていた。

耶律希朴と姚胡吉は、あまり兵を散らさずに追撃をはじめた。耶律斜軫は、敵のまとまっている部分を、ひとつずつ丁寧に潰していった。

六郎は、三度、石幻果とぶつかった。

いくらか犠牲も出はじめている。しかし、『幻』の旗はまだ遠い。

五千である。三千では、どうしても動きが制約される。それでも、どこかに勝機があるはずだということを、六郎は疑わなかった。

睨み合いになった時に、不意に敵の五百騎ほどが、前へ出てきた。なんと『幻』の旗が、先頭に掲《かか》げられている。

六郎も、五百騎を率いて前へ出た。

どちらからともなく前へ出、駈け、疾駆した。馳せ違う。石幻果の剣が、三つ四つと鮮やかに首を飛ばすのが、はっきりと見えた。

二度目、六郎は石幻果だけを見て、疾駆した。剣と剣が、かすかだが触れ合った。

今度こそと思った時、石幻果は悠然《ゆうぜん》と去っていった。

なにが起きたのか知ったのは、本営に残した楊家の小者《こもの》が、河を渉って知らせに来たからだった。

直《ただ》ちに、七郎と九妹に伝令を出した。

「やはり、耶律休哥も、戦場から立ち去ったのか、七郎？」

「はい。渡渉の軍が敗れ、本営も潰走したというのは、ほんとうですか？」

「そうらしい」

「では、われらは敵地で孤立ということですか？」

「そうだな。しかし、帰るのは難しくない。耶律休哥の軍は、もういない」

「犠牲は、まだ多く出てはいないんです、兄上。しかし、なにか情《なさけ》ない帰還になりますね。耶律希朴を叩くのを、俺たちにやらせておけばよかったものを」

犠牲が少なかったのは、耶律休哥も石幻果も、楊家軍を引きつけておく、という戦しかしなかったからだ。もっと切迫した情況だったら、双方に犠牲は出た。

「まだ、ほんとうに耶律休哥軍とは闘っていない。むこうは、勝つことより、俺たちを封《ふう》じこめるのを第一としていたからな」

「それなら、私たちの任務も同じではありませんか。耶律休哥軍に、宋軍の攻撃の邪魔をさせないように、というのが命令だったのですから」

少なくとも六郎は、石幻果を見た時から、動きを封じこめるという意志はなく、勝とうとしてきた。それをいなす戦を、むこうがしてきたということか。

「帰還しよう。西へ大きく迂回する」

九妹の軍が、先頭に出た。

「もっと兵力が必要です、兄上。いま調練中の二千をなんとかすれば、ようやく兵力で耶律休哥と対等になる」

「ほう、おまえが、楊家軍の兵力を増やすべきだ、と言うのか？」

「実際に、耶律休哥とぶつかれば、そう思わざるを得ないな」

斥候を出しながら進んでいるが、何事もなかった。遼軍の兵の姿もない。

夜になり、闇の中を渡渉し、宋軍の本営を見つけて辿《たど》り着いたのは、陽《ひ》が高くなってからだった。

本営は、雄州の南にまで下がっていた。というより、そこまで追撃されたということだろう。

楊家軍の帰還は、驚きの声をもって迎えられた。敵中で孤立したと思われていたのだ。

幕舎がいくつかあり、その中のひとつが本営のようだった。

将軍連が、暗い顔で集まっていた。反攻《はんこう》の軍議などではないらしい。六郎は、柴礼に帰還の報告をした。

「よく、戻れたな。耶律休哥軍の姿は、戦闘中なかったそうだ。楊家軍で封じていたのだな」

「しかし、討てませんでした」

「任務は果した、と俺は思う。おまえも、ここで待て。いま、牛思進《ぎゅうししん》殿が、軍監《ぐんかん》の報告を聞いている。陛下も、勝利を疑わず、北京大名府《ほっけいたいめいふ》まで出てこられているらしい」

つまり、敗戦の原因とその責任を、いま文官が調べている、ということなのか。あまり気にしなかったが、軍監の数もかなりのものだったようだ。

反攻の軍議を早くやるべきだと思ったが、口には出さなかった。

二刻（一時間）ちょっと待つと、別の幕舎にいたらしい牛思進の一行が入ってきた。

将軍たちは、なにも言葉を発しようとしない。牛思進は腰を降ろすと、従者に書類をいくつか拡げさせた。

「陛下に送ったものと同じ、軍議の記録を読みました。軍議では、柴礼将軍ひとりが、孤立しています。柴礼将軍の考え通りに軍を動かすことに賛同した者は、いません。わずかに、楊六郎が、自分が耶律希朴の軍を叩きたいと希望した、という付記があるだけです」

六郎は、黙っていた。なんの意味もないことが、行われている、と思った。ただ、敗戦の責任が、柴礼ひとりに押しつけられることはないようだ。

「軍監の視察情況も、聴取《ちょうしゅ》しました。これより北京大名府に戻り、陛下に報告します」

「戦の勝敗は時の運ですぞ、牛思進殿」

「自分で主張をして、自分で指揮もしたのですな、蔡典《さいてん》将軍。そして、大敗し、撤退もままならず、統制のない潰走をして、本営の軍をいたずらに混乱させた」

「耶律斜軫が出てくると、誰が考えますか。遼軍の総帥が、騎馬隊で先鋒のような役割を担うとは？」

「柴礼将軍は、それがあり得る、と主張しています」

蔡典が、言葉を詰まらせた。

ほぼ公平に、敗戦の分析は行われるようだ、と六郎は思った。

やはり、大きな意味があるとは思えない。

遼軍は、いま雄州を占拠した状態だった。見方を変えれば、地の利のある場所に引きこんでいる、とも言えるのだ。

反攻するなら、むしろいまではないのか、と六郎は考え続けた。

雄州の城郭《まち》には、耶律斜軫の二万が入った。しかし、本営はいまのところ、城外の幕舎に置かれている。

見事な、緒戦の勝利だった。結局は、本来先鋒たるべき耶律希朴を、後方に置いた策がうまく当たったということだ。

石幻果は、楊家軍との戦闘がどうであったか、本営の耶律斜軫に報告に来た。

「俺が一番気にしていたのは、楊家軍が攪乱《かくらん》に出てくることだった。宋軍の本営を潰走させるまで、一騎も現われなかった」

「しかし、戦闘は五分《ごぶ》だったと思います」

「やはり、それほどの軍になっているのか」

「特に、楊六郎が手強い、と私は感じました」

「今後も、楊家軍の動きを封じてくれると、俺は助かるのだがな」

「それは、耶律休哥将軍が決めることで、私は部将としてただ従うだけです」

耶律休哥は、本営の使者から、作戦を伝えられただけだった。耶律休哥軍にどう動いて欲しいか、という要望もそこにはなかった。そして、作戦の伝達も無用だ、と耶律休哥は使者に言って帰していた。

それはそのまま、耶律斜軫に届いているのだろう。それ以上のことを、言おうとはしなかった。

東西にむかっていた五万ずつは、すでにこちらにむかっているのだろう。それが合流してくると、雄州の占領は、かなり強固なものになっていく。

耶律休哥軍は、雄州から二十里（約十キロ）も離れたところに、野営していた。

そこへ戻り、本営に行ってきた、と石幻果は耶律休哥に報告した。一瞥《いちべつ》をくれただけで、耶律休哥はなにも言わなかった。

「将軍、七郎と九妹の五千騎は、どうだったのですか？」

「面白かった。互いに補い合う。そういう戦が、自然にできるようだ。七郎にぶつかろうとした時、九妹が側面を衝いてきた。もっとも、本気で七郎とぶつかれば、九妹の掩護《えんご》がなくても、かなりの激戦になったろう」

「私もです。六郎は三千騎でしたが、封じこめるので精一杯でした。まともにぶつかったら、かなりのことになる、と感じました。どう動いてくるかわからないという、こちらを警戒させる戦をやります」

「楊業が、そういう武人だった」

「そうですか。今度闘う時は、私は六郎から学んだものも、生かしてみようと思います。かなりのことを、学びました。それは、これまでの実戦とは違うことです」

「そうか、学んだのか」

「実戦とは、こういうものだと、はじめて感じました」

「多分、六郎もおまえから学んだろうな」

耶律休哥の口調には、どこか皮肉な響きがあった。

石幻果には、ひとつ気になっていることがあった。

六郎の剣である。最後に、わずかだが吸葉剣と触れ合った。剣ではない別のものに触れた、という気がした。

あれは、なんだったのだろう。もう少し強く当たっていれば、剣を落とされたかもしれないという不安が、掌《てのひら》に残っている。

吸葉剣には、刃こぼれひとつない。

誰に喋っても、理解はして貰《もら》えないだろう、と石幻果は思った。次に闘う時に、確かめてみるしかない。

「これからは、地の利はむこうだ」

耶律休哥がぼそりと言い、石幻果は、はい、と短く答えた。

第六章　その日

一

北京大名府《ほっけいたいめいふ》で行われた御前《ごぜん》の会議には、楊家軍《ようかぐん》からは六郎《りくろう》ひとりが参加した。雄州《ゆうしゅう》と覇州《はしゅう》の一部が、遼軍《りょうぐん》に占拠されている。燕雲十六州《えんうんじゅうろくしゅう》を回復する、などという状態ではなかった。

宋軍《そうぐん》は、瀛州《えいしゅう》を中心として、東西に拡がって展開している。これ以上攻めこまれるのは、河北《かほく》の喪失《そうしつ》に繋《つな》がるのだ。なんとしても、以前の国境まで、遼軍を押し返すしか方法はなかった。燕雲十六州の回復は、その後に考えるべきことだ。

柴礼《さいれい》以下の将軍たちと、寇準《こうじゅん》を筆頭として文官十数名が並んだ。

帝《みかど》が出座し、軍監《ぐんかん》の長を務めた牛思進《ぎゅうししん》が、一冊の書類を持って現われた。

報告されたのは、かなり正確な戦場の様子で、すでに帝は眼を通している気配だった。

「朕《ちん》は、言い訳を聞くために、北京大名府まで来たのではない。なぜ、雄州を奪《と》られたのか、明らかである。蔡典《さいてん》が指揮した越境軍の五万が、同数の遼軍に打ち破られ、翻弄《ほんろう》され、考えられないほどの潰走《かいそう》をして、しっかり陣を組んでいた本隊に飛びこんだ。それで陣形が乱れ、本隊も潰走ということになった」

帝の声は沈んでいて、それでも六郎がいるところにまでよく届いた。

「こういう負け方では、蔡典を処分せざるを得ない。野営地の中に、柱を立てて縛《しば》りつけ、死ぬまで晒《さら》す。それがいやなら、自裁《じさい》という道が残されている」

蔡典の顔が、見る間に色を失った。

「ただ、そうやって処罰ばかりしていても、戦《いくさ》は勝てぬ。朕は、蔡典にしばらく猶《ゆう》予《よ》をやろうと思う。年が変るまでに、此度《こたび》の戦で失った雄州と覇州の一部を、奪回したい。蔡典は、常にその戦の先鋒《せんぽう》をつとめる。年が変っても奪回できていない時は、猶予は取り消そう」

「必ず、先鋒として、恥じない戦を御覧《ごらん》に入れます」

蔡典はまだ蒼白《そうはく》な顔色をしていたが、声は強い響きを持っていた。攻めこんで負けて、いきなり死罪ということはない、と心のどこかでは思っていたのだろう。

「柴礼、おまえは、なすべきことはなにもなかったのか？」

「潰走してくる味方を、違う方向へ導《みちび》くべきでした。最初の一兵からそうしていれば、追ってきた遼軍が、二面に敵を受けるという情況を作ることができました」

「最善のことができなかった。いや、手を拱《こまね》いていた、と言っていいであろう。やはり、その罪は軽くない」

柴礼が、うつむいた。文官たちも、厳しい表情をしている。

「反撃の先鋒は蔡典。中軍は柴礼。それぞれ、五万、十万の兵力とする。残りの軍は、先鋒と中軍の掩護《えんご》。年が変るまでに失地を回復できなかった時、柴礼は総帥《そうすい》の地位を返上し、西方の守備に回れ」

柴礼が、一度深く頭を下げた。

西の辺境は、西夏《せいか》と接している。しかし、遼に対するほどの、重大な戦は起きていない。せいぜい、国境で小競《こぜ》り合《あ》いがある程度だ。

西方に回されるということは、総帥としては恥辱《ちじょく》以外のなにものでもない。

宋軍は、総帥といっても、すべての軍権を持っているわけではない。軍議で、総帥の意見が退《しりぞ》けられたりしたのだ。総指揮を執《と》ることが、一番多い将軍、という程度だった。

帝は、将軍ひとりひとりの動きを、細かいところまで把握していて、名を出して叱り続けたが、もう罰の話は出なかった。

「楊六郎」

最後に、帝が言った。

「この戦で、耶律休哥《やりつきゅうか》は大きな動きをしなかった。それは、楊家軍が止めたからであろう。しかし、楊家軍も大きな動きはできなかった。敵地にとり残されながら、無事に帰還できたのは喜ばしいが、必ずしも、朕の期待に沿った働きではなかった。戦について言いたいことがあるなら、存念《ぞんねん》を申してみよ」

「耶律休哥と当たる以上、その動きを止める以上のことはできません」

「耶律休哥を討ち取ろうという、気概《きがい》もないのか？」

「耶律休哥は、気概だけで討ち取れるほど、甘い軍人ではない、と思っております」

「確かにな」

「楊家軍は、使命を欲しております。それは耶律休哥と闘うことでもよく、先鋒として敵を二つに断ち割ることでもよいのです。誰もがわかる使命を、誰もが聞いているところでお与えください」

「時と場合によって、それは変るものではないのか、楊六郎？」

「今度の戦は、負けたのではありません。勝ちを逃がしたのです」

「ほう」

「正対していた敵は、耶律斜軫《やりつしやしん》の二万、耶律希朴《やりつきぼく》の三万のみでした。全軍で攻めていれば、耶律斜軫の首を奪《と》れたかもしれません」

「それは、賭《か》けではないのか、楊六郎」

　寇準が口を挟んだ。

「戦は、常に賭けでもあります」

「もっと大きく賭けよ、と申しているのか、楊六郎？」

帝が、少し身を乗り出した。

「はい。賭けができるのは、陛下だけであります。特に、大きな賭けという意味では」

「耶律斜軫は、賭けをしたのだな？」

「自らの麾下《きか》が二万という数で、宋の大軍と正対いたしました。戦の常道《じょうどう》から言って、これは賭けであります」

「ふむ」

「賭けをすれば、隙《すき》も多くならざるを得ません。ゆえに、私は勝ちを逃がした、と申しあげました」

「賭けをしているかしていないかが、勝敗に繋がったと申しているのだな？」

「御意《ぎょい》」

帝は、じっと六郎の方を見ていた。六郎は、視線を下げなかった。

「敵に倍する兵力と、優《すぐ》れた装備《そうび》を用意したところで、勝てるわけがない、と言うか？」

「はい」

「朕に、賭けをする度量がなければ、負けるといっているのだな」

「遼軍を相手には、大軍だけでは勝ちは望めない、と申しております」

「確かに、耶律斜軫の戦法は、こちらの意表を衝《つ》いた、賭けのようなものであった。しかし、負けの元凶《げんきょう》が朕にあるとは、よく言うものだ」

「口を慎《つつし》め、楊六郎」

見かねたのか、寇準が言った。

「いや、よい。楊六郎の申したことは、よく考えてみよう」

言わなくてもいいことを言った、と六郎は思いはじめていた。帝のよく考えるとは、いろいろな意見を聞いてみる、ということだろう。そうすると、誰もが考えるような結論しか出てこない。

牛思進が、兵站《へいたん》について述べはじめた。六郎の話は、それで打ち切られたという恰好《かっこう》だった。

散会するまで、軍監のありようは知らされなかった。気持の底で、帝は軍人を信用してはいないのだろう、と六郎は思った。

戦は、終っていない。全軍での、遼軍との対峙は続いているのだ。散会すると、将軍たちは、それぞれすぐに北にむかった。

六郎は、柴礼とともに残された。

連れていかれたのは、帝の居室である。

「われら二人を残されることが、よいことだとは思えません、陛下。ここには、文官もいないのですから」

「よい。二人に、言っておきたいことがあった。宋は、国のありようがある。それは、戦のありようがある、ということでもある。大軍の兵糧《ひょうろう》を調達《ちょうたつ》するだけでも、文官は並々ならぬ苦労をしている。その文官の立場は、やはり考えてやらねばならん」

「御意」

「堅苦しい話ではない。その場その場で、戦に指揮権を与えようと思う。軍議は、ほかの者の意見を聞きたい時に、指揮官が召集《しょうしゅう》する。必要ないと思えば、即座に命令を出し、すぐに動く。そういうかたちにしよう、と私は考えているのだ」

そういう話が、なぜ自分の前でなされるのか、六郎には理解できなかった。一応、将軍の扱いはされているが、宋軍の中心に楊家軍が立つことはない。

「文官は、軍人が権力を持つのをいやがっている。本来の意味での総帥など、受け付けようとしない。そういう文官の顔も、立ててやらねばならん」

「それで、戦ごとに指揮官を」

「対遼戦のすべての指揮を、ひとりにやらせるという考えもあろう。しかし、それでは文官は納得せず、仕事も滞《とどこお》る。ひとりの人間が、すべての軍功を手にしてはならんのだ。私はこれから、それに苦慮《くりょ》していくことになるだろう」

曹彬《そうひん》は、力を持ちすぎていたのかもしれない。それで、敗戦と結びつけて、老齢を理由に引退させられた。

帝が、数人の軍人をかわいがり、そこで戦のことも決めてしまう時代では、なくなっているのだ。軍人も、ただの頭数として扱われたら、闘う意欲を失うかもしれない。

国を富ませながら闘う、という帝のやり方が、さまざまな難しさを抱えていることが、六郎にはなんとなくわかってきた。

「とりあえずは、総指揮の権限は、おまえに与えよう、柴礼。しかし次の戦では、蔡典に与えることもあり得る」

「軍功次第である、と考えてよろしいのでしょうか？」

「よい」

帝は、額《ひたい》に細かい汗の粒を浮かべていた。それほどの暑さではない。風通しもいい部屋だった。敗戦が、心労を大きくしているのかもしれない、と六郎は思った。

「対遼戦は、おまえに任せたつもりでいるのだ、柴礼。任せながら、権限はそれほど与えない。その事情を、心に刻みつけておいてくれ。苦しいことを命じている、とは思っている。しかし、国は富まねばならん。富むことによって遼を凌《しの》げるところも、多くあるのだからな」

一応は、総師という立場にいる。それも忘れるな、と帝は言っているのだろう。しかし、それがなぜ自分が同席しているところで言われることなのか、と六郎はまた思った。

帝と柴礼の間には、余人には窺《うかが》い知れない心の通い合いがあるのかもしれない、とも思えた。負けたら西へ飛ばすなどとは、文官の前だから言ったことなのかもしれない。

「さて、楊六郎」

「はっ」

「おまえについては、柴礼からしばしば報告を貰《もら》った。どうすればいいかについても、一度ならず話し合った」

帝は、いつごろから柴礼を総師というふうに決めていたのだろう、と六郎は思った。曹彬が総師のころは、中堅《ちゆうけん》の将軍として顔を知っているだけだった。

「わざわざおまえを残したのは、ひとつだけ言っておくことがあったからだ」

「はい」

「耶律休哥と、五分《ごぶ》の闘いをさせてやりたい。そのためには、まず騎馬隊を一万にすることだ」

「いま、二千の兵馬の調練を続けているところです」

「それから指揮についてだが、ある程度の独立行動権を持っている、と考えてよい」

「ある程度、ですか」

「ほかの将軍たちの手前、それを大声で言うことはできん。しかし、それを持っている、と考えてよい」

「柴礼将軍に許されたとしても、ほかの将軍には、厳しく咎《とが》められる、と思うのですが」

「だから、そうされないために、柴礼の麾下に入るのだ。これは、柴礼が言ってきたことでもある」

帝と柴礼の関係は、いま眼の前で見た。それを見せるために残されたのだということが、ようやくわかった。

「多くは言わぬが、おまえは独立行動権を持っている、と思え。なにをやろうと、柴礼がそれを咎めることはない」

「はい」

「宋の軍規を考えれば、それを公《おおやけ》にすることはできん。軍人は、軍規があって安心できるところがあり、文官は軍規で軍人を縛ろうと考えている」

柴礼の麾下に入るということに、六郎はかすかな危惧を抱いた。柴礼の軍功のために、いいように利用されるかもしれない。しかし、独立行動権だった。それは、麾下であって麾下ではないということだ。

「軍人が力を持ちすぎてはならんということは、先の乱世が証明している。周《しゅう》は確かに軍人が強かったが、国を富ませる努力を、世宗《せいそう》はなされた。宋は、国を統一し、富国の方向にむかうべきなのだ」

「はい」

「そこで、文官たちの考えは、無視できない。しかし、軍がすべてというような、遼が相手なのだからな。兵力だけで勝ちが望めないことも、よくわかっている」

「耶律休哥の軍に、適宜《てきぎ》対応できる力が、こちらにも欲しい、というのが陛下のお考えである。耶律休哥さえ押さえれば、兵力の差は生きてくる、と私も考えている」

「楊家軍は、耶律休哥軍だけを」

「違う。すべて、機に応じて動くのだ。耶律休哥とのぶつかり合いが多くなるのは、仕方がないことではあるが、局面を見きわめたら、敵の本陣におまえの判断で突っこんでもよい。独立行動権とは、そういうものだ」

「かしこまりました、陛下」

そう言うしかなかった。それに、思う通りに動けるのは、悪いことではない。

「よし。できるかぎり早く、楊家軍一万騎とせよ」

　柴礼の後ろから拝礼し、二人で退出した。

「陛下は、楊業《ようぎょう》殿が独立行動権を持っていたら、これまでの戦はどうなったかと、ずいぶん考えられたようだ。御親征の時は、勝てると信じておられた。いまは、勝てると申しあげても、懐疑的《かいぎてき》であられる」

「うまく兵力を生かせば、勝てると私は思います。少なくとも、雄州から押し返すことはできます。地の利まで、こちらにあるのですから」

「陛下は、兵力をさらに五万増やされた。全軍で、三十万に達しようとしている。なにがなんでも、雄州は奪回しなければならん。俺はそれに、命をかける」

「わかりました、柴礼将軍」

「一万騎には、いつ達する？」

「今年じゅうは、無理です。未熟な兵を戦場に出せば、いたずらに犠牲が増えるだけでありますし」

「そうだな。ならばいまの楊家軍で、雄州奪回戦は闘うことになるな」

「全力を、ふり絞ります」

　柴礼が、頷いた。

　八千騎を、どういうふうに分けるか、ということを六郎は考えはじめた。

兵糧が、滞りがちになっているようだ。

敵地を占領している状態では仕方がないと、石幻果《せきげんか》は考えていた。周囲がすべて、敵なのである。よほど強力な兵站線を作りあげないかぎり、兵糧の不安はつきまとうだろう。

二

燕雲十六州に住む漢族《かんぞく》は、遼の支配を受けている、という認識は持っている。税なども、一応は納めているようだ。雄州は、そういうわけにはいかなかった。

時が解決する、と耶律斜軫は言った。確かに、そうだ。遼を支配者として認めるまで、三年、四年の歳月《さいげつ》は必要だろう。

耶律休哥軍は、国境の北に駐屯しているので、兵糧の心配はなかった。雄州では、もっかなにもやることがない、と耶律休哥は判断したのだ。それについて、耶律斜軫はなにも言ってこなかった。

楊六郎とどう闘うか。石幻果が考えているのは、ほとんどそれだった。楊六郎の用兵を思い浮かべると、自然に血が熱くなってくる。まさに、自分のためにいる敵だ、と石幻果は思っていた。

さまざまな調練を考え、実行した。

耶律休哥は、それを見ているだけだ。麾下の五千は、駐屯地のさらに北で、いつもと同じような調練をくり返している。

「耶律占《やりつせん》、私は楊家軍の動きに対応すべく、考えられるすべてのことをやってきたつもりだが、見落としているところはないだろうか？」

「俺の凡庸な眼で、なにか見えるとお考えですか？」

「おまえを凡庸だとは、思っていない。副官にしたのだぞ。私は、自分の視線に欠けたところがあると、しばしば感じる。特に、耶律休哥将軍と話しているとだ。そういうことがないように、したい」

「耶律休哥将軍の兵と較べると、石幻果軍は兵が萎縮《いしゆく》しているかもしれません」

「なるほど」

「もう少し、兵と接することをされた方がいい、という気もしています。耶律休哥将軍は孤高《ここう》ですが、それまでになるために」

「わかった。私はもともと宋軍にいたらしいので、いくらか遠慮していたような気がする。むしろ、逆であるな。もっと気軽に近づいていくべきだった」

「それに、瓊峨姫《けいがき》様を妻としておられます。兵が気安く近づけるお方ではないのです」

「それも、あるか?」

「石幻果様が考えられている以上に」

指揮官と兵の関係は難しい、と石幻果は考えていた。戦場では、兵は死んで行くものなのだ。そう思い定めないかぎり、突撃《とつげき》の命令は下せない。

あの兵が死ぬかもしれない、と心によぎらせることさえ、禁物《きんもつ》だと思っていた。

それでも、心のどこかが通い合うことは必要だった。自分の躰《からだ》と同じように、兵には動いて貰わなければならないのだ。

耶律休哥の兵は、耶律休哥に指揮されているということそのものを、誇りにしている。自分が率いている兵が、石幻果の兵として誇りを持っているのだろうか、と考えざるを得なかった。

「兵たちと、語ろう。ともに寝よう。しかし、どこまでもというわけにはいかない。自ら、私は線を引かなければならないと思う」

「俺が言っているのは、その線を、ほんの少しだけ兵に近づけられたら、ということです。ただ、これは余計なことかもしれません。石幻果様の指揮に、不安を抱いている兵はいない、と断言できるのですから」

「兵には、自分が持っている以上の力を出して貰わなければならないことが、時にはある。それが勝敗を決する時がな。私は、そう思っている。そこで問われるのは、私の指揮のありようではあるまい」

「厳しい調練を経て、兵はみな石幻果様を信頼しています。それは間違いありません。それ以上のことを、と俺も欲張《よくば》っただけです。御不快でしたら、お忘れください」

石幻果は、耶律占に微笑《ほほえ》みかけた。

いい副官である。そう思う。人には恵まれているのだ。兵ともう少しだけ近づくことの、なにが悪い、と石幻果は思った。

「今後、私はあまり気持を抑えない時を、作ってみようと思う」

蕭《しょう》英材《えいざい》のこともある。英材は、成長すれば遼軍の将軍となるのが、宿命でもあった。そこで、父は立派な将軍だった、と思われたい。それが、子に対する愛情でもあるだろう。

駐屯地は耶律休哥軍のそばで、兵の休みも同じように与えている。耶律休哥が、石幻果の軍との調練をしようとしないのは、その必要がないと判断したからだろう。いま、石幻果軍を作りあげる時が来ているのだ、と思った。

その日から、石幻果は駐屯地の中をよく歩くようにした。厳しい調練を終え、兵が安らいでいる時だからと、どこかで遠慮するような気分はあったのだ。

兵たちは、語り合う。それに気づいた。故郷のこと、愛した女のこと、父母のこと。時には、切なすぎる声をあげている時もあった。それはそれで、兵は自分の人生を持っているのだ。軍が、すべての人生ではない。

「蕭逸理《しょういつり》、おまえは、父母を残して死ぬことに、なんのためらいもないか。軍に入るというのは、そういうことだぞ」

「ただ旅をして、盗賊《とうぞく》に殺されることもあります。攻めこんできた敵に、闘うこともなく殺されることも」

「それでも」

「いいえ、男は思うさま闘って死ぬべきだ、と俺は思っています。ずっと、そう思ってきました」

「私も、そうなのかな？」

「石幻果様は将軍で、瓊峨姫様と結婚もしておられます。俺たちとは、はじめから違うのですよ」

「死ぬ時は、同じであろう。私は妻のことを、息子のことを考えながら、死んで行くという気がする」

「それを、石幻果様が言われてはならないのです。そこが、俺たちと違うところです。俺たちは、強敵を前にした時、死の恐怖を語り合ったりします。石幻果様は、それだけは兵に語られるべきではない、と俺は思います。言い過ぎでしたら、お許しを」

「いや、おまえの言う通りだろう。兵は、すべてを語る権利がある。死地に立たされるのだからな」

「俺は、うまく言えないのですが、一軍を率いることは、さまざまなことに耐える、ということではないのでしょうか」

「そうだな。よくわかった。おまえが率直《そっちょく》に語ってくれることにも、礼を言おう」

「そんな」

蕭逸理が、恥しそうにうつむいた。

まだ、石幻果の従者のままである。ただ、将校に上げてもいい、とは思っていた。そばで動いているのを見れば、百騎、二百騎の指揮は充分にできることは、よくわかるのだ。

耶律休哥に呼ばれた。

駐屯地である。軍議などのために、小さな幕舎《ばくしゃ》がひとつある。呼ばれたのは、そこにである。

「なにか、気づいたことは？」

敵のことを言っているのだ、と石幻果は思った。

「膠着《こうちゃく》の中で、反撃の機会を狙っている。そういうところでしょうか。兵力は、三十万に近づいている、という話を聞きました」

「そんなことしか、見ていないのか」

耶律休哥の口調は冷たかった。

「楊家軍のことでしょうか?」

「どう思う?」

「代州《だいしゅう》で調練中の二千は、今年、戦線に加わってくることはない、と思います。八千騎がどんなふうに編制されるか。楊六郎が、二千騎のみを率いて、調練をくり返していると聞きます。恐らく、戦場でも二千騎でしょう。七郎《しちろう》が三千、九妹《きゅうまい》も三千。二千騎の動きは素速くなり、侮《あなど》れないという気がします」

「ほかに、なにか?」

「兵と近づくことだけを考えていると思ったが、見るところは見ていたか」

「二千の意味を、俺は考えてみた。ただ動きをよくするためだけではないとな」

「それは、見えません」

「もしかすると、独立行動権。楊家軍には、それが与えられたのではないのか」

「宋という国のありようを考えたら、難しいという気がするのですが」

「どちらでもいい、とも言える。ならば、独立行動権を持っている、と思っておこうではないか」

「はい」

その場合は、さらに手強《てごわ》い相手になる。動きが読めない、ということになるからだ。

耶律休哥は、なにかを想定する場合は、厳しい方を選ぶ。それが正しいと、石幻果も思っていた。

「どうだ、楊家軍は？」

「私が想像していた以上のものではありません、いまのところは」

「再興された楊家軍には、楊業はいない。楊六郎が、どこまで成長しているかだろう、と俺は思っている」

「実戦を重ねるたびに、成長していくのでしょうね」

「おまえもだ、石幻果」

「実戦の機会は、望んだ以上に与えられています」

耶律休哥は、表情を変えない。

石幻果は、蕭逸理に命じて、馬の乳の酒を運ばせた。耶律休哥は、なにも言わず黙って受け取り、少し口をつけた。

「戦とは、不思議なものです、将軍」

「ほう、どんなふうに？」

「人の、ほんとうの姿を見せます」

「それが、不思議なことか?」

「自分がそうだと、思っているのではない姿をです」

「なるほど」

「難しく考えてはいませんが、面白いと思っています」

耶律休哥が、また馬乳酒《ばにゆうしゆ》を少し口に入れた。こうやって耶律休哥と酒を飲めることが、石幻果は嬉しかった。父といる、というような気分になれるのだ。

「おまえは、俺をどんなふうに見ている」

「勝つために、兵に厳しい調練を強《し》いておられます」

「おまえも、同じだろう」

「私は、実戦では勝つことばかりにこだわっています。失礼ながら、将軍は勝敗は思慮《しりよ》の外《ほか》という感じで、戦場に立っておられるように、私には見えます」

「負けてもよいと、考えているのか、俺は?」

「いえ。なりふり構わず勝とうとは、しておられません。将軍流の、美しい戦ができなければ、意味がないとお考えなのではないでしょうか」

「俺流の戦か。美しいだと?」

「私がそう感じるだけで、勇《いさ》ましいとも、果敢とも言えるのだと思います」

「無様《ぶざま》な戦は、兵も無様に死ぬ。たとえ勝ってもだ」

「兵を、見事に死なせてやりたい、とお考えなのですか？」

「さあ、どうであろうな。俺は生きたいように生き、闘いたいように闘ってきた。北の荒野の石くれになって死ぬのだ、とも思ってきた」

「私は、将軍のそういう潔《いさぎよ》さが好きです」

「潔さか。そんなものがあるとしたら、戦場で見てみたいものだ」

「楊業は、どうだったのですか？」

「不屈だった。負けということを、認めようとしなかった」

「それは、潔さではありませんね」

「なんと言うのだろうな、あれは」

「私も、楊業が闘う姿を見てみたかった、としばしば考えます。楊六郎、七郎の父親の闘い方を」

「楊業はいないが、六郎や七郎に、その血は生きている」

「そうですね」

「六郎の首を奪《と》れ、石幻果。楊家軍があるかぎり、遼軍は苦しむことになるぞ」

「楊家軍も、同じ理由で将軍の首を奪ろうとしている、と私は思います」

「似たような軍が、それぞれあるということかな」

かすかに、口もとだけで笑った耶律休哥が、馬乳酒を飲み干した。

三

宋軍が、じわじわと押しはじめていた。

耶律休哥は、それを眺めているだけで、雄州に入ろうとは考えなかった。宋軍を止めるのは、そこまで攻めこんだ、耶律斜軫の仕事である。宋には、一気に攻めこむしかない、と耶律休哥は考えていた。少なくとも、全力で進攻し、河北は奪ってしまう。

そうすれば、河北の富も手中にできる。膠着ののち、大軍でじわじわと押される、ということもなくなるだろう。

遼という国に、決定的に不足しているのは、富だった。領土は広大でも、北は不毛の荒地である。細々《ほそぼそ》と羊を飼うだけで、作物もできない。肥沃《ひよく》な領土を持った宋とは、底力が違うのだ。長い戦になれば、底力がものを言う。

宋がこだわる燕雲十六州は、遼の領土内では最も豊穣《ほうじょう》な作物を産する地域だった。絶対に手放せないと、蕭太后《しょうたいこう》がこだわる意味を、遼の軍人ならみんな理解していた。

燕雲十六州の南には、さらに豊穣な河北が拡がる。河北まで奪ってしまえば、遼は豊かな国になるのだ。たえず戦を考えなければならない、という国の状態から脱することもできる。

三十万に達する大軍の締めつけは、さすがに厳しいようだった。雄州に通じる兵站線も、しばしば切られているという。

耶律斜軫からは、何度か救援の要請が来たが、耶律休哥は無視した。これだけの大軍が押し合っていれば、一万騎による救援など、やりようもないのだ。

締めつけは、まさにじわじわという感じで、ひと月が過ぎ、ふた月が流れた。

秋の終りになろうとしている。

このまま押し合いを続ければ、遼の本隊は大きな打撃を受ける、ということが誰の眼にも明らかになった。

占領地からの撤退、という命令が、宮廷から出された。

しかし、耶律斜軫は、たやすくは退《さ》がれなかった。後退すれば、倍する敵に後ろを衝《つ》かれるのだ。そのまま、潰走に繋がりかねない。

耶律休哥は、はじめて出動の命令を出した。

そろそろ、楊家軍がこちら側に渡渉《としょう》してきて、兵站線を乱しそうだった。それぐらい、雄州占領軍は苦しんでいる。つまり、兵站まで断たれると、全滅ということにもなりかねないのだった。

まず、石幻果の五千が出動し、半日遅れて耶律休哥も軍を進めた。

いまのところ、楊家軍が越境してきている気配はない。しかし、押し合いも最終局面に近づいている。ここで、遼軍の本隊が、うまく撤退できるかどうかが、今後の両国の力関係を決めるのだ。失敗すれば、燕雲十六州に三十万という大軍が雪崩《なだ》れこみ、燕京《えんけい》（現北京《ペキン》）でさえ危機に晒されかねない。

耶律希朴の軍が、六千騎に断ち割られた、という報告が入った。楊七郎と九妹だろう、と耶律休哥は思った。

耶律希朴の軍を襲ったのは、どこか攪乱《かくらん》の臭いがする。攪乱を続けながら、気がつけば渡渉している、ということは充分にあり得るのだった。

「埋伏《まいふく》に、あまり意味はない。国境から十里（約五キロ）離れて待とう」

耶律休哥は、麻哩阿吉《まりあきつ》に言った。

石幻果は、二度ほど雄州に入り、こちらは宋軍を攪乱したようだ。

大軍の対峙と押し合いで、両軍とも疲弊しているが、犠牲が大きく出たということはない。ぶつかり合いと、押し合いは違うのだ。

そろそろだろう、と耶律休哥は思った。戦の勘のようなものだ。

五千騎を小さくまとめ、頻繁《ひんぱん》に斥候《せっこう》を出した。

「八千騎が渡渉」

報告が入った。楊家軍に間違いはないだろう。石幻果は、その八千を追うようにして、戻ってきている。

八千騎は、三隊に分かれた。

やり取りをし、動きを探り合い、耶律休哥は原野で六千騎と遭遇《そうぐう》した。

楊七郎、九妹の軍だ。遼軍の兵站線が、切られかけていた。

「またあの兄妹が相手だ。なかなかにやるぞ、麻哩阿吉。とにかく、本隊の撤退が第一で、楊家軍に邪魔をさせない、ということが肝要《かんよう》になる」

楊六郎の二千は、石幻果が相手をすることになるだろう。

国境の北の原野で、楊家軍と交戦中、という伝令を、耶律斜軫に出した。それで、騎馬隊による攪乱はそれほど気にする必要はなくなり、本隊は撤退を開始するだろう。

楊七郎の隊は、ほとんど縦列《じゅうれつ》で動いていた。九妹の隊は、小さくまとまり、それが二つ、四つに分かれ、またひとつになる。

「俺が相手だということを、意識しすぎているな。まあいい。六千騎は、まとめて一隊と考えて動こう」

麻哩阿吉が頷き、大声をあげて軍を散開《さんかい》させた。散開からはじめる、と耶律休哥が合図したからだ。

七郎、九妹の隊は、こちらが散開すると、ひとつにまとまったように見えた。実際は七郎が前に出、少し後方に離れて九妹がいる。

耶律休哥は、馬腹《ばふく》を蹴《け》った。


遼軍が、撤退をはじめた。

二日はかかりそうだ、と石幻果は思った。

宋軍は、正面に二段構えで十五万、両翼《りょうよく》に十万ずつ、後方に五万というかたちで、圧力をかけ続けている。これだけの圧力の中では、容易に動けない。しかし、じっとしていても、軍は疲弊してくる。

これ以上は遅らせられない、と耶律斜軫は判断したのだろう。

その判断が間違っているとは思えないが、難しい局面であることも確かだ。

たやすく、雄州を占拠できた。しかし、そこからの動きは、封じられた。宋軍に、痛撃を与えるところまでは到らず、ただ潰走させただけだったからだ。

膠着すると、どうしても兵力差が出る。動き回っていてこその、遼軍なのだ。

この戦は、かたちとしては勝《まさ》っていた。しかし、耶律斜軫自身が、必ずしも勝ちではない、と蕭太后に伝えていたようだ。膠着するにしても、河北を占拠した状態でなら、いくらでも動けた。雄州だけの膠着なら、大軍が集中してくる。耶律休哥軍が動ける余地も、少なくなっていたのだ。

「まず歩兵を渡渉させ、こちら側に陣を構築して、それから騎馬隊が退《さ》がる。作戦としては、そんなものだろう」

耶律占にむかって、石幻果は言った。

「無事に、こちら側へ渡してしまえば、宋軍はそれ以上は追うまいな」

宋軍が、遼に入ってくれば、いまとは逆の状態になる。ただし、遼が本隊を温存していられればだ。

楊家軍による攪乱が、最も警戒されるべきだった。楊七郎、九妹の六千騎が、遼側に入ってきていることは、すでに確認されている。耶律休哥と交戦中だという。

楊六郎の所在は、まだ確認されていない。二千騎だが、動きはいいはずだ。石幻果は、楊六郎の埋伏による奇襲も、すでに覚悟していた。とにかく、楊六郎を発見したら、張りついて動かさないことだ。

遼軍の撤退地点に、大きな障碍物《しょうがいぶつ》はない。森の端《はし》がかかり、あとはなだらかな丘があるだけだ。

歩兵はすでに三万ほど戻ってきていて、構えの大きな陣を組んでいた。そこに、味方を受け入れていくのだ。

半日、石幻果は原野を駈《か》け回った。

陽《ひ》が落ちてきた。耶律休哥は、十里ほど離れたところで、六千の楊家軍と交戦を続けているようだ。

闇は、楊六郎に味方するだろう、と石幻果は考えていた。国境のこちら側では、楊家軍は絶対的な劣勢である。

しかし、夜中まで動き回り、軍を止めても、奇襲はなかった。その間も、遼軍の歩兵は戻ってきていて、夜を徹して防御《ぼうぎょ》の陣を築いていた。

払暁《ふつぎょう》、石幻果は動きはじめた。

晴れた日だった。朝陽《あさひ》を背にして、丘の稜線《りょうせん》に、騎馬隊の姿が見えた。その旗を見定めようとした時、騎馬隊はすでに眼前に迫っていた。

石幻果は、隊を二つに分けた。二千騎。相手は、楊六郎だった。

石幻果の隊の方に、楊六郎は縦列になって絡《から》みついてきた。即座に、耶律占が後方を襲ってくる。楊六郎が隊を二つに分け、石幻果の方がひとつになった。

むき合う。そう思った時、『六』の旗は真直《まっす》ぐに突っこんできた。石幻果も、縦列でそれに応じた。楊六郎が、まともなぶつかり合いを避け、反転した。次にこちらに馬首をむけた時は、楔《くさび》のような陣形になっていた。石幻果は、隊を五つに分けた。

お互いに、相手の動きの先の先を読んで、どこかで出し抜こうとしている。しかし、お互いに読みきれていない。それを、とっさの反応で凌ぐ。ぎりぎりの、懸け合いだった。兵数が多い方が有利なのかどうかも、石幻果にはわからなかった。地形についても、楊六郎は知り尽しているようだ。

ただ、遼軍が少しずつだが、確実に戻ってきている。時が経てば経つほど、その点では楊六郎は不利になる。

ならば、速戦《そくせん》でくるのか。そうとも言いきれないのが、二千騎という少数の効果だった。二つに分かれれば一千騎で、四隊になれば五百騎である。どんな細かい動きも、可能だろう。

確実に、一騎ずつ潰していくしかない、と石幻果は思った。相手の動きの速さと細かさに惑《まど》わされるより、眼前の一騎を討っていく。

動きの中で、取り残された二十騎ほどを、石幻果は即座に打ち倒した。楊六郎が、背後から襲ってくる。

二十騎が、囮《おとり》かもしれないということは、頭の隅《すみ》に入れていた。だから楊六郎の動きは、虚《きょ》を衝《つ》くものではなかった。

弾《はじ》けるように、お互いに退がり、距離をとった。その時、耶律占はすでに動いていた。相手の横を衝く。並みの軍なら退がるところだが、楊六郎は果敢に前へ出てきた。ぶつかる寸前に、横へかわす。

石幻果の、全身の血が熱くなった。これ以上の相手が、考えられるだろうか。狡《こう》猾《かつ》で、果敢で、隙がなく、なによりも速い。

戦の血。それがあるとするなら、いま自分の躰《からだ》の中で騒いでいるのはそれだ、と石幻果は思った。そういうことが、時々頭をよぎる。いや、時々しかよぎらないほど、楊六郎の動きは目まぐるしい。

出てきた。こちらからも、半数で出た。次の瞬間、楊六郎は二つに分かれ、反対方向へ駈ける。耶律占に、片方を追いかけさせることは、やらない。一隊の一千騎だけを、五千騎で押し包む。しかし、残りの一千騎がすぐに反転してきて、攻撃の機までは与えてこない。

全身に汗をかき、それが乾《かわ》き、また汗にまみれる。

いつの間にか、陽は中天《ちゆうてん》を過ぎ、西に傾きはじめていた。

楊六郎が、丘にむかって駈けた。はじめて、誤りを犯した、と石幻果は思った。追う。全力で追えば、隊を二つに分けようとしたところで、追いつける。しかし、二つに分かれようとはせず、楊六郎は駈け続ける。

丘。駈け登った。二千騎の姿が、見えない。どこへむかったのか。丘に身を隠せる方向は、三つある。

石幻果は、思わず舌打ちをした。

こういう地形を、楊六郎はあらかじめ捜していたのかもしれない。楊七郎や九妹の隊より現われるのが遅れたのは、そのためだろう。

丘を駈け降り、三つのうちのひとつの方向を選ぶ、ということはできなかった。残りの二つに、埋伏があるかもしれず、ほかにどういう罠《わな》を用意したかも読めない。

「耶律占。渡渉の味方を、離れたところから見守れ。楊家軍が現われたら、ただ味方を攪乱させないことだけを頭に置いて闘え」

「わかりました」

耶律占が、三千騎を率いて、国境の河にむかって駈けた。

陽が落ちかかっている。早朝から、楊六郎は自分を相手にしか動けなかった。それは、攪乱に失敗したことだ。その意味で、石幻果は勝ったと言えるが、楊六郎にふり回され続けた、という思いもある。

丘の麓《ふもと》に、身を寄せるようにして、二千騎で馬を休めた。

馬には、秣《まぐさ》をやる。水もやる。兵が口に入れるのは、わずかな穀物《こくもつ》と水だけである。見張《みはり》は、丘の頂《いただき》に立てていた。月が明るい。丘の草と砂を、冷たく照らし出している。味方の渡渉は夜も行われていて、もう十万近い軍が遼へ戻ってきているはずだ。しかしここまでは、その気配すらも伝わってこない。

この静けさの中に、楊六郎も身を潜《ひそ》めているはずだ。

楊七郎と九妹は、耶律休哥と激戦になったようだ。経験において一日《いちじつ》の長があるとは言え、楊七郎も兄の六郎とはまた違う鋭さを持った、果敢な武将だった。

耶律休哥の戦がどういうものだったか、実際には知らないが、石幻果にはいくらでも想像ができた。

「すごい、一日でありました」

蕭逸理が、そばへ来て言った。

「おまえは、馬でもよくついてきた。剣も遣える」

「それで将校にして、二、三百人を指揮させるというのは、できればやめてください。俺は、石幻果様のそばに、もうしばらくいたいと思います」

「なぜ?」

「石幻果様の戦に、魅了されました。調練の時とは、まるで違う。それも驚きでした。そばにいて、もっと石幻果様を知りたいのです。俺は、自分が役に立たない男だとは、考えていません」

「私の代りに、死んで貰うかな」

「いつでも、どこででも」

「明日、もう一度、楊六郎と闘うことになる。夜が明ければ、騎馬隊も撤収をはじめるであろうし、楊六郎には、もう一度働きどころがある、ということだ」

「耶律占殿は？」

「渡渉を、見守らせておいた方がよかろう。なにが起きるか、わからんのだ。それに、楊六郎は二千騎だ。私も二千騎で闘いたいと思う」

「俺は、愉しみですよ。まだ、吸葉剣《きゅうようけん》をほんとうに遣う場面がありませんし」

「よく、斬れる」

「それだけでは、駄目です。吸葉剣は、なにかを持っています。散る葉を吸いつけるように、人の首を吸いつけるのです。俺は、それを見てみたいです」

「あまり私に近づいて、自分の首を吸いつけられるなよ」

「吸葉剣を研《と》いだのは、俺です。その剣の細かいところ、石幻果様でさえ御存知ないところを、俺は知っています」

月の光は、冷たいままだった。原野には、動物が動く気配すらもない。

石幻果は、月を見上げた。いつもより赤い、という気がした。月が血を滲《にじ》ませている。そんな言葉が出かかり、苦笑してそれを呑みこんだ。

兵の半分は、眠らせた。

残りの半分は臨戦態勢で、見張は四方に立てている。

六郎は、月を見上げていた。赤い月だった。

兵の疲労は、極限に達している。それでも眠っている兵は、それぞれ武器を抱えていた。それが、一番安心できるのだろう。

「六郎様も、しばらく眠られませんか」

従者の、周洌《しゅうれつ》がそばにいた。

夜明けから日暮まで、石幻果との懸け合いを続けた。野戦の懸け合いで、誰かに負けるとは思わなかったが、石幻果の用兵は、こちらの先をたえず読んできた。

五千騎という兵の多さを、持て余してもいなかった。何度も、背中に冷たい汗をかいた。きわどいところで、潰滅《かいめつ》を逃れてきた、という気がする。

遼軍の備えを少しでも乱せれば、と思って渡渉してきた。本隊の対峙は大軍同士で、宋軍の締めつけに音《ね》をあげたのか、遼軍は撤退をはじめたのだ。

そこを乱せば、宋軍は遼へ攻めこむこともできる。遼が雄州を奪った時とは、逆の流れになるのだ。

しかし、やはり耶律休哥軍が出てきた。

遼軍の陣を乱すということはできず、終日、野戦の懸け合いを続けたのだ。

七郎と九妹は、耶律休哥が相手で、何度もぶつかり合い、犠牲も出していた。一隊が崩されるのはしばしばで、もう一隊が掩護に入り、なんとか立ち直っている。

二隊が、勘としか呼べないもので、うまく連携《れんけい》したらしい。耶律休哥は、どちらの隊も、決定的に崩せなかったのだという。

六郎は、石幻果の五千が相手だった。めまぐるしく動いたので、むしろ大軍の方が不利なほどだったが、お互いに決定的な打撃を相手に与えることはできなかった。

夜が明けると、遼軍の主力の騎馬隊が渡渉を開始するだろう。それが渡ってしまえば、ほぼ戦は終ったということで、遼の領土内にいる理由はなくなる。

一応の役目は、果していた。柴礼が恐れているのは、渡渉時における、耶律休哥軍の仕掛ける攪乱だった。逆に遼軍を攪乱するために、楊家軍も渡渉し、耶律休哥軍を引きつけたのだ。

遼軍を国境のむこう側まで押せればいい、と柴礼は考えていた。大軍で遼に攻めこむには、まだ兵站などに問題があるのだ。

柴礼の考えはそうだとして、六郎には六郎の思いがあった。耶律休哥軍と、正面からぶつかってみたい。楊家軍が、それでもなお闘っていられるのか。

耶律休哥軍とのぶつかり合いを望んで、六郎は渡渉してきたところがあった。

そして、望みはそのまま叶《かな》えられている。

石幻果は、楊家軍とだけ闘おう、と考えているのかもしれない。戦そのものは、大軍による膠着を解く、という大きな流れの中にあるからだ。どちらかが、決定的に勝利する、という局面ではない。

楊家軍も耶律休哥軍も、できることは相手を攪乱することぐらいで、お互いにそれを阻止《そし》し合っている、というかたちだった。

宋と遼の戦というかたちで見れば、お互いの存在を消し合っているがゆえに、相手のことだけを考えて闘えるのが、いまの楊家軍と耶律休哥軍だった。

石幻果の五千のうちの三千が、渡渉を見守る位置にいる、という情報は入っていた。そこには『幻』の旗はないらしい。つまり石幻果は、二千のみを率いて、この原野のどこかに潜みながら、夜明けを待っている。

夜襲《やしゅう》の警戒はしているものの、実際にあるとは思っていなかった。こちらも、そのつもりはない。

情況から見て、楊家軍が遼内に留《とど》まれるのは、夜明けから午《ひる》までだろう、と六郎は思っていた。遼軍の撤収はそのころ終了し、長居をすれば、楊家軍は敵中で孤立、ということになってしまう。

「一刻（三十分）でも二刻でも、お眠りになりませんか、六郎様」

「気にしなくていい、周冽。月の光がなにを照らし出すのか、俺は見ていたい」

「そうですか。月の光が」

周冽は、そっと六郎から離れていった。

夜明けとともに、石幻果は動きはじめた。

どこかへ行こう、という気持はない。

なにかに導かれている。

そういう思いに駆られていた。

騎馬隊が撤収をはじめたという知らせが、耶律占から入った。半日で、すべての撤収が完了する、と石幻果は思った。

それまでに、楊六郎と結着はつけられる。結着などというのは、ほんの一瞬のことなのだ。

どこからでも、見える場所に出た。

それほど、待ちはしなかった。地から湧いたように、『楊』の旗が現われた。灌《かん》木《ぼく》の繁《しげ》みが、動いているようだった。石幻果は、じっと動かずにそれを見ていた。

晴れた日だが、風が強かった。『幻』の旗も、風に鳴っている。

どちらからともなく、動いた。次の瞬間には、疾駆していた。

正面からぶつかり、弾《はじ》けるように離れ、それから石幻果は目まぐるしく手の合図を出し、隊形を変えながら動いた。五千では難しい動きも、二千ではできる。

楊六郎の動きは、見事だった。いつも調練をしている耶律休哥軍の動きと較べても、勝るとも劣《おと》らない。

接近し、絡み合うが、ぶつかり合うところまでは、なかなかいかなかった。

二刻（一時間）ほど、懸け合いを続けた。

これ以上続けても、なにも変らない、と石幻果は思った。どこかで、なにかを変えるしかないのだ。楊六郎は、もっと強くそれを感じているだろう。

駈けながら、石幻果は楊六郎になりきって考えようとした。敵地にいる。そして遼軍の撤収は、午までには終る。そうなれば、戦が終熄《しゅうそく》したあと、敵中に取り残されることになるのだ。それを待って、耶律休哥軍の石幻果は、ゆっくりと自分を料理するつもりかもしれない。その前に、いまの状態を変えなければならない。宋側へ引き揚げるにしても、石幻果を完全にふり切れるかどうか。だから、いま。

駈け続けた。先に動くのは、楊六郎の方だ、と石幻果は確信した。あるかなきかの隙。それを見せてやれば、楊六郎は必ず動く。それは罠《わな》ではなく、あくまで転換のきっかけだ。罠などが、たやすく通用する相手ではないだろう。

考えた時、石幻果は左手で合図を出していた。二千騎が、きれいに一千騎ずつに分かれた。ただ、石幻果は自分が指揮する一千騎の動きを、もう一隊よりわずかに大きくした。それによって、楊六郎への間合《まあい》の差が出たはずだ。

さすがに、楊六郎はそれを見逃《みのが》さなかった。

縦列で、石幻果の隊に突っこんでくる。先頭の楊六郎に、『楊』の旗が続いていた。動きは、双方ともいままでとはまるで違うものになった。

石幻果は、横列で楊六郎の縦列にむかった。楊六郎は、縦列を五、六列の隊形に、即座に変えた。見事なものだった。石幻果は、反転した。自分を後尾にして、逃げる構えをとり、それからもう一度、反転した。

それは、楊六郎の意表を衝《つ》いただろう。

馳《は》せ違うかたちになった時、楊六郎の隊の中央あたりに、石幻果は縦列の先頭で突っこんだ。ここぞと感じたのか、赤竜《せきりゆう》の駈け方はすさまじかった。馬も人も踏み潰すという勢いで駈け、石幻果は縦横に吸葉剣を振るった。五名、六名と斬り落とし、突き抜けた時は、反転し、『楊』の旗にむかっていた。

石幻果の隊の別の一千は、楊家軍の後方を襲っている。楊六郎は、たやすくは逃げられない。逃げれば、後方の兵を見殺しにすることになる。

むかってきた。石幻果の全身の血が、かつてないほどに熱く滾《たぎ》った。雄叫《おたけ》びをあげ、楊六郎とぶつかった。顔のそばに、風を感じた。むこうも同じだったはずだ。

反転した。もう一度、楊六郎と馳せ違った。剣と剣が交錯《こうさく》し、かすかに触れた。

石幻果は、全身に衝撃を感じていた。

どういう剣なのだ。異常に重たいのか。考えたのは一瞬だった。全体としては、押しまくっている。ここで楊六郎を討てば、二千の楊家軍は殲滅《せんめつ》させられる。

もう一度、ぶつかった。楊六郎の剣が、石幻果の兜《かぶと》を飛ばし、口から頬《ほお》を傷つけた。楊六郎も、肩に傷を受けたはずだ。

そこまでが、石幻果でいられた。不意に、視界が回っているような気がした。右手の合図を出すのも、忘れていた。赤竜が、ただ疾駆している。

誰かが、自分を呼んでいる。それも、四郎と。なんなのだ。四郎と呼ばれて、なぜ自分が呼ばれていると感じるのか。

赤竜は、駈け続けた。全隊が、後方に続いているようだ。罠と思ったのか、楊家軍は追ってこなかった。

楊家軍。なぜ、自分は楊家軍に追われる、と感じなければならないのか。なぜ、敵が楊家軍なのか。

さまざまなものが、頭の中で交錯した。

「石幻果様」

名を呼ばれた。蕭逸理だった。石幻果も、自分の名だ、と思った。石幻果も、自分の名。四郎という名が、頭の中で響いた。なにが起きているのか。兜を飛ばされた時、なにかが起きたのだ。

「石幻果様、どこまで駈けられます？」

蕭逸理。声だけで、名も顔もはっきり思い浮かぶ。自分は、石幻果なのだ。左手を挙げ、停止の合図を出した。それから先、なにをやればいいのか、わからなかった。

「傷を受けておられる。手当てだ」

蕭逸理が叫んでいた。

「必要ない。帰還だ」

「耶律占殿は、どうしますか？」

「伝令を出せ。帰還だ」

それだけ言った。馬首を、駐屯地にむけた。自分は、石幻果だ。石幻果であって、石幻果ではない。誰なのだ。

四郎延朗《しろうえんろう》。楊業の四男。そう思っても、ほんとうとは感じられなかった。ならば、六郎は弟ではないのか。

混乱したまま、駐屯地に到着した。

「兵は、休ませてよいのですか？」

「ああ、そうしろ」

「頬の傷の手当てを」

「必要ないと言ったろう、蕭逸理」

右手に、剣を握ったままだった。鞘《さや》に納《おさ》めようとするのを、蕭逸理が止めた。

「刃こぼれが。ひとつだけですが、吸葉剣に小さな刃こぼれがあります」

ぼんやりと、石幻果は剣に眼をやった。

剣が触れ合った。その時に、刃がこぼれたのか。この吸葉剣の刃が、こぼれることもあるのか。

「俺には、信じられません。こんな刃こぼれができるとは」

蕭逸理の声が、遠くで聞えた。

石幻果は馬を降り、鞍《くら》をはずした。

駐屯地には、流水を引いてある。そこで水を汲み、赤竜の躰を拭《ぬぐ》った。

石幻果がそうしたので、兵たちも一斉に馬の手入れをはじめた。耶律占の隊も戻ってきた。

「渡渉はほぼ終了し、宋軍が越境しようという気配も見えません」

耶律占の報告も、石幻果には遠い声にしか聞えなかった。

赤竜の躰を拭い終えてから、石幻果は顔の傷の手当てをした。それほど深い傷ではない。汲んだ水を鏡代りにして、六針ほど自分で縫った。それでもう傷は開かず、血は止まりそうだった。

「では、剣を」

かった。

息子に対するような思いを、耶律休哥は石幻果に抱いていた。石幻果もまた、父に対する感情と似たものを、自分に抱いていた、という気がする。

実際の父子がどういうものか、それは知らない。自分と石幻果だけの関係である。心が、騒いだ。それも、めずらしいことだった。

耶律斜軫から使いが来て、三千の騎馬隊が最後の渡渉を見守っていたことに、感謝を伝えてきた。撤収の最後尾は、犠牲にすると覚悟した方がいいほどなのだが、三千騎の存在が、宋軍の追撃を止めたのだという。石幻果軍の三千騎であったことが、大きかったのだろう。

それも、きのうのうちに、石幻果が配備したものである。

考えるだけでは、なにも進まない、と耶律休哥は思った。

遼軍の本隊は、撤収後、三隊に分かれて駐屯し、五万ほどの国境警備軍を残して、順次北へ退がることになっていた。雄州では兵站の不安があったが、これからはそれが消える。大軍の圧力からも、それほどの犠牲を出さずに解放された。

宋へ進攻することの難しさを、耶律斜軫は嚙《か》みしめているだろう。少しずつ領土を奪っていくやり方では、膠着した時に兵力差が出てしまう、ということがよくわかった。

これまでの宋との戦は、燕雲十六州に侵攻を受け、それを打ち払うというかたちがほとんどだった。大勝は、地の利によるところが大きかったのだ。

宋が、それほど戦がうまくない、ということについても、耶律休哥はわかったと思っていた。今回の場合なら、宋軍はもっと後退し、遼軍を自領の奥深くに引きこむべきだった。

それから、兵站線を断ち、大軍で締めつける。それなら、遼軍は甚大《じんだい》な被害を受けたはずだ。

それは、軍人なら誰でも考えるというわけではないが、耶律休哥にとっては、最も正しいやり方だった。

そうしなかったのは、遼の侵攻を雄州だけにとどめておきたい、という意思が強く働いたのだろう。それは軍人たちの意思ではなく、文官の意思であり、宋主の意思でもあったのかもしれない。

とにかく宋は、三十万近い大軍を動員して、自領から遼軍を追い出した。その勢いに乗って、遼に攻めこもうという気配はない。兵糧が、それほど動いてはいないのだ。

戦の第一段階は、自領から遼軍を追い出すことで完了した、と考えてよさそうだった。すると、次の戦は、来年の春以降、と考えるのが妥当《だとう》だった。

多少の時は、まだあるということだ。

宋側はそうだとしても、蕭太后は、即座に次の戦の決断をしかねない。それを、なんとか延ばせないものか、という思いが強くなってきた。

石幻果に対する感情が、自分が思っていた以上に強いのかもしれない。ずっと危惧していたことが、この段階になって起きたとしか、耶律休哥には考えられなかった。突然の撤収は、それ以外の理由が考えられないのだ。

夕刻近くに、耶律休哥は馬を走らせ、石幻果の駐屯地へ行った。

ふだんと、あまり変りはなかった。耶律占が、きちんと統率している。石幻果は、瓊峨姫のもとにいることも少なくなかったので、不在に馴《な》れたところはあるのだろう。

「あの丘のむこうです、将軍。さっき俺が行った時も、追い返されました。いつもと違うこわい眼をしていて、とても近づける雰囲気ではありませんでした」

蕭逸理が、そばへ来て言った。なにかしたいが、なにをすればいいかわからず、途方に暮れている様子がよくわかった。

「俺が行くが、ほかの兵には黙っていろ。幕舎にでもいる、と言っておけ」

「はい。石幻果様が丘のむこうにおられるということも、兵たちはほとんど知りません。周囲の者には、耶律占殿が口止めをされましたから」

頷き、耶律休哥は歩きはじめようとした。

「これを」

蕭逸理が差し出したのは、水の入った革袋《かわぶくろ》だった。

丘まで、二里（約一キロ）ほどである。

耶律休哥はそこを歩き、丘の斜面を登った。足跡が、いくつかあった。

頂《いただき》に立つと、反対側の斜面に座りこみ、膝を抱えている石幻果の背中が見えた。

「来るなと言ったろう」

耶律休哥が斜面を降りはじめると、石幻果が絞り出すような声で言った。

構わず、耶律休哥は降りて行った。

「斬られたいのか。私は、ひとりでいたいのだ。ほんとうに斬るぞ」

声はやはり絞り出すようで、苦渋《くじゅう》に満ちていた。

「俺でも斬るのか、石幻果？」

言うと、石幻果が弾かれたように立ちあがった。

眼が合う。石幻果の顔が、見る間に涙で濡れてきた。さらに斜面を降り、耶律休哥は石幻果のそばに立った。

頬の傷が、荒っぽく縫われている。

「自分で縫ったのか。もっと細かく縫えば、傷はそれほど目立たなかったものを」

石幻果の頬の傷に指さきで触れ、耶律休哥は言った。傷は、血ではなく、涙で濡れていた。

「思い出したのか？」

石幻果の眼から、また涙が溢《あふ》れ出してきた。

「思い出したのだな、昔の自分を」

「すべて。すべて思い出しました」

石幻果が膝を折り、叫《さけ》びに近い泣き声をあげた。

四

燕京の近郊、十里（約五キロ）ほどのところに駐屯した。

軍は、一隊にまとめ、すべて耶律休哥自身が指揮をした。

石幻果は、自分のそばに置いていた。近づけるのは、従者の蕭逸理だけである。

蕭逸理も、石幻果がなぜそんな扱いを受けているのか、知らなかった。

石幻果は、あの時から、塞《ふさ》ぎこんだように喋《しゃべ》らない。自分の殻《から》を作り、そこに閉じこもってしまった、という感じである。

耶律休哥が話しかけると、短く答える。しかし、自ら語りはしない。いろいろと考える時は、必要だろう。誰も経験したことのない、二つの人生を抱えてしまったのだ。

失われた記憶が、いつか戻ってくることはあるだろう、と耶律休哥は思っていた。だから、宋軍の若い将軍であったころのことで、知っていることは伝えてきた。岩に叩きつけて殺しかけたのは自分だ、とも言った。

北平寨《ほくへいさい》の指揮官だった、ということを思い出したとしても、これほどの衝撃は受けなかったはずだ。

自分が、あの楊業の息子であった、ということを思い出してしまったのだ。闘っていた楊家軍の楊六郎、七郎は弟で、九妹は妹ということになる。

それを、石幻果はどう受けとめればいいのか、まだわかっていない。そばから、なにか言ってやることもできない。

楊家軍では、石幻果が楊四郎かもしれないと、見当はつけていたようだ。確かめるために、人も送りこんできている。

石幻果は、その時のことを、はらわたを引きちぎるような、痛切な声で耶律休哥に語った。石幻果が語った、わずかなことのひとつが、それである。

北平寨のころ、方礼《ほうれい》という若い将校がいた。石幻果より、二歳下だったという。その男が、やはりかつての部下二名と、燕京に潜入《せんにゅう》し、石幻果を尾行回《つけまわ》したのだ。ある日、その三名の前に立ち、咎《とが》めた。自分たちは楊家軍にゆかりの者だ、とはっきり言った。それで従者が剣を抜き、方礼も抜いたので、石幻果が踏み出して、ひと太刀《たち》で斬り倒したのだという。

この方礼を、四郎殿が斬るのですか。

死に際に言った方礼という男の言葉は、ずっと頭にしみついていたようだ。

楊家軍と戦をしたことより、そうやって斬った人間の方が、生々《なまなま》しさがあるのだろう。自分が楊四郎だと思い出してから、その声がいつも耳に蘇《よみがえ》るのだという。

耶律休哥も、石幻果が楊業の息子であったということには、驚かざるを得なかった。北平寨の将軍については、楊家軍以外にも、なかなかの男がいる、と思い続けていたからだ。楊家軍であることは、隠して動いていた。

楊業の息子と言われれば、その持つ軍人としての血は納得できる。自分を越えて大きくなるかもしれない、としばしば感じたことも、頷ける。

しかし楊業の息子とわかっていれば、あの時、確実に殺していただろう。石幻果は、いなかったことになる。

どんなことでも割り切って決め、宮廷からの咎めがあれば、甘んじてそれを受ける。耶律休哥の生き方は、そうだった。しかし今度ばかりは、なにを割り切ればいいのかも、よくわからない。どう決めればいいかは、さらにわからない。

駐屯地には、幕舎をひとつ張らせた。

軍議などのためのものだが、そこに石幻果と蕭逸理を入れた。副官の麻哩阿吉《まりあきつ》や耶律占《やりつせん》は、当然ながら異常に気づいている。それを知ろうとすることも、調べることも禁ずる、と強く申し渡してあった。

耶律休哥は、ひとりで宮殿へ出むき、蕭陀頼《しようだらい》を通して、蕭太后への拝謁ができるように願い出た。一刻（三十分）もかからず、拝謁は許された。

「蕭太后様とだけ、話をしたいのです」

耶律休哥がそう言うと、立会っていた文官たちは色をなしたが、耶律休哥は相手にしなかった。ただ、蕭太后の眼だけを見つめた。

「中庭の亭《あずまや》へ来なさい。従者たちも退がらせておきましょう」

耶律休哥は礼を述べ、拝礼した。

「耶律休哥、おまえに礼を言われるのは、はじめてという気がします。さぞかしの、難題なのでしょうね」

蕭太后が言う。そういう言い方で、文官たちを押さえたのだ、と耶律休哥は思った。亭で、むかい合って座った。立っていたが、座れと蕭太后に言われたのだ。

「石幻果のことです」

蕭太后の表情は、ほとんど動かなかった。

「思い出したのですね、昔のことを」

　蕭太后も、石幻果の記憶が、いつかは戻ると思っていたのだろう。

「楊業の四男、楊四郎延朗でありました」

「なんと」

　蕭太后の眼が、見開かれた。

「本人も、思い出してしまったことを、呪《のろ》っているでしょう」

「よりによって、楊業とは」

「北平寨には、楊家軍であることを隠して、駐留していたようです。その方が、なにかと都合がよかったのでしょう」

「蕭英材は、楊業の孫ですか」

「北平寨の軍が手強かったのは、太后様も御存知だと思います。楊家軍以外にもあんな軍が、と思ったものですが、やっと納得がいきました」

「それにしても、皮肉なめぐり合わせではあります。蕭英材が、楊業の孫であるとは」

「これを、どう扱っていいものかと」

「石幻果は、どうしています?」

「駐屯地におりますが、従者を付け、ほかの者と接しないようにしてあります。様子がおかしいと思っている者は少なくないでしょうが、このことは誰も知りません」

「いま知っているのは、私とおまえだけか？」

「はい」

　蕭太后は、遠くを見る眼をして、しばらく黙っていた。

　耶律休哥は、どうすべきなのか、決めかねていた。楊業の息子であるということは、かつて宋の将軍であったこととはまるで違う。宋軍を脱《ぬ》けることはできても、楊業の血は消せない。

「放っておきましょう」

　蕭太后が、しばらくして言った。

「楊業の息子であることが変らないのと同じくらい、石幻果は石幻果です」

「本人に、そう思い定めろと言うのですか？」

「それも、言わなくてよい。すべては、本人しか決められないことでしょう。楊四郎に戻るのか、石幻果のままでいるのか」

「わかりました」

「軍務は、できませんね」

「いまのところ、休ませているというかたちです」

「ならば、瓊峨姫のもとに帰しましょう。そこで、考えればよい」

「いまのところ、そこしか帰すところがない、と私も申しあげようと思っていました」

「軍務を続けるのは、無理なのでしょうね」

楊家軍の誰か、六郎か七郎か、あるいは九妹を殺すことで、決定的にこちらに近づけよう、と蕭太后は考えたのだろうか。

「戦で死なせるというのが、ひとつの方法ではあるのだが」

耶律休哥は、黙っていた。

蕭太后が、瓊峨姫や蕭英材のために、なにも知らせず、ただ戦で死なせたいと思うのは、当たり前の感情かもしれない。しかし、瓊峨姫のもとに帰せ、とも言ったのだ。

「本人は、それが一番苦しまない」

「すでに、苦しんでおります」

「そうですね。しかし宋が、楊家が戻ってこいと言っても、苦しむでしょう。瓊峨姫は、石幻果と結婚させたわけで、楊四郎と妻《めあ》わせたわけではない」

「石幻果は、宋軍を、特に楊家軍を、戦でかなり死なせております。また戦以外のところでも、かつてそばにいた部下を斬っています。石幻果であることを忘れたのならともかく、いまは二人の人間の人生を抱えてしまったようなものです」

方礼という部下の話をする間、蕭太后は黙って聞いていた。

「それでは、楊家が気づいている、ということはあり得るのですね」

「それからも、楊家軍と闘っております。楊六郎とは、特に激しく。記憶を取り戻したのも、楊六郎とのぶつかり合いの時だったようです」

「とにかく、瓊峨姫のもとに帰しましょう。二人で乗り越えることは、できるかもしれませんから。どうにもならなければ、それはそれで石幻果と瓊峨姫の縁《えにし》でしょう。ただそこに、蕭英材まで、絡ませたくはありません。そこだけはなんとかしたい、と私が言っていたことを、伝えてください」

意外に、蕭太后は三人の家族の運命というかたちで、このことをとらえているのかもしれない、と耶律休哥は思った。

激しいだけの、戦好きの女ではない。やさしさもある。それがあったから、石幻果の存在を認め、瓊峨姫との結婚も認めたのだろう。自身は、結婚に恵まれなかった。息子にも、若くして死なれた。

夫である二代前の穆宗《ぼくそう》が死んでからは、ずっと帝の後見だった。後見と言っても、すべての決断は蕭太后が下し、宋と闘い続けてきたのだ。

「この件は、さすがに戦と同じようにはいかなかったようですね、耶律休哥」

「はい。困惑のきわみでありました」

「石幻果は、もっと苦しんでいる。それを考えてやりなさい」

「忘れません。ありがとうございました」

耶律休哥は、立ちあがって拝礼した。

耶律休哥をじっと見つめた蕭太后の眉《まゆ》が、かすかに動いて、なにか言いそうになった。しかし、結局、言葉は出てこない。

もう一度拝礼し、耶律休哥は亭から出た。

駐屯地に戻った。

幕舎の前で、蕭逸理が困惑したように座りこんでいた。

「ひとりにしてくれ、と言われましたので」

耶律休哥は軽く頷き、声をかけて幕舎に入った。

石幻果が、直立した。

「座れ、楊四郎」

「えっ」

「どうだ、楊四郎と呼ばれる気分は？」

「他人の名のように、いまは感じました」

胡床《こしょう》に腰を降ろし、むかい合った。

「おまえはいま、二人分の人生を抱えている。それはおまえの運命で、どうしてやることもできぬ、と蕭太后も言われた」

「私の首を落とせと？」

「そんなことは、ひと言も申されなかった。家族三人が抱えなければならない運命だが、蕭英材様に苦しい思いはさせたくない、とも考えておられる。いつか、おまえが記憶を取り戻すことは、お考えであったようだ。それが楊業の息子だったというのには、驚いておられたが」

「私は」

「とにかく、家族のもとに帰れ」

「軍の指揮は？」

「いまのおまえに、軍の指揮ができるのか？」

「できないし、やるべきではない、とも思います」

「これは、蕭太后の決定だ。知っているのは、蕭太后と俺だけだ。おまえが、自分で瓊峨姫様に語るしかない。わかるな。それも、時をかけて語り合え」

石幻果が、うつむいた。

「とにかく、瓊峨姫様とは、何度も話し合ってくれ。どういう結論を出すにしろ、英材様の心に、できるかぎり傷が残らないように、というのが蕭太后のお気持だ。それは忘れないでくれ」

「はい」

「苦しいだろうが、ここは乗り越えろ。おまえが宋に帰るなら、俺は黙って見送るつもりだ」

「宋には」

石幻果がうつむいた。

「帰らないと思います。帰ってはならない、とも思います。耶律休哥将軍に、一度殺されました。死ぬ前のことを思い出したからといって」

石幻果のもの言いが、少しあやふやになってきた。

「とにかく、家族のもとに帰れ」

「はい。そうします。妻に話をしなければならない、とはいま感じています」

「従者は、つけておこう。使用人もいるのだろうが、従者を私との連絡に使えばいい」

「連絡しても、よろしいのですか？」

「おまえは、なにひとつ禁じられてはいない」

「わかりました」

「従者には、剣を研《と》がせてやれ。刃こぼれを、ひどく気にしていた」

聞えているのか、石幻果は組み合わせた自分の手を、ただ見ているだけだった。


（下巻に続く）

この作品は、二〇〇六年十二月にＰＨＰ研究所から刊行された。

著者紹介
北方謙三（きたかた　けんぞう）
1947年（昭和22年）、佐賀県唐津市生まれ。
作家。ハードボイルド小説を発表しながら、日本及び中国を舞台にした歴史・時代小説に取り組む。
おもな現代小説に、『眠りなき夜』（日本冒険小説協会大賞・吉川英治文学新人賞）『友よ、静かに瞑れ』『過去　リメンバー』など。
歴史・時代小説に、『武王の門』『破軍の星』（柴田錬三郎賞）『波王の秋』『独り群せず』（舟橋聖一文学賞）『三国志』（全13巻）『水滸伝』（全19巻＋別冊1巻、司馬遼太郎賞）『楊令伝』（『水滸伝』の続編）『史記　武帝紀』など。
本作品の前編である『楊家将』（上・下）で、第38回吉川英治文学賞を受賞。

ＰＨＰ文芸文庫　血涙（上）
新楊《よう》家《か》将《しょう》

2009年４月17日　第１版第１刷
2023年２月９日　第１版第７刷

著　者　北　方　謙　三
発行者　永　田　貴　之
発行所　株式会社ＰＨＰ研究所
東京本部　〒135-8137 江東区豊洲5-6-52
文化事業部　☎03-3520-9620（編集）
普及部　☎03-3520-9630（販売）
京都本部　〒601-8411 京都市南区西九条北ノ内町11
PHP INTERFACE　https://www.php.co.jp/
組　版　朝日メディアインターナショナル株式会社
印刷所　図書印刷株式会社
製本所　東京美術紙工協業組合

ISBN978-4-569-67193-2